군림천하 9

개정판 1쇄 발행 2012년 5월 14일
개정판 3쇄 발행 2022년 2월 7일

지은이 | 용대운
발행인 | 신현호
편집장 | 이호준
편집 | 송영규 최종건 정재웅 양동훈 곽원호 조정범 강준석 최성화
편집디자인 | 한방울
영업 | 김민원

펴낸곳 | ㈜ 디앤씨미디어
등록 | 2002년 4월 25일 제20-260호
주소 | 서울시 구로구 디지털로 26길 111 JnK디지털타워 503호
전화 | 02-333-2513(대표)
팩시밀리 | 02-333-2514
E-mail | papy_dnc@dncmedia.co.kr
블로그 | blog.naver.com/gnpdl7

ISBN 978-89-267-1544-4 04810
ISBN 978-89-267-1535-2 (SET)

* 저자와 협의하여 인지는 붙이지 않습니다.
* 이 책은 ㈜ 디앤씨미디어(파피루스)가 저작권자와의 계약에 따라 발행한 것으로 본사와 저자의 허락 없이는 어떠한 형태나 수단으로도 내용을 이용할 수 없습니다.

용대운 대하소설
군림천하
2부 종남의 혼 [終南之魂]

君臨天下

⑨
풍운기혜(風雲起兮) 편

目次

제78장	일모도원(日暮途遠)	9
제79장	만상공자(萬象公子)	33
제80장	사찰참변(寺刹慘變)	61
제81장	중주쌍사(中州雙邪)	87
제82장	평안객잔(平安客棧)	109
제83장	향대왕루(向大王樓)	133
제84장	개방고수(丐幫高手)	155
제85장	암운중첩(暗雲重疊)	177
제86장	해천팔검(海天八劍)	197
제87장	소년방화(少年方華)	225
제88장	신산곡수(神算谷愁)	249
제89장	천하무궁(天河無窮)	271

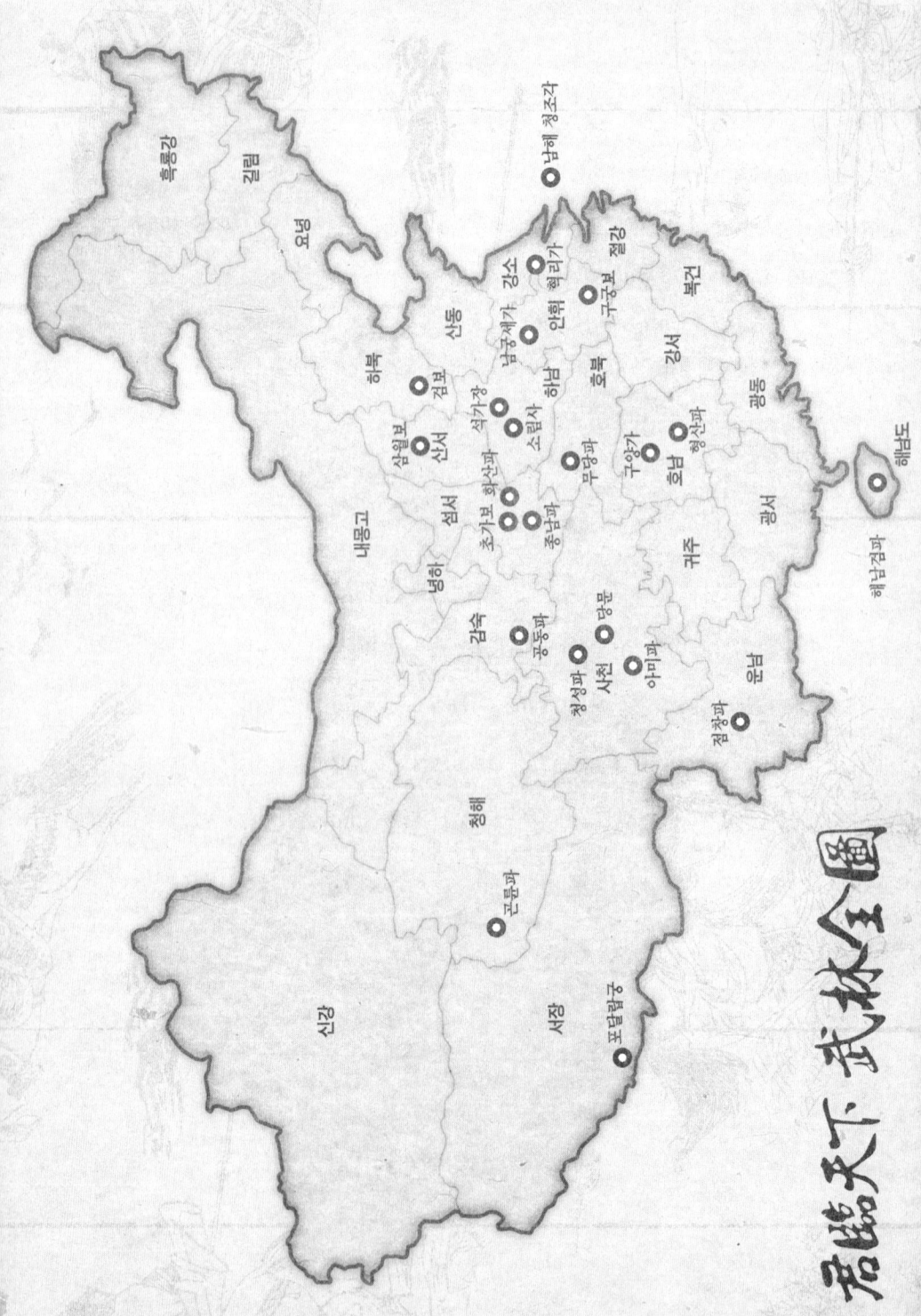

〈서안(西安) 및 종남산(終南山) 일대 지형도〉

산서

하남

화산(華山)

화음현

화산파

섬서

대웅묘구

조양봉(동봉)

서안

순가장

남전

자은사(대안탑)

대왕곡

중봉(누관)

종남파

종남산(終南山)

유화상탑

포닥사

평안객잔

취미사

태평곡

정엄사

이재세가

고관담

초가보

소량산

쌍수마

초가보

진령(秦嶺)

제78장 일모도원(日暮途遠)

눈 온 뒤의 하늘은 언제 보아도 한없이 청명했다. 그 하늘의 시리도록 투명한 색깔이란 말로 형용할 수 없는 것이다.

서문연상(西門燕裳)이 고개를 들었을 때 그녀의 눈에 가득 들어온 것은 바로 그 한없이 푸른 하늘이었다. 그 하늘색이 너무도 시려서 그녀는 하마터면 눈물을 흘릴 뻔했다.

그녀가 울지 않은 것은 주위에 아무도 자신을 보아 주는 사람이 없기 때문이었다. 지금까지 그녀는 남이 보지 않는 곳에서 운 적이 없었다. 그녀에게 운다는 것은 무언가를 쟁취하기 위한 가장 유력한 수단이었고, 아무도 없는 곳에서 운다는 것은 전혀 무용(無用)한 일이었다.

그녀가 울어도 목적을 달성할 수 없었던 적은 태어난 후 지금까지 단 한 번밖에 없었다. 그리고 그것이 그녀가 집을 나온 결정적인 이유였다.

　그 생각을 하자 그녀는 다시 마음이 울적해졌고, 울고 싶은 생각이 간절했다. 자신이 그토록 울면서 부탁했는데 이번에는 정말 아무런 소용도 없었다.

"안 돼!"

　그 말을 할 때의 아버지의 표정은 정말 진지하다 못해 심각할 정도였다. 그녀는 그때를 떠올리며 입을 삐죽거렸다.
"칫! 정말 안 되는지 두고 보라지."
　아마 지금쯤은 그녀가 없어진 것을 모두들 알아차렸을 테고, 그들은 한바탕 난리법석을 피우고 있을 것이다. 그 생각을 하자 그녀는 얼마쯤 마음이 유쾌해졌다.
　솔직히 미안한 마음이 아주 없는 것은 아니었다. 이번에 집을 나올 때 그녀를 책임지기로 한 비룡검(飛龍劍) 위소룡(威小龍)은 어려서부터 그녀를 몹시 귀여워해 주던 사람이었는데, 이번 일로 아버지에게 호되게 경칠 것이 분명했다.
　하나 아무리 그래도 내가 하기 싫은 것을 누구도 내게 강요할 수는 없다. 적어도 내 앞길의 중요한 일은 내가 결정해야 한다.
　그녀는 이렇게 마음먹으며 입술을 꼬옥 깨물었다.
　지금 그녀는 다시 또 결정을 내려야 했다.
　눈앞에 있는 주루는 크고 화려한 것이 한눈에 보아도 음식 값이 만만치 않을 게 분명했다. 평상시라면 당연히 그 주루에 들어

갔을 테지만, 아쉽게도 지금 그녀는 충분한 돈을 가지고 있지 않았다. 몰래 빠져나오느라 기껏 그녀가 챙긴 것은 시비(侍婢)가 가지고 있던 약간의 은자가 전부였던 것이다.

아무리 세상 물정에 어두운 그녀라도 이 정도의 은자 가지고는 결코 오래 버티지 못한다는 것쯤은 알고 있었다. 그녀는 앞에 있는 주루로 갈지, 아니면 조금 전 이곳으로 올 때 보아 두었던 거리 반대편의 그 허름하고 볼품없는 주루로 가야 할지 잠시 망설였다.

하나 오래 생각할 것도 없이 그녀는 이내 마음을 결정했다.

'그래, 이번 기회에 밑바닥 생활이라는 걸 경험해 보는 거야. 내가 항상 제멋대로 살지만은 않는다는 걸 보여 주겠어.'

그녀는 다부진 미소를 지으며 발길을 돌렸다.

올 때는 몰랐는데, 다시 돌아가려니 무척 먼 길이었다. 갈수록 길도 좁아지는 것 같았고, 거리도 지저분해서 그녀는 점점 마음이 내키지 않았으나 꾹 눌러 참고 걸음을 내디뎠다.

얼마쯤 가니 아까 보았던 그 낡고 허름한 주루가 나타났다. 가까이 다가갈수록 정말 지저분하기 이를 데 없었다. 이런 곳에서 나오는 음식이란 안 봐도 뻔할 것이다.

용기를 내어 주루 안으로 들어가자 퀴퀴한 냄새가 코를 찔렀다.

'어휴, 이런 곳에서 음식을 먹는 사람도 있네.'

뜻밖에도 그 허름한 주루 안에는 벌써 몇 명의 손님들이 식사를 하고 있었다. 한쪽 구석에 키가 크고 비쩍 마른 사람과 어린 소년이 앉아 있었고, 그 옆 탁자에는 젊은 부부인 듯한 두 남녀가 있었다.

　서문연상은 아미를 살짝 찌푸리고 있다가 문에서 가장 가까운 탁자로 다가갔다. 탁자는 그런대로 깨끗했는데, 그래도 그녀는 그냥 앉는 것이 못마땅해서 몇 번이나 망설이다가 간신히 엉덩이 끝만 걸치고 앉았다.
　주방장이 다가와 물었다.
　"무얼 드시겠습니까?"
　그녀는 이미 생각해 놓은 것이 있는지 재빨리 입을 조잘거렸다.
　"여기서 가장 싸고 빨리 되는 걸로 하나 해 주세요."
　주방장은 그녀를 힐끔 쳐다보더니 기다리라는 말을 남기고 주방 안으로 다시 들어가 버렸다.
　그녀는 탁자에 턱을 괸 채 주위를 둘러보았다. 정말 보면 볼수록 초라하고 볼품없는 주루였으나, 그래도 구석구석에 제법 청소가 되어 있는지 먼지가 앉거나 더러운 곳은 보이지 않았다. 그녀의 시선이 다시 한쪽에 먼저 와서 식사를 하고 있는 네 명의 손님들에게로 향했다.
　따로 떨어져서 말 한 마디 하지 않고 있는 것으로 보아 같은 일행은 아닌 듯했다. 젊은 남녀는 뜨거운 김이 나는 국수를 먹고 있었는데, 여자는 제법 반듯한 용모에 이목구비가 또렷했으나 눈빛이 매서워서 성질이 보통이 아닐 것 같았다. 그에 비해 남자는 평범한 얼굴에 순한 인상이었다.
　서문연상은 그들 남녀가 부부이며, 틀림없이 남자가 여자에게

쥐어 잡혀 있을 거라고 생각했다. 그녀의 하인이었던 유노삼(劉老三)과 하대랑(何大娘) 부부도 꼭 저들처럼 여자는 똑똑하고 남자는 숙맥 같아서, 유노삼이 하대랑에게 쩔쩔매는 광경을 자주 보아 왔던 것이다.

'그래도 하대랑이 자식을 여섯이나 낳았으니, 저들도 어쩌면 앞으로 자식을 줄지어 낳을지도 몰라.'

서문연상은 눈앞의 날씬하고 똑소리 나게 생긴 젊은 여자가 아이를 쑥쑥 낳는 장면을 떠올리자 갑자기 우스워져서 혼자 킥킥거렸다. 그 소리를 들었는지 젊은 여자가 고개를 들어 그녀를 쳐다보았다.

서문연상은 여자의 날카로운 눈빛에 찔끔 놀랐으나 이내 입을 삐죽거렸다.

'흥. 자기가 노려보면 어쩔 건데? 나한테 덤비기라도 하겠다는 거야?'

젊은 여자는 서문연상의 미모에 놀란 듯 눈을 조금 크게 떴으나, 이내 별 관심이 없는지 고개를 숙여 다시 음식을 먹기 시작했다. 서문연상도 그녀를 한 차례 쏘아봐 주고는 다시 시선을 그들의 옆 탁자로 이동시켰다.

옆 탁자에 앉은 사람들은 앙상하리만치 마르고 키가 껑충하게 큰 사나이와 아직 열 살도 되지 않았을 듯한 어린 소년이었다. 소년의 얼굴은 여기저기에 피멍이 나 있어서 구타를 당했던 흔적이 역력했다.

서문연상의 눈썹이 다시 찡그려졌다.

제78장 일모도원(日暮途遠) 15

'보아하니 저들은 부자지간 같은데, 자기 자식을 저렇게 두들겨 패다니 정말 못된 아버지네.'

그녀는 제멋대로 상상하며 그 키 크고 깡마른 사나이를 못마땅한 눈으로 흘겨보았다. 그것을 아는지 모르는지 깡마른 사나이는 닭 국물 같은 것을 홀짝거리고 있었다. 먹는 모습도 영 시원치 않아서 왜 그렇게 말랐는지 묻지 않아도 알 수 있을 것 같았다.

그녀의 상상은 계속되었다.

'틀림없이 아들에게 동냥이나 구걸 같은 걸 시켜서 돈을 벌고 있을 거야. 그러다 벌이가 시원치 않으면 매질을 할 테고…… 얼마나 못 먹었으면 저렇게 말랐을까? 조금 불쌍하긴 하지만 그래도 아들을 부려 먹다 못해 때리기까지 하다니 용서할 수 없어. 어떻게 혼내 줄까?'

그녀가 이런저런 궁리를 하고 있을 때, 마침 주방에서 주방장이 요리를 가지고 나왔다. 그것을 본 그녀의 머리에 한 가지 좋은 생각이 떠올랐다.

주방장이 탁자 위에 올려놓은 것은 고기 국물에 푸른 배추를 넣고 끓인 국수였다. 그녀는 그 국수를 쳐다보지도 않고 주방장을 향해 도리질을 해 보였다.

"마음이 변했어요. 여기에서 가장 맛있고 비싼 요리를 내오세요."

주방장은 어처구니가 없는지 그녀를 멀거니 쳐다보았다. 하나 주방장이 볼 수 있는 것이라고는 새침한 표정으로 앉아 있는 그녀의 깜찍한 옆모습뿐이었다. 주방장은 고개를 절레절레 흔들더니 혼잣말로 무어라고 중얼거리며 주방 안으로 사라졌다.

　서문연상은 짐짓 먼 산만 쳐다보고 있다가 슬쩍 눈을 돌려 깡마른 사나이 쪽을 쳐다보았다. 깡마른 사나이는 국물을 다 먹었는지 막 숟가락을 놓고 있었다. 그녀는 기회가 왔음을 느끼고 자리에서 일어나 그에게로 다가갔다.

　"이봐요."

　그녀가 꾀꼬리 같은 목소리로 입을 열자, 사나이의 시선이 그녀에게로 향했다.

　무심코 사나이의 얼굴을 본 그녀는 내심 움찔 놀랐다. 깡마르고 광대뼈가 튀어나온 사나이는 왼쪽 뺨에 커다란 흉터까지 나 있어 첫인상이 섬뜩하고 무섭게 느껴졌던 것이다.

　'정말 생긴 것도 악질 같구나……'

　서문연상은 속으로 덜컥 겁이 났으나 이내 얼굴에 방긋 미소를 지으며 부드러운 음성으로 입을 열었다.

　"초면에 미안한데, 부탁 하나만 해도 될까요?"

　사나이는 무뚝뚝하게 말했다.

　"말하시오."

　그녀는 갑자기 땅이 꺼질 듯한 한숨을 내쉬었다.

　"휴우…… 사실은 나한테 남동생이 하나 있는데, 그 아이는 나와 나이 차이는 제법 났지만 우리는 무척 사이가 좋았지요. 그런데 몇 년 전에 가뭄이 심하게 들었을 때, 그 아이가 그만 괴질에 걸려서 할 수 없이 병을 고치려고 아주 먼 곳으로 보낼 수밖에 없었어요. 그 뒤로 나는 아직까지 동생을 만나지 못했지요."

그녀의 시선이 소년에게로 향했다.

"그런데 오늘 이 아이를 보니 내 동생이 생각나는군요. 내 동생이 나와 헤어진 게 꼭 저 나이 대였죠. 그래서 이 아이에게 무언가 맛있는 거라도 사 주고 싶어요."

사나이는 묵묵히 그녀의 말을 듣고 있었다.

"내 동생은 맛있는 음식 먹는 걸 무엇보다 좋아했거든요. 괜찮겠죠?"

그녀는 사나이가 무어라고 말할 사이도 없이 재빨리 자리에 앉으며 소년의 머리를 쓰다듬었다.

"귀엽게 생겼구나. 이름이 뭐니?"

소년은 말없이 그녀를 빤히 응시하고만 있었다. 그 모습이 어린아이답지 않게 과묵하고 의젓해 보여서 그녀는 속으로 깜짝 놀랐다. 그녀가 생각하기에는 맛있는 걸 사 준다고 하면 아주 반색을 하고 좋아할 줄 알았던 것이다.

그녀는 다시 친근한 미소를 지으며 물었다.

"몇 살이니?"

소년은 여전히 아무런 말이 없었다.

'이상한 아이로군. 벙어리인가?'

그녀가 의아함을 느낄 때 사나이의 음성이 들려왔다.

"그렇게 하시오."

"고마워요."

그녀는 무심코 대꾸하고는 내심 피식 웃었다. 자기가 사 주는 입장인데 왜 고마워해야 한단 말인가?

소년은 비록 얼굴의 여기저기가 멍들어 있었고 피부색도 썩 좋지 않지만, 흑백이 분명한 두 눈은 초롱초롱했고 오똑한 콧날과 굳게 다문 입술이 제법 의지견정(意志堅定)해 보였다.
　서문연상은 보면 볼수록 추레한 소년이 귀엽다는 생각이 들어서 다시 목소리를 최대한 부드럽게 하여 물었다.
　"이름이 무언지 이 누나에게 말해 줄 수 있겠니?"
　아마 평소에 그녀를 알던 사람이 이 광경을 보았다면 깜짝 놀라고 말았을 것이다. 그녀는 항상 남에게 떠받듦을 받고 살았을 뿐 아니라 성격이 괴팍해서 제멋대로 행동하기 일쑤였기 때문이다. 물론 본성이 나쁘지 않아서 가끔 남에게 친절을 베풀 때도 없는 것은 아니지만, 처음 보는 행색이 남루한 아이에게 이토록 부드러운 표정을 지어 보이는 것은 좀처럼 볼 수 없는 일이었다.
　이번에는 소년도 무거운 입술을 처음으로 열었다.
　"유소응이에요."
　"소응. 좋은 이름이구나. 나이는?"
　"열한 살."
　서문연상은 손뼉을 탁 쳤다.
　"정말 잘됐네. 내 동생이 헤어질 때하고 나이도 똑같구나. 오늘 이 누나가 너 먹고 싶은 거 많이 사 줄 테니 실컷 먹어라."
　그녀의 기대와는 달리 유소응은 별로 기뻐하는 것 같지 않았다. 그렇다고 특별히 싫거나 귀찮아하는 표정도 아니었다. 그녀는 다시 한 번 참 이상한 아이라는 생각을 했다.
　그때 마침 주방에서 주방장이 요리들을 들고 나왔다.

주방장은 서문연상이 자리를 바꿔 사나이와 소년과 같은 탁자에 있는 것을 보고는 표정에 의아함을 드러냈다. 그녀는 아무렇지도 않은 듯 주방장을 손짓해 불렀다.

"이쪽으로 가지고 오세요."

주방장은 요리를 탁자 위에 올려놓으면서도 떨떠름한 표정을 감추지 못했다.

그러자 그녀는 아무렇지도 않은 듯 태연한 음성으로 말했다.

"내가 잘 아는 사람들이고, 얘는 내 동생이에요."

주방장은 알았다는 듯 고개를 끄덕였으나 표정을 보니 별로 그렇게 믿고 있는 것 같진 않았다. 서문연상은 그에게는 시선조차 주지 않은 채 음식을 유소응의 앞으로 옮겨 놓으며 다정스럽게 그의 어깨를 다독거렸다.

"이런 거 처음 먹어 보지? 많이 먹어."

아닌 게 아니라 이번에 나온 음식들은 유소응으로서는 한 번도 먹어 본 적이 없는 진수성찬이었다. 그동안 여기저기서 눈칫밥만 먹고 지내 온 데다, 이곳에 와서도 그냥 평범한 음식만 먹어 온 터라 지금 탁자 위에 놓인 도미를 쪄서 가미한 청증가어(淸蒸加魚)와 생선과 야채를 넣고 볶은 초활어편(炒滑魚片), 전복의 살로 냉채를 만든 양반포어(涼拌鮑魚), 송이버섯과 닭고기를 가늘게 찢어 볶은 송이계사(松栮鷄絲) 같은 값비싼 요리들은 구경도 못해 본 것들이었다.

유소응은 사나이를 힐끔 쳐다보더니, 사나이가 고개를 끄덕이자 천천히 젓가락을 놀리기 시작했다. 하나 먹는 모습이 영 신통치 않았다. 젓가락으로 여기 조금, 저기 조금씩 떼어 먹을 뿐이었다.

보다 못한 그녀는 자기가 직접 젓가락을 들고 유소응의 앞에 놓인 음식들을 그에게 먹여 주려 했으나, 유소응은 고개를 저으며 조용한 음성으로 말했다.

"난 이렇게 먹는 게 더 좋아요."

그녀는 자신도 모르게 입을 삐죽거렸다.

'누가 부자간이 아니랄까 봐 청승 떠는 것도 똑같네. 그렇게 궁상맞게 먹으니 들어오려던 복도 달아나 버리겠다.'

하나 겉으로는 여전히 사근사근한 미소를 지어 보였다.

"그래, 편한 대로 먹어. 시간은 많으니까."

"누나도 드세요."

"알았어."

서문연상도 젓가락을 놀리기 시작했으나, 그녀의 먹는 모습도 그다지 시원스럽지는 않았다. 그녀는 몇 점 먹지도 않고 이내 젓가락을 내려놓더니 자리에서 일어났다.

유소응이 의아한 눈으로 쳐다보자 그녀는 아무렇지도 않은 듯 고개를 까닥거렸다.

"먹고 있어. 잠깐만 나갔다 올게."

유소응은 어디를 가려느냐고 물으려다 참았다. 비록 어린 나이였지만, 여인에게 그런 걸 묻는다는 게 실례가 된다는 건 알고 있었던 것이다.

아닌 게 아니라 서문연상은 측간이 있는 후원 쪽으로 가고 있었다. 주방장도 별로 이상하게 생각하지 않는지 그녀가 후원으로 들어가는 모습을 물끄러미 쳐다보고만 있었다.

유소응은 계속 접시의 여기저기를 들썩거리기만 하더니 이내 젓가락을 내려놓았다. 그의 앞에 앉아 있던 진산월이 조용한 눈길로 그를 쳐다보고 있다가 물었다.

"음식이 입에 맞지 않느냐?"

유소응은 멋쩍은 웃음을 흘렸다.

"다 처음 먹어 보는 것들이어서 그렇습니다. 게다가 전 원래 생선보다는 고기를 좋아해서……."

그러고 보니 나온 음식들은 대부분이 어패류였다. 유소응이 살던 몽고 지방은 일 년 내내 생선을 구경도 할 수 없는 내륙 지방이었다. 그러니 어려서부터 양고기를 즐겨 먹던 유소응의 입맛에 생선 요리가 맞을 리 없었다.

진산월도 그 점을 알고 있기에 더 이상 그에게 강요하지 않고 옆 탁자로 시선을 돌렸다. 방취아가 어이없다는 표정으로 입을 벌리고 있다가 그와 시선이 마주치자 피식 웃었다.

"정말 맹랑한 아가씨네. 장문 사형이 그런 꼴로 있으니까 비렁뱅이인 줄 알았나 봐요."

진산월은 별로 개의치 않는지 담담한 얼굴이었다.

"다른 사람의 선의를 나쁘게 해석하면 안 되지."

"매사를 좋게 생각하려고만 하는 버릇은 여전하군요. 하지만 그 아가씨 얼굴 보니까 만만한 성격이 아니던데, 필시 무슨 꿍꿍이가 있어서 장문 사형에게 접근한 걸 거예요."

진산월이 별다른 대꾸 없이 묵묵히 있자 방취아는 입술을 삐죽거렸다.

"두고 보세요. 내 말이 틀림없을 테니까."

진산월은 그 점에 대해서는 더 말하고 싶지 않은지 방취아의 맞은편에 앉아 있는 소지산에게로 시선을 돌렸다.

"초가보에서 본 파에 파견한 고수가 누구인지 알고 있느냐?"

소지산은 거의 들릴 듯 말 듯 한 나직한 음성으로 입을 열었다.

"들리는 소문으로는 사패(四覇) 중의 검패(劍覇) 양전(楊剪)이 지키고 있다고 합니다. 그 외에 칠객과 팔수 중 몇 명이 함께 있을 겁니다."

사패라면 초가보에서도 최고의 실력자들로, 하나같이 강호 무림의 유명한 고수들이었다. 그중에서도 검패 양전은 이미 이십 년 가까이 관중(關中) 일대에서 명성을 떨쳐 온 인물로, 화산파의 장로급 고수들에 못지않은 절정검객으로 알려져 있었다.

소지산, 방취아와 실로 감격적인 해후를 한 후, 진산월이 제일 먼저 생각한 것은 어떻게 하면 초가보에게 점령당한 종남파의 본산을 되찾을 수 있을 것인가 하는 것이었다. 일파의 장문인으로서 본산을 남에게 빼앗기고 뿌리 없이 떠돈다는 것은 선조들에게 머리를 들지 못하는 수치스러운 일일뿐더러 종남파의 재건을 위해서도 하루속히 시정되어야 할 일이었다.

하나 문제는 그것이 결코 쉽게 이루어질 수 있는 일이 아니라는 것이었다.

초가보에서는 이미 최절정 고수들을 보내 종남파의 본산을 철통같이 지키고 있었다. 그들이 본산을 되찾겠다고 쳐들어올지 모를 종남파의 잔여 세력을 뿌리 뽑기 위해 엄밀한 함정을 파 놓고 있으리라는 것도 충분히 짐작할 수 있는 일이었으니, 자칫하다가는 본산을 되찾기는커녕 오히려 종남파의 마지막 남은 불씨마저 꺼져 버릴지도 몰랐다.

그렇다고 무작정 기다리고 있을 수만도 없었다. 하루빨리 본산을 되찾고 흩어진 제자들을 수습하여야만 종남파 재건의 희망을 이어 나갈 수 있는 것이다.

소지산은 진산월의 이런 속마음을 누구보다도 잘 알고 있기에 절로 마음이 무거워졌다.

만남의 기쁨도 잠시뿐. 자신들 앞에 펼쳐져 있는 가혹한 상황을 생각해 본다면 오직 암담할 뿐이었다.

일모도원(日暮途遠)이라 했던가? 가야 할 길이 정말 멀고 험하다는 것을 알면서도 그 길을 가지 않을 수 없는 심정이란 말로 형용할 수 없는 것이다.

소지산은 자신이 진산월이라면 앞으로 어떻게 해야 할지 생각해 보았으나 아무런 방법도 떠오르지 않았다. 도대체 단 세 명의 인원을 가지고 거대한 초가보의 세력에 어떻게 대항한단 말인가?

'아니, 정확히는 네 명이군.'

소지산은 진산월의 앞에 있는 유소응을 보면서 쓴웃음을 머금었다.

삼 년여 만에 불쑥 나타난 진산월이 자신의 제자라면서 유소응을 소개했을 때, 솔직히 소지산은 놀라움과 당혹감을 금치 못했다. 그동안 자기 앞가림하기도 벅차 있을 줄 알았던 진산월이 제자를 받아들였다는 것도 뜻밖이었지만, 그 제자의 행색과 모습이 너무도 초라하고 볼품이 없었던 것이다.

게다가 아무리 보아도 정통 중화인(中華人)이 아니라 다른 민족의 피가 섞인 혼혈임이 분명해 보였다. 두 눈에 특별한 총기가 번뜩이는 것도 아니었고, 신체 골격이 남보다 뛰어난 것 같지도 않았다. 왜소한 체구에 피부는 거칠었고, 영양실조에 걸린 듯 앙상하게 마른 몸에 말이 없는 소년. 얼굴의 여기저기에 나 있는 타박상은 차치하고라도, 아무리 좋게 보아도 결코 무공을 익힐 만한 뛰어난 인재라고는 할 수 없었다.

더구나 전신에서 풍겨 나오는 음울하고 칙칙한 분위기는 보는 사람의 마음까지 침울하게 만들 정도였다.

소지산은 진산월이 이런 소년의 무엇을 보고 제자로 삼았는지 궁금한 생각이 들었다. 하나 그 점을 대놓고 진산월에게 물어볼 수는 없었다.

'장문 사형에게도 나름대로의 사정이 있겠지. 지금은 장문 사형의 안목을 믿어 볼 수밖에……'

사실 소지산이 진짜 물어보고 싶었던 것은 지난 사 년 동안 진산월이 어디에서 무엇을 했느냐는 것이었다. 대체 무슨 일이 있었기에 연락 한번 하지 않고 있다가 이렇게 변해 버린 모습으로 나타났단 말인가?

마음속의 의혹은 한두 가지가 아니었다.

그의 심정을 대변이라도 하듯 처음 진산월의 품에서 흐느껴 울던 방취아는 눈물을 그치자마자 그를 붙잡고 쉴 새 없는 질문을 던졌었다.

하나 진산월은 단지 짤막하게 말했을 뿐이다.

"꼭 해야 할 일이 있었다."

'그 일이 우리보다 중했나요? 문파의 존립보다 중한 것이었나요? 그동안 우리가 어떤 꼴을 당했었는지 조금이라도 상상해 봤나요?'

그때 소지산이 눈짓을 하지 않았다면 방취아는 아마 이렇게 물었을지 모른다. 하지만 방취아도 차마 그런 말은 하지 못했고, 더 이상 아무것도 묻지 않았다.

그녀의 마음속에 진산월에 대한 아무런 원망도 없다면 그것은 거짓말일 것이다.

그녀는 아직도 종남파가 초가보의 공격으로 쑥밭이 되던 날을 똑똑히 기억하고 있었다. 그때의 몸서리쳐지는 공포와 두려움, 그리고 끝 모를 슬픔을 잊지 않고 있었다. 사형들이 뿔뿔이 흩어지고 믿었던 소지산마저 외팔이 불구가 되어 필사의 탈출을 감행했을 때의 그 절박하고 비통한 순간을 어찌 잊을 수 있겠는가?

하나 그녀는 그에 대한 하소연을 단 한 마디도 내뱉지 않았다. 할 수가 없었다.

그녀의 마음이 바다처럼 넓어서는 결코 아니었다. 단지 그녀는 살집 좋았던 진산월의 해골처럼 마르고 초췌한 얼굴과 움푹 파인 두 눈가에 흐르는 우울하고 쓸쓸한 눈빛에 목이 멘 것뿐이었다.

그동안 대체 그에게는 무슨 일이 있었던 것일까? 대체 무엇이 그를 이토록 괴이한 모습으로 바꾸어 놓은 것일까? 사 년은 물론

짧은 세월이 아니었지만, 한 사람이 이렇게까지 바뀔 수 있다는 것은 도저히 믿기지 않는 일이었다.

 장문 사형도 힘들었을 것이다. 자신들 못지않게, 아니 오히려 더욱 힘든 세월을 보냈을 것이다. 종남파로 돌아올 수 없는 필연적인 곡절이 있었을 것이다.

 그녀는 이렇게 마음속으로 되뇌고 나서야 그에 대한 원망의 마음을 접을 수 있었다.

 지금, 그녀는 진산월과 소지산의 말을 곰곰이 곱씹어 보다가 갑자기 흥분된 표정을 감추지 못했다.

 "장문 사형, 장문 사형은 지금 본산을 되찾으려고 쳐들어가려는 생각이죠? 그렇죠?"

 진산월은 두 뺨이 발갛게 상기된 채 자신을 빤히 쳐다보는 방취아의 고운 얼굴을 힐끗 쳐다보더니 담담한 음성으로 중얼거리듯 말했다.

 "당연히 그렇게 해야지. 하지만 그 전에 먼저 할 일이 있다."

 방취아는 초가보의 수중에 넘어갔던 종남파의 본산을 되찾는다는 말에 기뻐하다가 눈을 동그랗게 떴다.

 "먼저 할 일이라뇨?"

 "초가보를 바쁘게 만들어야 돼. 그렇지 않으면 본산을 되찾아 봤자 아무 소용이 없다."

 "초가보를 바쁘게 만들다니요?"

 "지금 당장 본산으로 가서 초가보의 고수들을 물리친다 해도 다음에 초가보에서 진용을 갖추어 재차 쳐들어오면 계속 수세(守

勢)에 있을 수밖에 없다. 수적으로 우리가 절대적으로 불리하기 때문이지.”

방취아는 눈을 반짝인 채 진산월의 말에 귀를 기울이고 있다가 손뼉을 치며 재빨리 말했다.

"이제 알겠어요. 장문 사형 말은 우리가 본산을 되찾아도 초가보가 다시 쳐들어오지 못하도록 다른 일로 정신을 못 차리게 만들어야 한다는 말이로군요?”

"바로 그렇다.”

방취아는 이내 고개를 갸우뚱했다.

“그런데 무슨 수로 초가보를 정신없도록 만들죠?”

소지산도 그 점이 궁금했던지 관심 어린 표정으로 진산월에게 시선을 고정시켰다.

진산월은 잠시 침음하더니 조용한 음성으로 입을 열었다.

"그 점에 대해서는 나한테 한 가지 생각이 있다.”

"그게 뭐지요?”

"느긋하게 쉬면서 때를 기다리는 것이다.”

방취아의 얼굴에 한 줄기 실망의 빛이 떠올랐다.

"겨우 생각한 것이 무작정 기다리는 거란 말이에요? 대체 언제까지 기다려야 하죠?”

진산월의 표정은 여전히 담담하기만 했다.

"그리 오래 기다리지 않아도 될 것이다. 길어야 열흘.”

"열흘이 지나면 무슨 뾰쪽한 수라도 생긴단 말이에요?”

"열흘 후면 달이 바뀌지.”

"그래서요?"

"그때가 되면 초가보는 정신없이 바빠질 것이다."

방취아는 여전히 어리둥절한 모습이었다. 그때 소지산이 불쑥 끼어들었다.

"장문 사형께서 말씀하신 것은, 혹시 다음 달 초에 초가보에서 열린다는 강북삼보의 회동(會同)……."

그때 어슬렁거리며 후원 쪽으로 사라졌던 정산이 안색이 변해 뛰어 들어왔다.

"자, 장문인, 조금 전의 그 여자가 이쪽으로 오지 않았습니까?"

"오지 않았네. 무슨 일인가?"

정산은 낭패스러운 표정을 감추지 못했다.

"그 여자가 하도 나오지 않아서 후원 일대를 샅샅이 뒤져 보았는데도 보이지 않더군요. 아마도 몰래 도망을 친 것 같습니다."

"이 비싼 음식을 남겨 두고 왜 그런 짓을 한단 말인가?"

"가끔 무전취식(無錢取食)을 하는 자들이 있긴 합니다. 하지만 그 여자는 멀쩡하게 생긴 데다 귀한 집에서 자란 것 같아서 안심을 했었는데……."

정산은 머릿속으로 음식 값을 계산해 보고는 울상이 되었다. 사실 정산은 전신에서 은연중에 귀티가 흐르는 그녀가 명문 세가의 자제임이 분명하다 생각하고는 자신이 할 수 있는 가장 비싼 요리를 준비했던 것이다. 요즘같이 장사가 잘 안 되는 시기에는 거의 보름치 벌이가 날아가 버린 셈이었다.

"에구…… 그 여자가 나와 무슨 원한이 있다고 이런 짓을 했는지 모르겠네요. 배가 고프면 그냥 밥 한 끼만 먹고 가도 되는 일을……."

정산이 우거지상을 하고 있자 방취아가 키득거렸다.

"호호, 어쩐지 그 여우 같은 계집애가 눈알을 이리저리 굴릴 때부터 수상쩍다 싶더니. 모르긴 해도 당신이 아니라 장문 사형을 골탕 먹이려고 한 짓일 거예요."

이번에는 진산월이 의아한 듯 물었다.

"왜 그렇게 생각하느냐? 나는 그녀와 일면식(一面識)도 없는데……."

"낸들 그 여우의 속마음을 알겠어요? 하지만 아까 장문 사형에게 접근했을 때부터 장문 사형을 쳐다보는 눈초리가 심상치 않았어요. 아마 무언가 단단히 오해한 게 있던지, 아니면 장문 사형의 얼굴이 마음에 들지 않아서 장문 사형에게 바가지를 씌우고 싶었던 거겠죠."

진산월은 그저 씁쓸하게 웃을 수밖에 없었다.

방취아는 다시 까르르 웃더니 정산을 향해 입을 열었다.

"너무 걱정하지 말아요. 어차피 시킨 음식이니 우리가 계산할게요."

정산은 황급히 도리질을 했다.

"어찌 그럴 수 있습니까? 제가 두 분을 다시 만난 기념으로 대접해 드리는 것으로 하지요."

"정 대접하고 싶으면 다음에 따로 정식으로 하세요. 아무튼 오늘 이건 내가 계산할 테니 군소리 마세요."

방취아가 딱 부러지게 말하자 정산도 더 이상은 강요하지 못하고 멋쩍은 웃음을 흘렸다.

"헤헤…… 방 소저는 뵐 때마다 느끼는 거지만, 정말 성격이 시원시원하시군요. 존경스럽습니다."

방취아는 샐쭉한 표정으로 입을 삐죽거렸다.

"낯간지러운 소리 하지 말고 술이나 몇 병 가져와요. 좋은 안주가 있는데 그냥 남겨 둘 순 없잖아요."

"마침 십 년 묵힌 매화주(梅花酒)가 있습니다. 잠시만 기다리십시오."

정산은 신이 나서 부리나케 주방 쪽으로 달려갔다.

제 79 장
만상공자(萬象公子)

제79장 만상공자(萬象公子)

"호호호……."

서문연상은 짤랑짤랑한 교소(嬌笑)를 터뜨렸다. 생각만 해도 가슴이 통쾌해서 웃지 않고는 견딜 수가 없었다. 그 비쩍 마르고 얼굴에 흉터가 있는 흉악한 외모의 사나이가 엄청난 음식 값에 망연자실하여 쩔쩔매는 광경이 눈앞에 선했던 것이다.

"그 음식 값 갚으려면 적어도 몇 달은 주방에서 허드렛일을 해야 될걸. 어쩌면 관가에 끌려가 험한 꼴을 당할지도 모르고…… 아니지!"

그녀의 얼굴에 떠올랐던 미소가 갑자기 거두어졌다.

"그놈이 자기 자식만 남겨 두고 몰래 도망치면 어쩌지? 만일 그렇다면 그 어린아이가 너무 불쌍해지는데……."

그녀는 혼자 제멋대로 상상하더니, 이내 도리질을 했다.

"아무리 나쁜 놈이라도 자기 자식을 팽개치고 그럴 리는 없지. 아무튼 그놈이 당할 걸 생각하니 먹지 않아도 배가 부르네."

그녀는 다시 배시시 웃으며 날씬한 자기의 배를 톡톡 두드렸다. 그러다 무엇을 보았는지 아름다운 봉목을 살짝 찌푸렸다.

그녀에게서 그다지 멀지 않은 곳에 몇 명의 인물들이 어깨를 나란히 한 채 길을 걸어오고 있었다. 얼핏 보기에도 무림인들임이 분명한 삼십 대 중후반의 장한 네 명이 일자(一字)로 걷자, 별로 넓지 않은 길이 거의 가로막히는 꼴이 되어 버렸다.

몇몇 못마땅한 표정을 짓는 자들도 있었으나, 대부분의 사람들은 아무 소리도 하지 못하고 황급히 길의 한쪽으로 비켜서서 그들에게 길을 내주고 있었다.

서문연상은 네 장한의 안하무인격의 행동이 눈꼴 시려 일부러 길의 한복판으로 가서 몸을 멈춰 세웠다. 네 명의 장한들은 양팔을 휘적거리며 활개 치듯 걸어오다 길의 정중앙에 누군가가 서 있자 일제히 시선을 고정시켰다.

그들은 자신의 앞을 막아선 사람이 두 눈이 번쩍 뜨일 정도로 아름다운 미소녀임을 보고는 일제히 서로 눈짓을 교환했다. 그들 중 가장 우측의 텁석부리 장한이 그녀의 전신을 쓰윽 훑어보더니 입가에 징그러운 미소를 떠올렸다.

"흐흐…… 소저, 우리에게 무슨 볼일이라도 있소?"

말은 제법 정중하게 하는 것 같았으나, 그의 눈길은 쉬지 않고 그녀의 가슴과 허리 부분을 훑고 있어서 그녀는 마치 몸에 송충이가 지나가는 듯한 느낌이 들었다.

'못된 놈. 잠시 후에 그 야비한 눈알을 후벼 파 주고야 말 테다.'

서문연상은 속으로는 여자답지 않은 흉악한 욕설을 퍼부으면서도 겉으로는 아무렇지도 않은 척 장한을 슬쩍 쳐다보더니, 이내 옥구슬이 쟁반 위를 굴러가는 듯한 음성으로 말했다.

"이 아가씨가 오늘 모처럼 이곳에 유람을 왔는데, 당최 어디가 어디인지 모르겠군요. 이 일대의 지리를 잘 아는 사람을 찾고 있는데, 혹시 그런 사람을 알고 있나요?"

처음 입을 열었던 텁석부리 장한이 어처구니가 없는지 멍하니 그녀를 쳐다보았다.

'아니 이년이, 지금 지나가는 사람을 붙잡고 길 안내를 하라는 거야?'

그가 막 화를 내려는 순간, 그의 옆에 있던 쥐눈의 장한이 재빨리 그의 소매를 잡아당기며 앞으로 나섰다.

"그렇다면 소저는 운이 좋은 거요. 우리는 장안(長安)의 토박이로, 이 일대의 명승고적을 누구보다도 훤히 꿰뚫고 있는 사람들이오."

쥐눈의 장한은 말을 하며 텁석부리 장한의 옆구리를 툭 쳤다. 그제야 텁석부리 장한은 그의 의도를 알아차리고 재빨리 맞장구쳤다.

"맞소, 맞아. 소저는 사람을 제대로 찾았소."

다른 두 장한도 서로 은밀한 눈짓을 교환하며 연신 고개를 끄덕였다. 서문연상은 그들의 작태를 뻔히 보고 있으면서도 겉으로는 아무것도 모르는 척 방긋 미소 지었다.

"잘됐네요. 이 아가씨가 수고비를 두둑이 줄 테니 당신들은 볼 만한 곳을 빠짐없이 안내하도록 해요."

그녀는 아예 아랫사람을 대하듯 거리낌 없이 말하며 자신이 먼저 앞장서서 걸어가기 시작했다. 네 명의 장한들은 입가에 알 듯 모를 듯한 묘한 미소를 짓고 있더니, 이내 하나둘씩 그녀를 따라 몸을 움직였다.

주위에 있던 사람들이 이 광경을 보고 걱정스런 얼굴로 소곤거렸으나, 그녀는 아는지 모르는지 뒤도 돌아보지 않고 활기찬 걸음으로 저만큼 앞으로 걸어가고 있었다. 아리따운 미소녀의 뒤를 네 명의 험상궂게 생긴 장한들이 어슬렁거리며 따라가는 광경은 마치 굶주린 늑대들이 침을 흘리며 먹이를 쫓아가는 장면을 연상케 해서 보는 사람으로 하여금 위태롭고 불안한 느낌이 들게 했다.

거리를 거의 지나가자 장안성(長安城)의 남문(南門)이 보이기 시작했다. 서문연상은 그 남문 쪽을 손가락으로 가리켰다.

"오늘은 저쪽 부근을 돌아보고 싶은데, 저 근처에 볼 만한 곳이 어디 있지요?"

쥐눈의 장한이 이를 드러내며 웃었다.

"소저의 안목은 참으로 대단하시오. 장안 남문(長安南門) 일대는 원래 명승(名勝)이 많기로 유명한 곳이오. 그중에서도 으뜸이라면 역시 취미사(翠微寺)가 있는 태화곡(太和谷)이라고 할 수 있지요."

"취미사? 들어 본 것 같기도 한데……."

서문연상이 고개를 갸웃거리자 쥐눈의 장한이 열심히 입을 놀리기 시작했다.

"원래 당(唐)의 고조(高祖)가 만든 궁(宮)인데, 워낙 경치가 뛰어나고 아름다워서 고조 이래로 당의 황제들이 피서지로 삼았던 곳이오. 거리는 조금 멀지만 그야말로 장안의 제일경(第一景)이라 할 수 있으니 반드시 가서 볼 만한 가치가 있지요."

그녀는 흥미가 끌리는지 다시 물었다.

"궁이라면서 왜 절 이름이 붙었지요?"

"독실한 불교 신자였던 당의 현종(玄宗)이 그곳에 피서를 왔다가 마음에 들어서 아예 절로 바꾸어 버렸소. 그 절의 음식도 아주 정갈하고 맛있기로 소문이 자자하오."

쥐눈의 장한이 제법 친절하게 설명해 주자 그녀는 마음이 동한 듯 이내 고개를 끄덕였다.

"좋아요. 그곳으로 가요."

쥐눈의 장한은 동료들과 의미 모를 웃음을 주고 받더니, 그녀를 안내해 남문 쪽으로 걸음을 옮겼다.

계절은 비록 한겨울이었지만, 날씨는 제법 청명해서 나들이하기에는 더할 수 없이 좋았다. 그녀는 콧노래라도 부를 것 같은 표정으로 네 명의 장한들과 함께 남문을 통해 장안성을 빠져나왔다.

장안성의 남문을 나오자 탁 트인 벌판과 그 앞에 우뚝 솟은 거대한 산맥이 시야에 가득 들어왔다. 병풍처럼 높은 봉우리들이 끝도 없이 광활하게 솟아 있는 그 산맥은 바로 진령(秦嶺)이었다. 진령은 그 길이가 수천 리에 달해 있었으며, 어디서 보건 늘 웅위한 자태를 느낄 수 있었다.

성문을 벗어난 지 얼마 되지 않아 지나가는 행인들의 모습이 눈에 띄게 줄어들었고, 그에 따라 네 명의 장한들의 표정도 조금씩 바뀌어 갔다. 하나 그녀는 아무것도 모르는 사람처럼 천진한 표정을 지으며 연신 주위를 둘러보고는 탄성을 터뜨리는 것이었다.

"'천하제일의 명승이 장안에 있다[天下形勢之偉者, 在長安].' 라고 하더니 과언이 아니구나. 정말 눈앞이 시원해지는 게 경치 한 번 좋네."

쥐눈의 장한이 히죽 웃으며 서쪽의 유난히 높은 산세를 가리켰다.

"소저는 그다음 시구도 기억하시오? '장안의 명승은 종남에 있다[長安形勝之巨者, 在終南].' 라는 속담의 종남산이 바로 저기요. 태화곡은 저 산자락 밑에 있소."

"그렇군요. 빨리 보고 싶으니 어서 가요."

그녀는 갑자기 걸음을 빨리했다. 네 명의 장한은 혹시라도 그녀가 엉뚱한 곳으로 가 버릴까 봐 황급히 그녀의 뒤를 따라 몸을 날렸다. 쥐눈의 장한은 앞서 달려가는 그녀의 몸놀림이 예사롭지 않은 것을 보고 자신도 모르게 눈썹을 찡그렸다.

'이 계집애의 무공이 만만치 않을 것 같은데…… 아무리 그래도 호랑이 아가리에 들어온 토끼에 불과하다.'

순식간에 그녀는 십여 리를 바람처럼 달려 진령의 산자락 부근에 도착했다. 네 명의 장한은 그녀를 뒤쫓느라 얼굴이 벌겋게 상기된 채로 가쁜 숨을 몰아쉬었다.

"소…… 소저! 천천히 좀 갑시다."

텁석부리 장한이 다급히 그녀를 제지하지 않았다면 그녀는 진령의 깊은 계곡까지 갔을지도 몰랐다.

그제야 서문연상은 걸음을 멈추고 뒤를 돌아보더니 배시시 웃었다.

"무슨 남자들이 겨우 그거 달리고 헉헉대는 거예요? 그렇게 허약해서야 길 안내라도 잘할 수 있겠어요?"

텁석부리 장한은 약이 바짝 오른 모습이었으나, 무슨 생각을 했는지 이내 입가에 징그러운 미소를 지으며 그녀를 향해 천천히 다가오기 시작했다.

"흐흐…… 길 안내 같은 건 원래 적성에 맞지 않아서 못한다. 대신에 잘하는 건 따로 있지."

그의 말투도 어느새 거칠게 변해 있었다.

서문연상의 눈꼬리가 상큼하게 치켜 올라갔다.

"그게 뭐죠?"

"이제 곧 알게 될 것이다."

텁석부리 장한이 느물거리며 계속 다가오자 서문연상은 날카롭게 소리쳤다.

"멈춰요. 지금 뭐하려는 수작이죠?"

"보면 모르냐? 내가 잘하는 걸 하려는 거다."

서문연상은 그제야 무언가를 느낀 듯 황급히 주위를 둘러보았다. 다른 세 명의 장한은 어느새 그녀의 퇴로를 교묘하게 막아서고 있었다.

이곳은 태화곡으로 들어서는 초입이어서 비록 깊은 계곡은 아니었으나, 주위는 제법 높은 산등성이로 둘러싸여 있었다. 게다가 지금은 한겨울이어서 인적을 찾아보기도 힘들었다.

이런 곳에서 네 명의 험상궂게 생긴 장한들에게 둘러싸여 있다면 누구라도 가슴이 덜컥 내려앉지 않을 수 없을 것이다.

그런데 웬걸? 주위를 한 차례 둘러본 서문연상의 얼굴에는 두려움은커녕 오히려 입가에 한 줄기 야릇한 미소마저 떠올라 있는 것이 아닌가?

텁석부리 장한은 벌벌 떨 줄 알았던 서문연상의 이런 모습에 어리둥절한 표정으로 쥐눈의 장한을 돌아보았다.

"저년이 미쳤나? 왜 실실거리며 웃는 거지?"

쥐눈의 장한도 고개를 갸웃거렸다.

"무언가 믿는 구석이 있나 보지."

"아직도 사태를 모르는군."

텁석부리 장한은 음산하게 중얼거리더니 다른 두 명의 장한에게 눈짓을 했다. 그러자 두 명의 장한이 즉시 손을 내밀어 서문연상의 양팔을 양쪽에서 붙잡아 왔다. 어찌 된 일인지 서문연상은 조금도 반항하지 않고 순순히 양팔을 붙잡혔다.

텁석부리 장한은 내심 약간의 긴장을 하고 있다가 이 광경을 보자 득의만면한 미소를 떠올렸다.

'흐흐…… 별것도 아닌 걸 괜히 불안해 했군.'

한데 바로 그때였다.

"으앗!"

"아이구!"

한 손으로는 그녀의 양팔을 한쪽씩 움켜잡고 다른 한 손으로는 그녀의 가느다란 허리를 끌어안으려던 두 명의 장한이 갑자기 비명을 지르며 그 자리에 주저앉았다. 그들의 팔은 각기 괴이한 모습으로 꺾어져 있어 한눈에 보아도 관절이 부러진 것을 알 수 있었다.

"네놈들이 이럴 줄 알았다. 먼저 수작을 부린 것은 너희들이니 본 아가씨의 손이 맵다고 탓하지 마라."

서문연상은 입꼬리에 차가운 미소를 매단 채 두 팔을 허리에 대고 매서운 눈으로 텁석부리 장한을 쏘아보았다. 텁석부리 장한은 그녀가 무슨 수로 두 사람의 팔을 꺾어 놓았는지는 제대로 보지 못했지만, 직감적으로 일이 자신의 예상과는 다른 방향으로 진행되고 있음을 알아차렸다.

하나 그가 채 무어라고 입을 열기도 전에 서문연상의 백옥같이 고운 손이 허공을 날아 그의 코앞으로 다가왔다.

텁석부리 장한은 흠칫 놀라 황급히 옆으로 몸을 피했다. 하나 그녀의 손이 어느 사이엔가 그의 앞가슴 옷자락을 길게 찢어 버렸다.

찌익!

텁석부리 장한은 가슴이 훤히 드러난 채로 안색이 변해 뒤로 주춤주춤 물러났다. 서문연상의 날카로운 웃음소리가 그의 귓속을 칼날처럼 후비고 들어왔다.

"호호, 잘하는 걸 보여 준다고 하더니 겨우 도망 다니는 거였구나?"

"이런 찢어 죽일 년이……."

텁석부리 장한은 이를 부드득 갈아붙이며 허리춤에 차고 있는 장도를 뽑아 들었다.

"그냥 가만히 있었으면 재미나 좀 보고 놔주려고 했더니 네년이 스스로 화를 자초하는구나. 순순히 가랑이를 벌리지 않은 걸 후회하게 될 것이다."

그와 때를 같이하여 쥐눈의 장한도 병기를 뽑아 들고 서문연상의 뒤로 슬금슬금 다가갔다.

서문연상의 몸이 부르르 떨리며 얼굴이 얼음장처럼 차갑게 굳어졌다. 명문 세가에서 금지옥엽(金枝玉葉)으로 귀하게만 자라 온 그녀가 이런 모욕적인 말을 언제 들어 보았겠는가?

그녀는 입술을 굳게 다문 채 아무런 대꾸도 하지 않고 텁석부리 장한을 향해 곧장 몸을 날렸다. 그녀의 눈가에 소녀답지 않은 흉광이 번뜩이는 것으로 보아 머리끝까지 화가 나서 살심이 발동한 것이 분명했다.

텁석부리 장한은 비록 입으로는 큰 소리를 쳤어도 마음 한구석으로는 그녀에 대한 경계심을 갖고 있던지라 바짝 긴장하여 전력을 다해 칼을 휘두르며 맞서 갔다. 쥐눈의 장한 또한 그녀가 텁석부리 장한에게만 신경을 기울이는 것 같자 소리도 없이 그녀의 뒤쪽으로 빠르게 접근해 갔다.

팡!

가죽 북을 치는 듯한 음향과 함께 텁석부리 장한이 다급한 외침을 토하며 뒤로 주르르 밀려났다.

"허헉!"

텁석부리 장한이 쥐고 있던 장도는 이미 그의 손을 벗어나서 바닥에 떨어져 있었고, 그는 가슴을 움켜쥔 채 연신 비틀거리고 있었다.

놀랍게도 서문연상은 장난 같은 가벼운 손짓으로 텁석부리 장한의 칼을 날려 버리고 그의 앞가슴에 벼락같은 일장(一掌)을 격중시킨 것이다. 그 동작이 어찌나 빠르고 민첩했던지 텁석부리 장한은 영문도 모른 채 가슴팍이 빠개지는 듯한 통증에 우거지상을 짓고 있을 뿐이었다.

하나 그때 쥐눈의 장한은 이미 서문연상의 지척까지 다가가서 거의 무방비 상태로 노출되어 있는 그녀의 뒷등을 향해 장검을 내찌르고 있었다.

'네년도 끝장이다.'

막 그의 장검이 그녀의 가녀린 뒷등을 꿰뚫으려는 순간, 그의 눈앞에 있던 그녀의 모습이 허깨비처럼 사라져 버렸다. 그와 동시에 쥐눈의 장한은 무언가 빠르고 강력한 것이 자신의 양쪽 뺨을 후려갈기는 것을 느꼈다.

쫙! 쫙!

"처음부터 네놈의 상판때기가 마음에 들지 않았다."

눈 깜짝할 사이에 쥐눈의 장한은 그녀의 손에 열다섯 번이나 따귀를 맞고 얼굴이 퉁퉁 부어올랐다. 미처 피할 사이도 없이 멍청히 그 자리에 선 채로 따귀를 맞던 쥐눈의 장한은 결국 통증을 참지 못하고 서 있는 자세 그대로 정신을 잃고 말았다.

"끄응!"

그제야 서문연상은 그의 뺨을 후려갈기던 손을 멈추었다.

쥐눈의 장한은 벼락을 맞은 고목처럼 바닥에 쓰러져 버렸다. 그의 얼굴은 어찌나 많이 부어올랐는지 도저히 원래의 모습을 알아보기 힘들 정도였다.

그래도 그녀는 분이 풀리지 않는지 날카로운 눈으로 텁석부리 장한을 쏘아보았다. 텁석부리 장한은 가슴을 움켜잡은 채 놀란 눈으로 그녀와 쥐눈의 장한을 번갈아 가며 쳐다보고 있다가, 그녀와 시선이 마주치자 어색한 웃음을 흘렸다.

"소…… 소저, 이번 일에는 아무래도 무언가 오해가 있었던 것 같소……."

"오해는 무슨 얼어 죽을……."

서문연상은 냉랭하게 쏘아붙이며 텁석부리 장한을 향해 섬섬옥수를 쳐들었다.

텁석부리 장한의 두 눈에 두려운 빛이 가득 떠올랐다.

"소…… 소저, 우리에게 먼저 말을 걸어온 것은 소저였소. 나는 단지 소저에게 길 안내를……."

"그렇게 길 안내를 하고 싶거든 저승길 안내나 해라."

서문연상은 조금도 주저하지 않고 쳐들었던 오른손을 빠르게 휘둘렀다.

팡!

"어이쿠!"

텁석부리 장한은 다시 옆구리에 일장을 맞고 바닥을 나뒹굴었다. 서문연상은 다시 삼장을 연거푸 날렸고, 그때마다 텁석부리 장한은 피하지도 못한 채 꼼짝없이 장력을 맞고 여기저기로 굴러다녀야 했다. 서문연상은 그를 단단히 괴롭히려는지 장력에 삼성(三成)의 공력만을 실었기 때문에 텁석부리 장한은 쥐눈의 장한처럼 기절도 하지 못하고 태풍 앞의 가랑잎처럼 계속 나뒹굴었다.

그렇다고 손속이 느린 것도 아니어서 텁석부리 장한으로서는 피할 엄두조차 낼 수 없었다. 순식간에 십여 장을 얻어맞자 텁석부리 장한은 더 이상 견디지 못하고 그 자리에 쭈욱 누워 버렸다.

"차…… 차라리 나를 죽이시오!"

텁석부리 장한이 금시라도 숨이 넘어갈 듯한 음성으로 쥐어짜듯 소리치자 서문연상은 싸늘하게 웃었다.

"호호, 그렇게 말하면 이 아가씨가 못할 줄 아느냐? 당장 죽여주겠다."

그녀는 아예 작심을 한 듯 허공을 훌훌 날아 텁석부리 장한의 머리 위로 떨어져 내렸다.

"아이고, 소저! 제발 살려 주시오."

손가락 하나 까닥하지 못할 것처럼 바닥에 쫙 뻗어 있던 텁석부리 장한은 무슨 힘이 남았는지 벌떡 일어나더니 그녀를 향해 마구 머리를 조아렸다.

그 모습이 우스꽝스러워 보였는지 서문연상의 입가에 언뜻 엷은 미소가 떠올랐다가 이내 사라져 버렸다. 하나 텁석부리 장한을 향해 내뻗는 손길은 여전히 빠르고 매서운 것이었다.

바로 그때였다.

휘익!

어디선가 한 줄기 날카로운 휘파람 소리가 들려왔다. 그 소리는 가슴을 시원하게 씻어 주는 듯이 청량(淸涼)했으며, 상당한 힘이 담겨 있어서 바로 옆에서 부는 것처럼 똑똑하게 들렸다.

'누군지 내공이 몹시 정심(精深)한 사람이구나.'

서문연상은 움찔 놀라 내뻗었던 손을 거두어들였다.

곧 눈 덮인 산등성이의 한편에서 하나의 인영이 모습을 드러냈다. 그는 몇 차례 신형을 움직여 순식간에 장내에 가까이 다가왔다. 그 신법이 어찌나 표홀(飄忽)하던지 마치 한 마리 학이 날개를 펄럭이며 움직이는 것 같았다.

다가온 사람을 본 서문연상은 더욱 놀랐다. 나타난 사람은 얼굴이 관옥(冠玉)같이 준수한 이십 대 초반의 청년이었던 것이다. 짙은 청삼(靑衫)을 입고 이마에는 영웅건을 두른 그 청년의 모습은 그야말로 임풍옥수(臨風玉樹)라 할 만했다. 허리에는 옥대(玉帶)를 두르고 있었는데, 은은한 옥색이 청삼과 너무도 잘 어울려 보였다.

청삼 청년은 그녀와 시선이 마주치자 정중하게 포권을 했다.

"안녕하시오, 소저."

그 절제된 태도와 단아한 모습만 보아도 명문 세가의 귀공자임을 어렵지 않게 짐작할 수 있을 정도였다. 서문연상은 평소에 콧대가 세고 남자 알기를 길가에 굴러가는 돌멩이로밖에 보지 않는 도도한 성격이었으나, 지금 이 이목구비가 수려하고 전신에 기품이 넘치는 미남자의 인사를 받자 가슴이 두근거리고 얼굴이 발갛게 상기되었다.

하나 그녀는 겉으로는 여전히 쌀쌀맞은 표정을 한 채 물었다.

"당신은 누구죠? 이자들과 아는 사이인가요?"

청삼 청년은 하얀 이를 드러내며 빙긋 웃었다.

"불초가 갑자기 끼어들어 소저께서 오해한 모양이구려. 불초는 이자들과는 일면식도 없는 사이요. 단지……."

"단지 뭐죠?"

"무슨 연유인지 모르나, 소저 같은 분이 백주(白晝)에 남정네들에게 손찌검을 하는 모습이 어울리지 않는다고 생각하여 부득이 나서게 되었소. 기분이 나쁘셨다면 용서해 주시오."

상대가 이렇게까지 정중하게 나오는데 서문연상도 언제까지 냉랭한 표정을 짓고 있을 수만은 없었다. 예로부터 여인은 군자(君子)를 좋아한다고 했는데, 그런 면에서 서문연상도 어디까지나 여인이었다. 예의를 잃지 않으면서도 기품 있는 청삼 청년의 모습에 방심(芳心)이 움직이지 않을 수 없었다.

청삼 청년은 그녀의 얼굴 표정이 한결 부드러워진 것을 보고는 입가에 담담한 미소를 지으며 텁석부리 장한과 다른 세 명의 장한들을 둘러보았다.

"보아하니 이자들이 소저께 무례한 짓을 하려 한 것 같은데, 이 정도 혼이 났으면 정신을 차렸을 테니 불초를 보아서라도 이쯤에서 그치는 것이 어떻겠소?"

서문연상은 솔직히 청삼 청년의 모습에 호감이 가기는 했으나 아직 장한들에 대한 분노가 완전히 풀린 것은 아니었다. 그래서 그들을 용서해 주라는 청삼 청년의 말에 순간적으로 욱하는 기분이 들어 날카로운 음성으로 쏘아붙였다.

"나는 당신이 누구인지도 모르는데, 왜 당신을 봐서 그들에게 사정을 봐줘야 한단 말이죠?"

그녀의 쌀쌀맞은 대꾸에도 청삼 청년은 전혀 어색해 하거나 화를 내지 않고 오히려 재차 포권을 했다.

"이런이런, 인사가 늦었구려. 불초는 이존휘(李尊輝)라 하오. 대대로 장안에서만 살아온 터라 소저께서 이런 일로 장안에 대한 인식이 나빠질까 걱정되어 주제넘게 끼어들었소."

"이존휘?"

그 이름이 어딘지 모르게 귀에 익다 생각하고는 고개를 갸웃거리던 서문연상의 눈빛이 갑자기 반짝 빛났다.

"그럼 당신이 장안제일공자(長安第一公子)라는 만상공자(萬象公子) 이존휘란 말이에요?"

"하하, 장안 제일이란 것은 떠들기 좋아하는 사람들이 억지로 붙인 것이고, 불초가 만상공자란 과분한 칭호를 받고 있는 이존휘올시다."

청삼 청년의 정체를 알고 나자 서문연상은 새삼스러운 눈으로 그의 전신을 찬찬히 훑어보았다.

만상공자 이존휘는 서안 최고의 세력가인 장안대호 이세적의 외아들로, 어려서부터 문무(文武)에 기재(機才)가 출중하여 적어도 관중 일대에서는 그의 이름을 모르는 사람이 없었다. 그는 기개가 헌앙할 뿐 아니라 부친의 후광에도 결코 오만하지 않고 예의를 잘 지켜서 주위의 칭송이 자자했다.

장안은 서안의 예전 이름으로, 지금도 많은 서안 사람들은 자신들이 살고 있는 곳을 장안이라고 불렀다. 장안의 이씨가문(李氏家門)은 수백 년간 대대로 내려오는 명문 중의 명문으로, 문필(文筆)로 이름난 남전(藍田)의 여씨일가(呂氏一家)와 함께 섬서성 최고의 명문 세가로 명성이 높았다.

특히 당금의 가주인 이세적은 관부와도 혈연을 맺어 그 세도가 가히 하늘을 찌를 정도여서, 무림의 거대한 문파인 화산파에서도 그를 함부로 대하지 못했다. 종남파가 거의 유명무실해진 상태에서 화산파가 서안에 함부로 진출하지 못한 것도 바로 이세적 때문이었다.

그 유명한 이세적의 아들인 이존휘가 인적도 별로 없는 진령의 산자락 아래에 나타난 것은 뜻밖의 일이 아닐 수 없었다.

이존휘는 그녀의 따가운 시선을 받고도 전혀 어색해 하는 표정 없이 담담한 미소를 머금었다.

"오늘 날이 너무 청명하여 태화곡으로 가던 길이었소. 태화곡의 경치는 예로부터 천하의 절경으로 알려져 있으니, 소저께서 의향이 있으시다면 불초가 그곳으로 안내해 드릴까 하오."

서문연상은 잠시 생각을 굴려 보았다.

'태화곡이 명승은 명승인가 보구나. 특별히 갈 곳도 없는데 이 자와 함께 다니는 것도 나쁘진 않을 것 같은데…….'

그녀의 시선이 자신도 모르게 이존휘의 준수한 얼굴에 머물렀다. 이존휘는 온화하면서도 당당함을 잃지 않는 미소를 띤 채 그녀의 대답을 기다리고 있었다.

그와 시선이 마주치자 그녀는 다시 가슴이 뛰기 시작했다.

그녀는 새침한 표정을 지으며 살짝 고개를 끄덕였다.

"좋아요. 어차피 나도 그곳에 가려던 참이었으니……."

이어 그녀는 텁석부리 장한을 쏘아보았다.

"운이 좋은 줄 알아라. 이 공자만 아니었으면 네놈의 수염을 모조리 뽑아 버렸을 것이다."

여인답지 않게 우악스런 말이었으나, 그녀의 입에서 나오니 톡 쏘는 듯한 상큼한 매력이 느껴졌다. 텁석부리 장한은 연신 그녀에게 머리를 조아리며 이제 겨우 정신을 차린 쥐눈의 장한을 이끌고 다른 두 명의 장한들과 함께 허겁지겁 장내를 벗어났다.

잠시 그들의 멀어지는 모습을 보고 있던 이존휘가 낭랑한 웃음소리를 내며 그녀에게 다가왔다.

"하하, 소저의 기개는 남자에 못지않구려. 실례가 되지 않는다면 소저의 방명(芳名)을 알 수 있겠소?"

서문연상은 눈을 한 차례 깜박거린 다음 입을 열었다.

"나는 선상연(宣霜燕)이라고 해요."

선(宣)이라는 성(姓)은 그녀의 어머니의 성이었고, 상연이란 이름은 자신의 본명을 뒤바꾼 것이었다. 그녀가 가명(假名)을 말하리라고는 상상도 못했는지 이존휘는 그녀의 이름을 몇 차례 나직하게 되뇌고는 연신 고개를 끄덕였다.

"상연이라…… 정말 소저의 모습에 너무도 잘 어울리는 이름이오."

"아까 그자들도 태화곡이 제법 볼 만하다고 하더군요. 그곳에 무슨 절이 있다고 하던데…….”

"취미사라는 절이 있소.”

"그 절에 가 보고 싶어요.”

"알겠소. 나를 따라오시오.”

두 사람은 곧 어깨를 나란히 한 채 유유자적한 걸음으로 몸을 움직이기 시작했다.

      *   *   *

늦은 오후.

진산월은 유소응을 조용히 불렀다.

"오늘부터 본 파의 무공을 가르쳐 주겠다.”

진산월의 말에 유소응은 흥분된 표정을 감추지 못했다. 어린 나이답지 않게 항상 침착함을 잃지 않았던 유소응이지만, 이제부터 본격적으로 무공을 배우게 된다고 생각하자 기쁜 마음을 억누르기 힘들었던 모양이다.

"무공의 기본은 내공심법이다. 먼저 운기토납법(運氣吐納法)을 배운 후, 그다음에 본 파의 가장 기본이 되는 태을신공을 익히도록 해라.”

진산월은 내공심법의 근간이 되는 운기토납법에 대해 자세하게 설명해 주었다. 그는 남들이 볼 때 불필요해 보이는 기본 원리까지 아주 세세하게 이야기해 주었는데, 그것은 어떤 무공이든 기초가 잘 닦여야 대성할 수 있다는 평소의 지론에 따른 것이었다.

덕분에 잔뜩 기대했던 유소응이 첫날에 배운 것은 달랑 운기토납법의 기초 원리와 몇 차례의 간단한 시범뿐이었다.

"오늘부터 아침에 한 시진씩 운기토납을 하도록 해라."

"예."

유소응은 진산월이 그 말만을 하고 나가려 하자 머뭇거리다 용기를 내어 물었다.

"태을신공은 언제부터 배울 수 있나요?"

"네가 운기토납법에 익숙해진 다음이다."

"그게 언제쯤이나 될까요?"

"빠르면 열흘, 늦으면 한 달이 걸릴지도 모른다."

유소응의 얼굴에 한 줄기 실망의 빛이 스치고 지나갔다.

"그렇게나 오래요?"

진산월은 묵묵히 그를 내려다보고 있다가 낮게 가라앉은 음성으로 말했다.

"오래가 아니지. 오늘 배운 운기토납법은 앞으로도 계속 연마해야 한다. 최소한 십 년 이상 공을 들이지 않으면 안 된다. 태을신공도 마찬가지다. 몇 년 익힌 정도로는 제대로 써먹을 수도 없다."

유소응은 눈을 동그랗게 뜨고 진산월의 말에 귀를 기울였다.

"무공이란 정직한 것이다. 네가 정성을 기울인 만큼 과실을 얻을 수 있다. 본 파의 무공의 기초가 되는 태을신공과 천하삼십육검(天河三十六劍), 장괘장권구식(長掛掌拳九式)들은 모두 오랫동안 피나는 각고(刻苦) 없이는 절정에 이를 수 없는 것들이다. 네가 본 파의 제자로 입문한 이상 대성하고 싶다면, 결코 일조일석(一朝一夕)에 많은 것을 이루려 해서는 안 된다."

"알겠습니다."

유소응이 진지한 얼굴로 고개를 끄덕이자 진산월은 그의 작은 어깨를 가만히 두드려 주었다.

"조급함은 처음 무공을 익히는 사람에게는 가장 큰 함정이다. 너는 그 함정에 빠지지 말아야 할 것이다."

"명심하겠습니다."

진산월은 유소응을 방에 두고 밖으로 걸어 나갔다.

유난히 짙은 노을이 서쪽 하늘을 붉게 물들이고 있었다. 진산월은 잠시 후원의 뜨락 한쪽에 선 채로 점점 번져 가는 붉은 노을을 우두커니 쳐다보았다. 그때 그의 얼굴에는 무어라고 표현하기 힘든 쓸쓸한 표정이 감돌고 있었다.

문득 멀지 않은 곳에서 누군가의 음성이 들려왔다.

"무슨 생각을 그렇게 골똘히 해요?"

진산월은 돌아보지 않아도 그 음성의 주인이 누구인지 알 수 있었다. 과연, 어두운 그늘 속에서 모습을 드러낸 사람은 방취아였다.

그녀는 짙은 남색 치마에 자주색 저고리를 입고 있었으며, 머리는 궁형(宮型)으로 틀어 올렸다. 그래서인지 새하얀 얼굴이 더욱 돋보였고, 화사하면서도 요염한 분위기가 풍겨 나왔다. 진산월은 한동안 물끄러미 그녀를 쳐다보고 있더니 혼잣말처럼 나직하게 중얼거렸다.

제79장 만상공자(萬象公子) 55

"취아도 어느새 여인이 되었구나……."

이 소리를 들었는지 방취아는 흰자위가 드러나도록 그를 흘겨보았다.

"그걸 이제 아셨어요? 장문 사형은 항상 나를 어리게 보았지만, 나는 예전부터 여인이었어요."

사 년이라는 세월은 결코 짧은 게 아니었다. 그 세월은 풋내 나는 어린 소녀를 성숙한 여인으로 변모시킬 수도 있고, 멀쩡한 문파를 풍비박산 나게 할 수도 있었다. 그리고 평범한 고수를 강호 무림의 최절정 고수로 만들 수도 있었다.

방취아는 사락사락하는 옷자락 스치는 소리를 내며 그에게로 다가왔다. 그와 함께 사람의 마음을 취하게 하는 듯한 야릇한 향기가 풍겨 왔다.

"대답해 봐요. 무슨 생각을 하고 있었어요?"

진산월은 아무런 대꾸도 하지 않고 그녀에게서 다시 붉은 노을로 시선을 돌렸다. 방취아는 그의 깊은 흉터가 나 있는 수척한 뺨과 술에 취한 듯 붉은빛으로 어른거리는 그의 깊은 눈을 바라보고 있다가 속삭이는 듯한 음성으로 물었다.

"사저를 생각하고 있었죠? 장문 사형의 눈빛만 봐도 난 다 알 수 있다고요."

진산월은 여전히 아무 말도 하지 않았다. 방취아도 더 이상은 묻지 않았다. 왠지 그에게 너무 가혹한 질문 같다는 생각이 들었기 때문이다.

잠시 두 사람은 각기 다른 상념에 잠겨 있었다. 진산월의 두 눈은 더욱 깊게 가라앉았고, 방취아의 얼굴에도 평소의 그녀답지 않은 침울함이 감돌았다. 그러다 그녀는 마음속의 우울함을 떨쳐 버리려는 듯 얼굴을 활짝 펴며 특유의 활기찬 음성으로 입을 열었다.

"장문 사형이 가르쳐 준 천둔장법은 정말 재미있어요. 그 장법은 익히면 익힐수록 색다른 묘용(妙用)이 있더군요."

그녀가 화제를 다른 쪽으로 돌리자 진산월도 그제야 말문을 열기 시작했다.

"천둔장법은 빠른 가운데 현기(玄機)를 담고 있어서 사매에게는 아주 적합한 무공이지. 잘 익혀 두면 나중에 요긴하게 쓸 데가 있을 거야."

"걱정 말아요. 그건 무슨 수를 써서라도 완전히 터득하고 말 테니까. 그런데 소 사형이 아까부터 익히고 있던 건 무슨 검법이에요? 처음 보는 것이던데……."

"지산의 검법을 보았느냐?"

"그럼요. 오후에 사형에게 불려 나갔다 돌아오더니, 그때부터 사람이 달라진 것처럼 후원의 구석에 처박혀 미친 듯이 검만 휘두르고 있더군요. 그렇게 검로가 변화무쌍한 검법은 처음 보았어요. 그것도 본 파의 검법이에요?"

진산월은 고개를 끄덕였다.

"당연히 그렇다. 낙하구구검이라는 것으로, 무궁한 변화 속에 예리함을 갖추고 있어서 한쪽 팔이 불편한 지산에게 조금이라도 도움이 될 수 있겠다고 생각하여 익히게 한 것이다."

방취아의 봉목이 크게 뜨여졌다.

"낙하구구검이라면…… 혹시 오래전에 실전(失傳)되었다던 삼락검 중의 하나가 아닌가요?"

"알고 있었구나. 우연한 기회에 연(緣)이 닿아 입수할 수 있었다."

방취아는 호기심과 흥분이 뒤섞인 얼굴로 진산월을 쳐다보았다.

"그렇다면 장문 사형은 그동안 본 파의 실전되었던 절기들을 찾아다녔던 거로군요. 내 말이 맞죠?"

진산월은 그 말에 시인도 부인도 하지 않고 돌연 엉뚱한 말을 했다.

"앞으로 닷새가 중요하다."

"네? 그게 무슨 말이에요?"

"초가보에서는 대왕루에 모습을 드러냈던 지산의 행방을 찾으려고 대대적인 수색 작업을 할 것이다. 너희들이 일단 종남산에서 내려온 이상 아직 서안을 벗어나지는 못했을 거라 생각하고 객잔이란 객잔은 모두 뒤지고 다니겠지."

방취아의 안색이 홱 변했다.

"그렇군요. 그렇다면 이곳도 그다지 안전하지 않겠네요."

"그래서 정산에게 이 근처에 조용하고 남의 눈에 잘 띄지 않을 만한 민가를 구하라고 했다. 너와 지산은 소응을 데리고 그 민가로 가 있어라."

"장문 사형은요?"

"나는 따로 할 일이 있다."

"그게 무언데요?"

진산월은 잠시 침음하다가 조용한 음성으로 입을 열었다.

"일방이나 계성, 중산은 아직 생사를 모른다. 그 말은 곧, 그들이 아직 살아 있을 확률이 절반이나 된다는 뜻이지. 그러니 그들 중 누군가가 살아 있다면 이번 대왕루의 소동을 듣지 못했을 리 없다."

"아……!"

"종남파의 생존자가 대왕루에 나타났다는 소문을 들었다면 그들은 반드시 대왕루로 와서 사실을 확인하려 할 것이다."

방취아는 참지 못하고 뾰쪽한 음성으로 소리쳤다.

"장문 사형은 대왕루에서 그들을 기다릴 생각이군요!"

"그렇다."

"그건 너무 위험한 행동이에요."

"지금의 우리에게 위험하지 않은 일이란 없다. 그리고 그 일은 위험을 무릅쓸 만한 가치가 있다."

방취아는 여러 차례 안색이 변하더니, 이윽고 무거운 한숨을 내쉬었다.

"하지만 만에 하나 일이 잘못되어 장문 사형이 그들에게 발각되기라도 한다면 그때는……."

진산월은 부드러운 눈으로 그녀를 쳐다보았다.

"너무 걱정할 필요는 없다. 내 행색은 너도 알다시피 예전과 너무 많이 변해서 나를 알아보는 사람은 거의 없을 것이다. 그리고 나는 어떠한 상황에서도 내 한 몸 지킬 자신이 있다."

방취아는 수심이 가득한 얼굴로 그를 올려다보다가 어쩔 수 없다는 듯 억지로 미소 지었다.

"장문 사형은 또 고집을 부리는군요. 그 고집을 누가 꺾겠어요?"

갑자기 생각난 듯 그녀는 고개를 갸웃거리며 다시 물었다.

"그런데 왜 닷새예요? 본산을 공격하는 건 열흘 후가 될 거라고 하셨잖아요."

"오 일이면 충분하다. 그동안에 아무도 안 나타난다면 그 후에도 마찬가지일 것이다. 그리고 그 이후에는 종남산으로 이동해서 미리 거점(據點)을 확보해야 하기 때문에 더 기다릴 시간도 없다."

방취아는 가만히 생각에 잠겨 있다가 고개를 끄덕였다.

"장문 사형 말씀이 맞겠군요. 이 오 일이 우리에게는 정말 중요한 오 일이 되겠네요."

진산월은 담담하게 한마디를 덧붙였다.

"비단 중요할 뿐 아니라 길고도 지루한 시간이 될 것이다."

제 80 장
사찰참변(寺刹慘變)

제80장 사찰참변(寺刹慘變)

 서안에서 남쪽으로 이십 리쯤 가면 종남산 자락 아래 하나의 커다란 계곡이 나온다. 이곳은 태화곡(太和谷)이라고 하는데, 예로부터 천하의 절경으로 이름이 높아서 당 태종(太宗)이 이곳으로 자주 피서를 왔다고 한다.
 사방이 온통 붉은 노을에 잠겨 있을 즈음, 석양에 긴 그림자를 드리우며 태화곡 안으로 들어서는 두 인영이 있었다.
 그들은 각기 검고 푸른 장삼을 걸친 청년들이었다. 검은 옷을 입은 청년은 이십 대 후반쯤 되었으며, 얼굴이 길쭉했고 눈빛이 아주 날카로웠다. 전신은 날씬하면서도 단단해서 마치 회초리처럼 민첩해 보였다.
 짙은 남색 장삼을 걸친 청년은 그보다 대여섯 살쯤 어려서 막 이십 대에 들어선 나이로 보였다. 전체적으로 준수한 인상이었으나, 얼굴에 붉은빛이 감돌고 두 눈이 부리부리해서 성격이 화급한 인상이었다.

두 사람 모두 허리춤에 장검을 차고 있었는데, 자세가 안정되고 걸음걸이가 날렵해서 상승 검도(上乘劍道)를 익혔음이 분명해 보였다.

안으로 들어갈수록 태화곡의 경내는 기암괴석과 계류(溪流)들로 절경을 이루고 있었다. 비록 한겨울이라 물의 양은 그다지 많지 않았고 일부는 얼어 있기도 했으나, 눈 덮인 바위 사이로 흐르는 계곡물은 수정(水晶)처럼 차고 깨끗했다. 게다가 안으로 들어가는 길은 잘 닦여 있어서 주위의 절경을 감상하며 걷기에는 더할 수 없이 좋았다.

두 사람은 제법 빠른 걸음으로 태화곡 안으로 계속 들어갔다. 얼마쯤 가니 완만하게 곡선을 이루며 휘어진 길의 끝 부분에 울긋불긋한 단청(丹靑)의 기와지붕이 살짝 보이기 시작했다.

그것을 보자 두 사람의 걸음은 더욱 빨라졌다. 단청의 기와지붕은 점차로 확대되어 이내 하나의 고색창연한 사찰이 모습을 드러냈다.

절은 제법 규모가 컸으며, 크고 작은 몇 채의 전각이 주변의 산세와 너무도 잘 어울려 보였다. 낮은 담장 위로 보이는 전각들의 지붕은 형형색색으로 물들어 있었으며, 절의 뒤쪽으로는 수십 개의 석탑들이 병풍처럼 늘어서 있었다. 평온하고 정겨운 정경이 아닐 수 없었다.

그런데 절의 입구로 다가가던 두 사람의 발걸음이 갑자기 멈춰졌다. 평상시라면 여기저기서 분주히 오갔을 중들의 모습이 전혀 보이지 않았던 것이다.

주위를 둘러보던 흑의 청년이 문득 낮은 음성으로 중얼거렸다.

"피 냄새가 나는군."

이어 그의 신형은 쏜살같이 허공을 날아 절 안으로 들어갔다. 남삼 청년도 황급히 그를 따라 몸을 움직였다.

"아!"

막 절 안으로 들어서자마자 남삼 청년은 짤막한 외침을 토하며 못 박힌 듯 그 자리에 우뚝 서 버렸다. 제법 넓은 공터 안에 몇 구의 시신이 쓰러져 있었던 것이다. 그 시신들은 모두가 가사(袈裟)를 입은 중들이었으며, 예리한 흉기에 당한 듯 하나같이 팔다리가 잘려 나간 참혹한 모습들이었다.

흑의 청년은 벌써 공터를 가로질러 대웅전(大雄殿) 안으로 사라지고 있었다. 남삼 청년은 급히 주위의 전각들을 둘러보았다. 전각마다 적게는 서너 구에서 많게는 대여섯 구의 시신들이 널려 있었다. 남삼 청년은 절 안에 살아 있는 사람이 아무도 없다는 걸 확인하고서야 흑의 청년이 들어간 대웅전으로 걸음을 옮겼다.

널찍한 대웅전 안은 은은한 피비린내가 감돌고 있었다. 남삼 청년은 대웅전의 한복판에 흑의 청년이 우뚝 서 있는 것을 발견하고 황급히 그에게로 다가갔다.

흑의 청년은 한곳에 시선을 고정시킨 채 미동도 않고 있었다.

그를 향해 무어라고 입을 열려던 남삼 청년은 그의 표정이 심상치 않음을 보고 그의 시선이 향해 있는 곳으로 시선을 돌렸다.

원래 대웅전의 중앙에는 거대한 세 개의 본존불(本尊佛)이 놓인 단(壇)이 있었는데, 지금 세 개의 본존불은 모두 파괴된 채 바닥에 이리저리 보기 흉하게 널려져 있었다. 그리고 본존불이 있던 단 위에는 세 사람이 앉아 있었다.

그들을 본 남삼 청년의 안색이 딱딱하게 굳어졌다.

좌측에 앉아 있는 사람은 황색 가사를 입은 인자하게 생긴 노승이었고, 우측에는 십여 세가량 된 어린 소년이었다. 그리고 중앙에는 푸른 학창의를 입고 머리가 눈부신 백발의 노인이 앉아 있었다.

대웅전 안은 비록 어둑어둑했지만, 남삼 청년은 한눈에 그들이 모두 숨이 끊어진 시체임을 알아보았다. 흉수는 잔인하게 세 사람을 살해한 후 본존 불상 대신 불단에 앉혀 놓았던 것이다.

흉수는 대체 왜 이런 짓을 한 것일까?

그리고 세 구의 시신은 과연 누구란 말인가?

남삼 청년이 우두커니 세 구의 시신을 바라보고 있는 가운데 흑의 청년은 느릿느릿 몸을 움직여 세 구의 시신 앞으로 다가갔다. 사인(死因)은 쉽게 발견되었다. 세 구의 시신 모두 목덜미가 예리한 흉기에 잘려져 있었다. 인후혈(咽喉穴)만을 정교하게 잘라낸 그 솜씨는 가히 놀라운 것이었다.

흑의 청년은 그 상흔을 살펴보더니 나직하게 중얼거렸다.

"빙검(氷劍)의 일종(一種)을 썼군."

빙검이란 강한 음기(陰氣)를 띤 신병이기(神兵利器)를 말하는 것이었다. 검 자체에 기이한 냉기(冷氣)를 담고 있어서 일단 스치기만 해도 그 기운이 혈맥을 타고 퍼져 나가 상대는 치명적인 위험에 처하게 되는 것이다.

아닌 게 아니라, 세 구의 시체는 모두 목이 잘렸는데도 별다른 혈흔이 보이지 않았다. 남삼 청년은 밖에 널려 있는 시체들도 사지가 잘렸음에도 의외로 흘러내린 핏물은 아주 적었다는 것을 기억해 냈다. 그것은 흉수가 사용한 흉기가 강력한 냉기를 지닌 빙검이어서 검에 베인 상처 부위가 모두 얼어붙었기 때문이었다.

"이 정도 냉기를 띤 신검은 그리 흔치 않은데……."

흑의 청년은 무언가 골똘히 생각에 잠긴 모습이었다.

남삼 청년은 잠깐 머뭇거리다 물었다.

"이 시체들은 누구입니까?"

흑의 청년은 좌측의 노승을 가리켰다.

"이분이 오늘 내가 만나려고 했던 이 절의 주지(住持) 스님이시다."

"그 옆의 두 사람은 누굽니까? 보아하니 조손(祖孫) 사이 같은데……."

"내 짐작이 틀리지 않는다면 이 노인은 소요검객(逍遙劍客) 사익(史翊)일 것이다. 이 아이는 그의 손자겠지."

남삼 청년의 몸이 한 차례 움찔거렸다.

"사익이라면 화산파의 열 명의 장로 중 한 사람이 아닙니까?"

"그렇다."

남삼 청년은 경악을 금치 못하는 모습이었다.

"화산파의 장로가 이런 곳에서 시체로 변해 있다니 정말 믿어지지 않는군요. 게다가 절 안의 승려 대부분은 무공도 모르는 자들 같았는데 한 사람도 남기지 않고 모두 살해하다니, 대체 누가 이런 잔혹한 짓을 했단 말입니까?"

흑의 청년은 고개를 저었다.

"누가 했는지는 그다지 중요하지 않다. 중요한 건 무슨 이유 때문에 이런 짓을 했느냐는 것이다."

"사익과 원한 관계에 있던 누군가가 한 게 아닐까요?"

"사익은 지난 십여 년간 화산에서만 칩거(蟄居)한 채 무림에 모습을 드러내지 않았었다. 게다가 평소에도 성격이 원만해서 누구와 원한을 맺을 인물이 아니다."

남삼 청년은 의아한 표정이 되었다.

"그렇게 오랫동안 화산에만 머물러 있던 사익이 왜 갑자기 이곳에 모습을 드러냈을까요?"

"아마도 나름대로의 용무가 있었겠지. 어쩌면 나처럼 주지 스님에게 무언가 부탁할 것이 있었을지도 모르고. 그나저나 사태가 상당히 복잡하게 됐군."

"그렇지요? 자파(自派)의 장로가 이곳에서 죽은 걸 알면 화산파가 벌컥 뒤집혀질 겁니다."

"그게 아니다. 사익도 사익이지만 진짜 문제는 다른 데 있다."

이어 그는 남삼 청년이 묻기도 전에 좌측의 노승의 시신을 가리켰다.

"너는 이 절의 주지가 누구인 줄 아느냐? 그는 바로……."

바로 그때였다.

"이 흉적(凶賊)! 신성한 사찰에 와서 이런 참혹한 짓을 저지르다니……."

갑자기 여인의 찢어지는 듯한 고함 소리가 들려옴과 동시에 무언가 차갑고 예리한 것이 두 사람의 뒷등을 향해 빠르게 날아들었다. 흑의 청년과 남삼 청년은 누가 먼저랄 것도 없이 옆으로 비스듬히 몸을 날렸다.

팍! 팍!

방금 전만 해도 그들이 서 있던 자리에 두 개의 날카로운 비수가 틀어박혔다. 비수의 크기는 그리 크지 않았으나 손잡이를 제외한 날이 모두 바닥에 박힌 것으로 보아 그 안에 실린 역도(力道)를 짐작할 수 있었다.

더욱 놀라운 것은 비수가 날아든 속도였다. 일반적인 경우, 고함을 지른 후에 비수를 날린다는 것을 생각해 볼 때 여인의 고함과 비수의 도착이 거의 비슷한 시기에 이루어졌다는 것은 비수가 날아든 속도가 가히 가공스러웠음을 나타내는 것이었다.

두 사람의 움직임이 조금만 늦었어도 꼬치 신세를 면치 못했을 것이다. 흑의 청년은 두 눈에 신광을 번뜩이며 비수가 날아든 곳으로 시선을 돌렸다.

대웅전의 입구에는 언제 나타났는지 일남일녀(一男一女)가 나란히 서 있었다. 남자는 청삼을 차려 입은 준수한 미남자였고, 여자는 한 떨기 꽃처럼 상큼한 미모를 자랑하는 십 대 후반의 소녀였다.

비수를 던진 사람은 소녀가 분명했다. 소녀는 두 사람이 자신의 비수를 가볍게 피한 것에 놀랐는지 아름다운 두 눈을 크게 뜬 채로 두 사람을 쏘아보고 있었다.

흑의 청년은 이미 소녀가 자신들을 오해하고 있음을 알아차렸기에 화를 내지 않고 담담한 음성으로 말했다.

"아무래도 소저가 무언가 잘못 생각한 것 같군. 이곳에서 벌어진 일은 우리가 한 게 아니오."

소녀는 고운 아미를 찌푸리며 냉랭하게 소리쳤다.

"흥! 현장에서 발각됐는데도 엉뚱한 소리를 하는군. 이 승려들 모두 너희들이 허리에 차고 있는 그 검으로 살해한 게 아니란 말이냐?"

흑의 청년은 그녀가 계속 자신들을 흉수로 몰자 입가에 쓴웃음을 머금었다.

"나는 아직까지 단 한 번도 무공을 모르는 사람을 향해 검을 뽑아 본 적이 없소. 이번 일은 소저가 마음을 가라앉히고 조금만 생각해 보면 쉽게 이해할 수 있는 것이오."

소녀는 다름 아닌 서문연상이었다.

그녀는 이존휘와 함께 태화곡 일대의 절경들을 감상하느라 취미사에는 예정보다 늦게 도착했는데, 아름다운 경치를 자랑하던 취미사가 온통 피비린내 나는 학살의 현장으로 변해 있자 크게 놀람과 동시에 흉수에 대한 엄청난 분노를 느꼈다. 그러다 대웅전에서 인기척이 들려오자 이곳으로 왔다가 두 사람을 발견하고는 분노를 이기지 못하고 불문곡직하고 손을 썼던 것이다.

그녀도 지금은 자신이 너무 성급했다 생각하고 있었다. 두 사람이 흉수란 증거는 어디에도 없고, 자신들처럼 취미사를 찾아온 것일지도 모르는데 다짜고짜 살수를 쓴 것은 확실히 경솔한 행동이었다.

하나 평소에도 누구보다 자존심이 강한 그녀는 흑의 청년의 훈계조 말에 불쑥 화가 솟구쳐 올라 쌀쌀맞은 음성으로 대꾸했다.

"내가 마음을 가라앉히든 말든 그게 당신과 무슨 상관이 있죠? 괜히 어물쩍거리며 피하지 말고 바른대로 말해요. 죽였어요, 안 죽였어요?"

그녀의 질문은 누가 보기에도 억지에 가까운 것이었다. 설사 흑의 청년이 흉수라 해도 이런 상황에서 어찌 자신의 입으로 선뜻 시인을 하겠는가?

흑의 청년은 더 이상 대답할 필요를 느끼지 못했는지 입을 다물어 버렸다. 대신 옆에 있던 남삼 청년이 인상을 찡그리며 앞으로 나섰다.

"소저는 괜히 애꿎은 사람을 의심하지 말고 돌아가시오. 기분 같아서는 우리에게 함부로 비수를 날린 대가를 치르게 하고 싶지만, 이곳의 상황이 이러니 참는 거요."

서문연상의 얼굴에 '오냐, 잘 걸렸다.' 하는 표정이 떠올랐다.

"오라, 이제 보니 진짜 흉수는 여기 있었네. 당신이 뭔데 나에게 오라 가라 하는 거예요? 뭔가 미심쩍은 구석이 있으니까 우리를 내쫓으려 하는 거 아니에요?"

남삼 청년의 얼굴에 험악한 표정이 떠올랐다. 흑의 청년이 슬쩍 그의 소매를 붙잡지 않았다면 그의 입에서 거친 욕설이 튀어나왔을지도 모르는 일이었다.

흑의 청년은 그녀와 시비를 일으키고 싶은 생각이 없는지 담담한 음성으로 입을 열었다.

"시신들의 상태를 보면 흉수가 이들을 살해한 것이 이미 몇 시진 전의 일임을 알 수 있을 거요. 우리가 흉수라면 왜 지금까지 이곳에서 얼쩡거리고 있었겠소?"

서문연상이 듣고 보니 일리가 있는 말이었다. 확실히 시신들은 죽은 지 적어도 한두 시진은 족히 되어 보였다.

그녀가 머뭇거리고 있을 때 흑의 청년은 그녀에게 가볍게 포권을 했다.

"다른 일이 없다면 우리는 이만 가 보겠소. 소저는 천천히 구경하다 가시오."

두 사람이 휑하니 몸을 돌려 떠날 기색이자, 그녀는 황급히 그들을 제지해 불렀다.

"멈춰요."

흑의 청년은 여전히 표정의 변화가 없는 데 반해 남삼 청년은 어깨가 한 차례 크게 들썩거렸다. 막상 그들을 멈춰 세운 서문연상은 순간 할 말이 없는지 머뭇거렸다. 그들을 그냥 보내기도 꺼림칙하고, 그렇다고 붙잡고 있자니 특별히 그래야 할 이유도 없었다.

그때 지금까지 그녀의 옆에서 이 광경을 보고 있던 이존휘가 처음으로 입을 열었다.

"두 분께서 이대로 떠나신다는 것은 조금 무책임한 처사 같소."

흑의 청년의 칼날 같은 시선이 이존휘의 준수한 얼굴에 화살처럼 날아가 꽂혔다.

"그게 무슨 말이오?"

"불초도 이번 일은 두 분과 별다른 관계가 없다고 생각하오. 하지만 두 분은 이번 일의 최초 목격자들이오. 그러니 싫든 좋든 그에 대한 책임을 져야 한다는 뜻이오."

"그래서 우리가 어떻게 해야겠소?"

이존휘는 빙긋 미소 지었다.

"일단 관가에 가서 두 분이 지금까지 본 일을 모두 그대로 고하고, 저 두 조손의 가족에게도 알려야 한다고 생각하오."

흑의 청년은 눈을 반짝 빛냈다.

"당신은 육선문(六扇門, 관가)의 인물이오?"

"그렇지는 않소. 단지 내 집안이 장안 지부와 밀접한 관계가 있을 뿐이오. 두 분이 관가로 가시겠다면 결코 불리한 일을 당하지 않으리라는 것을 약속드리겠소."

"장안 지부라…… 당신의 성이 혹시 이씨(李氏)가 아니오?"

이존휘는 조용히 웃으며 포권을 했다.

"나는 이존휘라 하오."

흑의 청년은 이존휘의 이름을 듣고도 별로 놀란 표정을 짓지 않았다.

"이제 보니 천하에 명성이 자자한 만상공자이셨구려. 못 알아봐서 미안하오."

"별말씀을. 그보다 나를 믿고 나를 따라 장안 지부로 가 주었으면 하오."

"그건 곤란하오. 나는 관가와는 어떤 식으로든 관계를 맺는 걸 원하지 않소. 게다가 이번 사건에 대해서 내가 알고 있는 것은 이 공자와 다를 바가 없소. 그러니 공연히 당신을 따라가 보았자 피차간에 서로 피곤한 일이 될 뿐이오."

이존휘의 얼굴이 조금 굳어졌다. 자신이 신분까지 밝혔는데도 상대가 거절했으니, 그로서는 체면이 손상되었다고 느낄 만도 했다.

이존휘의 얼굴에는 여전히 부드러운 미소가 떠올라 있었지만, 음성에는 은근한 날카로움이 담겨 있었다.

"나로서는 두 분께 충분히 예의를 갖추었다고 생각하오. 이대로 두 분이 떠난다면 이번 사건은 자칫 영원한 미궁(迷宮)에 빠질지도 모르는 일 아니겠소?"

흑의 청년의 눈가에 차가운 기운이 감돌았다.

"당신의 말은, 우리가 흉수일 가능성이 높다는 말처럼 들리는군."

"내가 아는 것은 이곳에서 전대미문의 끔찍한 혈겁(血劫)이 벌어졌고, 귀하들이 최초로 그 현장에 있었다는 사실뿐이오. 다른 억측이나 상상은 하고 싶지 않소."

"내가 따라가지 않겠다면?"

이존휘는 정색을 했다.

"그런 행동은 공연히 의심만 더할 뿐이오. 모쪼록 귀하들이 현명한 선택을 하기를 바라겠소."

이번에는 흑의 청년의 얼굴에 미소가 떠올랐다. 그것은 지금까지와는 다른 차갑고 냉혹한 미소였다.

"이런 식으로 일을 처리하는 게 이씨가문의 방식인가? 마음에 드는군."

그건 명백한 조롱의 의미가 담긴 말이었다. 이존휘의 얼굴 표정도 점차로 냉랭하게 변했다.

"굳이 권주(勸酒)를 마다하고 벌주(罰酒)를 마시겠다는 거요? 그렇다면 나도 더 이상은 강권(强勸)하지 않겠소."

삽시간에 주위는 팽팽한 긴장감에 휩싸여 버렸다. 자존심 강하고 흥분 잘하는 서문연상과 참을성이 별로 없어 보이는 남삼 청년은 뒷전에 서 있고, 오히려 침착하고 차분한 이존휘와 냉정한 태도를 지닌 흑의 청년이 맞서는 상황이 되어 버린 것이다.

이존휘는 뒷짐을 진 양손을 자연스레 늘어뜨린 채 흑의 청년을 응시하고 있었다. 흑의 청년 또한 검을 잡지 않고 그 자리에 가만히 서 있기만 했다.

한데 흑의 청년의 자세를 본 이존휘의 표정이 조금씩 이상하게 변했다. 허술한 듯 보이는 흑의 청년의 자세가 사실은 빈틈없을 뿐 아니라 칼날같이 예리한 기운이 솟구쳐 나오고 있었던 것이다.

'만만한 인물이 아니로군. 이 정도 기도를 발출할 정도면 틀림없이 이름이 알려진 검수일 텐데······.'

이존휘는 재빠르게 머리를 굴려 흑의 청년의 인상착의와 비슷한 고수들을 헤아려 보았다.

떠오르는 이름이 하나 있었다. 하나 진짜 그인지를 확인할 방법은 한 가지밖에 없었다.

이존휘는 슬쩍 앞으로 한 걸음 내디뎠다. 순간 그의 피부에 예리한 바늘로 찌르는 듯한 통증이 느껴졌다. 흑의 청년이 검에 손을 갖다 대지도 않았는데, 무형의 검기가 다가온 것이다.

이존휘는 더 생각할 겨를도 없이 뒤로 한 걸음 물러났다. 더 버티다가는 그 검기에 쓰러지든지, 아니면 검기에 맞서기 위해 출수를 해야 할 것 같았기 때문이다.

이존휘는 다시 한 걸음 물러난 다음 양쪽 소매를 털었다. 대수롭지 않은 행동이었으나, 이번에는 흑의 청년이 슬쩍 옆으로 한 걸음 이동했다.

파아아…….

흑의 청년이 서 있던 자리를 한 줄기 회오리바람이 휩쓸고 지나갔다. 이곳은 대웅전 안인데 난데없이 회오리바람이 불다니, 이상하기 짝이 없는 일이었다.

하나 장내에 있는 사람들은 모두 무공에는 나름대로 일가견이 있는 고수들이어서 어찌 된 일인지 어렵지 않게 짐작할 수 있었다. 조금 전에 이존휘는 양쪽 소매를 떨치는 동작으로 무형의 암경(暗勁)을 두 가닥 발출했으며, 흑의 청년이 피하는 바람에 그 두 개의 암경이 서로 부딪쳐서 회오리를 형성했다가 소멸한 것이다.

흑의 청년은 나직하게 중얼거렸다.

"이가(李家)의 철선수(鐵旋袖)는 고요한 가운데 금강동인도 박살 낸다고 하더니 과연 대단하군."

이존휘는 낭랑한 웃음을 터뜨렸다.

"하하, 과찬이시오. 오히려 귀하의 무형검기에 놀라 어설픈 솜씨를 보였으니 민망할 따름이오."

이어 그는 은근한 음성으로 물었다.

"귀하는 혹시 한 번 검을 뽑으면 반드시 피를 보고야 만다는 일검혈견휴 조일평, 조 대협이 아니오?"

흑의 청년은 무뚝뚝한 표정으로 고개를 끄덕였다.

"내가 바로 조 모요."

그 말에 이번에는 서문연상이 해연히 놀랐다.

조일평은 요즘 섬서성에서 최고의 검객 중 한 사람으로 손꼽히는 인물로, 검을 귀신같이 잘 사용한다고 해서 마검(魔劍)으로까지 불리고 있었다. 검으로는 섬서성뿐 아니라 강북(江北) 전체를 통틀어도 능히 열 손가락 안에도 꼽힐 수 있을 거라는 것이 그를 아는 무림인들의 공통된 의견이었다.

이존휘는 자신의 짐작대로 그가 마검 조일평임을 알게 되자 오히려 마음이 홀가분해졌다.

"조 대협인 줄도 모르고 결례를 했으니 용서하시오."

이존휘의 태도는 깍듯했고, 명문 세가의 자제다운 진중함이 담겨 있었다.

조일평은 성격이 누구보다도 날카롭다고 소문난 인물이었다. 자신이 먼저 남에게 시비를 건 적은 없었지만, 남이 걸어 온 시비는 그대로 지나치는 법이 없었다. 지금도 그는 이존휘가 예의를 차리는 것을 알면서도 음성은 여전히 냉랭하기 그지없었다.

"아직도 이 공자는 나를 관가로 데려갈 생각이오?"

이존휘는 빙그레 웃으며 손을 내저었다.

"내게 그럴 담력이 있겠소? 조 대협의 명성과 신분으로 보아 허언을 했을 리 없으니 이번 일은 이쯤에서 그치는 것이 좋겠소."

"바라던 바요. 그럼 우리는 이만 가 보겠소."

조일평은 다른 말은 하나도 하지 않고 이 말만을 한 후 남삼 청년과 함께 주저 없이 몸을 돌렸다. 그야말로 거칠 것 없고 망설임 없는 마검 조일평다운 모습이 아닐 수 없었다.

남삼 청년은 무언가 못마땅한 것이 많은지 서문연상과 이존휘를 매서운 눈으로 쏘아보고는 조일평을 따라 몸을 움직였다. 멀어져 가는 그들의 뒷모습을 바라보는 이존휘의 두 눈에는 기이한 광채가 어른거리고 있었다.

그때 서문연상의 투덜거리는 소리가 그의 귓전에 들려왔다.

"아니 이 공자는 왜 저자를 그냥 보내는 거예요? 저런 거만한 작자는 한번 따끔하게 혼구멍을 내 줘야 하는데……."

이존휘는 그녀를 돌아보며 조용하게 웃었다.

"하하, 마검 조일평이라면 저 정도 위세를 떨 자격이 있지요. 아무튼 그의 말마따나 이번 일은 저자들과 별 연관이 없는 게 확실하니 이 정도로 그만두는 것이 서로에게 이로울 것이오."

"정말 저자들이 이번 사건과 관련이 없단 말이에요?"

"이곳의 승려들을 해친 자는 차가운 성질을 띤 신검을 사용했소. 하나 내가 조금 전에 보니 조일평이 차고 있는 것은 평범한 청강검(靑剛劍)이었소. 그러니 그는 흉수가 아닐 거요."

서문연상이 신기한 듯 고개를 갸웃거리며 물었다.

"흉수가 그런 병기를 사용했다는 걸 어떻게 알아요?"

이존휘는 시신들의 상처를 가리켰다.

"보시오. 상처 주위가 얼어붙어 있지 않소? 이미 죽은 지 적지 않은 시간이 경과했는데도 냉기가 사라지지 않은 것을 보면 흉수의 병기가 어떤 것인지 어렵지 않게 짐작할 수 있소."

서문연상은 이존휘가 가리키는 곳을 자세히 들여다보더니 이내 고개를 끄덕였다.

"그렇네요. 흉수가 이런 특이한 병기를 사용했다면 정체를 알아내는 것도 그리 어렵지 않겠군요."

의외로 이존휘는 무거운 표정을 숨기지 않았다.

"사실은 그 반대요."

"네?"

"내가 알기로 강호 무림에서 이런 종류의 신검을 소지한 사람은 모두 세 명이 있소. 하지만 그들 중 이런 짓을 할 만한 사람이 누구인지는 선뜻 떠오르지 않는구려."

서문연상은 호기심을 이기지 못하고 급히 물었다.

"그들이 누군데요?"

"첫째는 형산파의 오결검객 중 하나인 냉홍검(冷虹劍) 고진(古震)이오. 그의 냉염신검(冷焰神劍)은 일 장 밖의 바위도 얼린다는 소문이 있소."

"나도 그 사람의 이야기는 들었어요. 듣자 하니 그는 형산의 제일봉(第一峰)인 축융봉(祝融峰) 정상 부근의 동굴에 기거하며 벌써 몇십 년째 검을 수련하고 있다고 하더군요. 그는 평생을 형산에서 삼백 리 밖으로 나간 적이 없다고 하니 그는 아닐 거예요."

"나도 그렇게 생각하오. 둘째는 요즘 강북삼보의 하나로 명성을 떨치고 있는 검보(劍堡)의 전대 보주(前代堡主)인 검왕(劍王) 서문동회(西門冬懷)요."

그 말을 듣자 서문연상의 얼굴이 순간적으로 딱딱하게 굳어졌다. 그녀의 음성이 자신도 모르게 가늘게 떨렸다.

"왜…… 왜 그분을 의심하는 거죠?"

그녀는 자신의 실태를 깨닫고 급히 말을 덧붙였다.

"내가 들은 바로는, 그분은 당대에 보기 힘든 협객이라고 하던데……."

이존휘의 시선이 한순간 칼날처럼 예리해졌으나, 이내 다시 평상시의 모습으로 되돌아왔다.

"검왕 서문동회는 물론 나도 존경하는 무림의 대선배이시오. 단지 나는 일전에 그분이 신병이기들을 수집하는 걸 광적(狂的)으로 좋아하셔서 무림의 온갖 기이한 병기들을 소장하고 계시다는 말을 들은 적이 있소. 그중에서도 특히 열두 개의 신병이 유명한데, 그 십이신병(十二神兵) 중 빙백검(氷魄劍)이라는 것이 있다고 알고 있소. 그 빙백검은 비단 금석(金石)을 무처럼 자를 뿐 아니라, 전신에 기이한 냉기가 뿜어 나와서 단순히 칼날에 스치기만 해도 웬만한 사람은 심맥(心脈)이 얼어붙어 숨이 끊어진다고 하오."

서문연상의 얼굴에 여러 가지 복잡한 표정이 스치고 지나갔다. 이존휘는 그녀의 그런 모습을 아는지 모르는지 허공을 응시하며 혼잣말처럼 계속 무언가를 중얼거렸다.

"하지만 그분은 이미 십여 년 전에 보주의 지위를 아들인 서문장천(西門長天)에게 인계하고 은둔 생활을 즐기고 계신다고 하는데…… 그런 분이 여기까지 와서 이런 혈겁을 저지를 리가 없지."

서문연상은 그 말에 귀가 번쩍 뜨이는지 재빨리 맞장구를 쳤다.

"그래요. 그분의 명성과 지위로 보아 이런 짓을 할 리가 없지요. 틀림없이 세 번째 인물이 흉수일 거예요."

이존휘의 얼굴에 쓴웃음이 떠올랐다.

"그런데 세 번째 인물도 명성이나 지위로 보아 서문동회보다 나으면 나았지 결코 못하지 않은 인물이오."

서문연상의 눈이 크게 뜨여졌다.

"그가 누군데요?"

"그는 바로 당금 무림의 흑도 제일 고수(黑道第一高手)인 신목령주(神木令主)요."

신목령주란 말에 서문연상은 짤막한 탄성을 터뜨렸다.

"아! 그도 신검을 가지고 있나요?"

"신목령주의 한목신검(寒木神劍)은 마도인(魔道人)들에게는 절대적인 권위의 상징일 뿐 아니라 무림 최고의 신병 중 하나요. 신목령주가 한목신검을 휘두르면 반경 십 장 이내가 온통 얼음으로 뒤덮인다는 말이 있을 정도요."

서문연상은 놀란 눈을 크게 뜨고 아무런 말도 하지 못했다.

신목령주라면 확실히 검보의 전대 보주인 서문동회보다 명성이나 지위가 높다고 할 수 있었다. 그는 비단 마도의 최고 고수일 뿐 아니라, 환우삼성(寰宇三聖)을 제외하고는 당금 무림에서 가장 높은 배분을 지니고 있었다. 휘하의 세력은 말할 것도 없고, 그의 말 한마디면 무림 전체가 뒤흔들릴 판이었다.

그런 그가 무엇이 아쉬워 이런 외진 곳까지 와서 은밀하게 혈겁을 저지른단 말인가?

생각해 보니 이존휘의 말대로 세 사람 중 누구도 이런 혈겁을 저지를 만한 가능성은 거의 없어 보였다.

'그중에서도 한 사람은 전혀 그럴 리가 없지.'

서문연상은 마음속으로 여러 가지 생각을 굴리며 물었다.

"그들 외에 그런 신병을 지닌 사람은 없나요?"

이존휘는 고개를 저었다.

"내가 과문(寡聞)해서인지 더는 생각나는 사람이 없소. 하지만 강호는 워낙 넓고 다양한 사람들이 있으니, 내가 모르는 누군가가 그런 병기를 지니고 있을 수도 있을 거요."

그들이 이런저런 이야기를 나누고 있을 때였다.

휙휙!

갑자기 대웅전 밖에서 두 개의 인영이 안으로 뛰어들었다.

서문연상은 그들이 조금 전에 떠나간 조일평과 남삼 청년인 줄 알고 깜짝 놀라 소맷자락 속에 숨겨 둔 비수를 움켜쥐었다. 조일평이 다시 돌아와 덤벼드는 줄로 알았던 것이다.

하나 안으로 들어온 사람은 일남일녀였다.

'대체 한겨울에 외진 절간으로 무슨 사람들이 이렇게 계속 찾

아오는 것일까?'

 의아한 생각이 들어 자세히 살펴보니 그들은 얼굴이 곰보인 청의 중년인과 늘씬한 남색 경장의 미녀였다. 그들은 다급히 주위를 둘러보더니 갑자기 본존 불상의 불단 위에 놓인 세 구의 시신 앞으로 달려갔다.

 "사백(師伯)님!"

 두 남녀는 세 구의 시신 중 머리가 허연 노인의 시신 앞에 엎드려 비통한 외침을 토하는 것이었다.

 한동안 노인의 시신을 끌어안고 슬퍼하던 두 남녀는 노인의 시신을 향해 삼배(三拜)를 한 후 이존휘와 서문연상을 향해 돌아섰다.

 "네놈들이 본 파의 사백을 죽이고 아직도 태연히 이 자리에 머물러 있다니 간덩이가 부은 놈들이구나!"

 여인이 날카롭게 쏘아붙이며 장검을 뽑아 들었다.

 창!

 눈부신 검광이 주위를 어지럽히는 가운데 남색 경장의 여인은 금시라도 검을 휘두르며 그들에게 덤벼들 것만 같았다.

 서문연상은 당혹스럽기도 하고 어처구니가 없기도 해서 일시 지간 아무런 대꾸도 하지 못했다. 다짜고짜 자신에게 추궁을 당한 조일평의 심정도 아마 이러했을 것이다.

 "사매, 이들은 흉수가 아니다. 실례를 범하지 마라."

 청의 중년인이 제지하자 남색 경장의 여인이 뾰쪽한 음성으로 소리쳤다.

"사형, 왜 그렇게 생각하는 거죠?"

"시신들은 모두 기이한 검에 당했는데, 이들 중 누구도 검을 소지한 사람이 없다. 더구나 시신들의 상태로 보아 흉수는 적어도 두 시진 전에 이곳을 왔다 갔을 것이다."

남색 경장의 여인이 머뭇거리다 검을 거두고 물러나자 청의 중년인은 두 사람을 향해 포권을 했다.

"본인은 화산파의 일대 제자인 천개방이라 하오. 두 분께 긴히 여쭐 말이 있으니 아는 대로 대답해 주셨으면 하오."

느닷없이 나타난 일남일녀가 화산파의 일대 제자라는 말에 서문연상은 정신을 차릴 수가 없었다.

'어째 오늘 여기에 온 사람들은 하나같이 무림의 고수 아닌 사람이 없을까?'

그녀보다는 한결 침착한 이존휘가 마주 포권을 하며 입을 열었다.

"이제 보니 요즘 화산파에서 떠오르는 신성(新星)으로 알려진 청평검객(淸平劍客) 천 대협이었군요. 그렇다면 옆에 계신 분은 남연(藍燕) 백수함, 백 소저이시겠군요."

이존휘가 천개방뿐 아니라 자신의 이름까지 알자 백수함의 얼굴이 더욱 차갑게 굳어졌다.

"나를 어떻게 알죠?"

이존휘는 준수한 얼굴에 온화한 미소를 떠올렸다.

"화산파의 용(龍)과 봉(鳳) 같은 두 분이 함께 활동하신다는 것은 적어도 서안 일대에서는 모르는 사람이 없소. 두 분을 뵙게 되어 반갑소. 불초는 이존휘라 하오."

확실히 사람은 이름이 나고 볼 일이었다.

이존휘의 신분을 알게 되자 천개방과 백수함의 눈빛이 눈에 띄게 부드러워졌다.

"이 공자이셨구려. 몰라보고 결례를 하게 되어 죄송하오."

"아니오. 그보다 저분 노선배께서 화산파의 존장(尊長)이셨다니 뜻밖이구려."

이존휘가 노인의 시신을 가리키자 천개방의 표정이 어두워졌다.

"이분은 본 파의 장로이시며, 예전에 소요검객이라는 명호로 활동하셨던 사익 사백이시오. 이곳에 계시다는 소식을 듣고 문안 인사를 드리러 왔는데, 이런 일이 벌어질 줄이야 상상도 못했소."

이존휘는 깜짝 놀란 표정을 지었다.

"아니 이분이 가만히 있으면 흔들리는 한 줄기 바람이요, 일단 움직이면 한 마리 학처럼 표홀하다는 소요검객 사 대협이시란 말이오? 참으로 안타까운 일이군요."

"원래 사백께서는 오랫동안 본 파에서만 기거하셨던지라 이번에 잠시 바람을 쏘이기 위해 손자를 대동하고 산을 내려오신 거요. 이곳 취미사의 주지와는 평소 친분이 있어서 이쪽으로 걸음을 하신 모양인데 이런 참변을 당하셨으니……."

이존휘는 십여 년간 강호에 모습을 드러내지 않던 소요검객이 모처럼 산을 내려온 것이 단순히 유람을 위해서는 아니라고 생각했으나, 그런 점은 추호도 내색하지 않고 진중한 표정으로 말했다.

"그러셨군요. 우리도 조금 전 이곳의 풍광(風光)을 구경하기 위해 왔다가 시신을 발견했소."

"혹시 무언가 이상한 점이나 수상한 행적의 사람을 보지 못했소?"

"그런 점은 별로……."

이존휘가 고개를 저으려 할 때, 옆에서 이들의 대화를 듣고 있던 서문연상이 재빨리 끼어들었다.

"두 사람을 봤잖아요. 우리보다 먼저 와서 시체들을 뒤적거리고 있던……."

그 말에 천개방의 눈이 번쩍 빛났다.

"그런 자들이 있었소?"

이존휘는 서문연상을 한 차례 쳐다보고는 어쩔 수 없다는 듯 말했다.

"우리보다 먼저 온 사람들이 있기는 했었소. 하지만 그들은……."

천개방은 단호한 음성으로 말했다.

"그들이 누구라도 상관없소. 흉수를 색출하는 데 도움이 된다면 지옥의 염라대왕이라도 만날 생각이니까. 그들에 대해 자세히 말해 주시오."

이존휘는 한숨을 내쉬며 천천히 입을 열기 시작했다.

"사실 그들은 흉수가 아니라 단순히 우리보다 먼저 이곳에 온 향화객(香火客)이었던 것 같소. 그들 중 한 사람은 강호에 명성이 자자한 인물인데……."

제 81 장
중주쌍사(中州雙邪)

제81장 중주쌍사(中州雙邪)

이곳은 하나의 주루였다. 이 주루는 그다지 화려하지도 않았고, 약간 구석진 곳에 있어서 위치가 좋은 것도 아니었다. 그렇다고 예쁜 미녀가 음식 시중을 드는 것도 아니었고, 음식 값이 특별히 싸지도 않았다.

그런데도 이상하리만치 늘 사람들로 북적거리고 있었다. 게다가 지금은 저녁 시간이어서인지 아예 빈자리를 찾아보기 힘들 정도로 많은 사람들이 들어차 있었다.

막 주루 안으로 들어선 중년인 한 사람이 주위를 둘러보고는 눈살을 찌푸리며 투덜거렸다.

"제길, 웬 사람들이 이렇게 많지? 앉을 자리도 없잖아."

마침 그의 옆을 지나가던 점소이가 한쪽을 가리켰다.

"저곳으로 가서 합석이라도 하시지요."

중년인은 점소이가 가리킨 곳을 보고는 입을 삐죽거리더니, 어쩔 수 없다는 듯 어깨를 으쓱하고는 어슬렁거리며 그쪽으로 다가갔다.

그 탁자에는 두 명의 청년이 앉아 있었다.

"합석 좀 합시다."

중년인은 천연덕스럽게 말하며 그들의 허락도 받지 않고 냉큼 빈자리에 앉았다. 두 명의 청년 중 연장자인 흑의 청년은 별로 표정의 변화가 없는 반면에 나이가 어린 남삼 청년은 어처구니가 없는지 멀거니 중년인을 쳐다보고 있었다.

중년인은 그의 따가운 눈총을 받으면서도 넉살 좋게 히죽 웃으며 점소이를 향해 소리쳤다.

"여기 뜨거운 닭 국물 국수하고 돼지고기 요리 몇 개 좀 가져오게. 술도 한 병 가져오고 말이야."

남삼 청년은 자신이 계속 쳐다보고 있는데도 중년인이 미안한 표정은커녕 시선조차 주지 않자 차츰 화가 나는지 얼굴이 붉으락푸르락해졌다. 그때 주위를 두리번거리고 있던 중년인이 돌연 목소리를 낮추어 속삭이는 것이었다.

"자네들은 알고 있나?"

남삼 청년은 중년인의 느닷없는 행동에 일시지간 어리둥절한 얼굴이 되었다.

"지금 누구에게 말하는 거요?"

"누구긴. 여기에 자네들 말고 또 누가 있나?"

"우리가 누구인지 알고 있소?"

이번에는 중년인이 멍한 얼굴이 되었다가 이내 피식 웃으며 되물었다.

"자네는 내가 누구인지 알고 있나?"

"우리는 초면인데 당신이 누구인지 내가 어떻게 알겠소?"

"나도 마찬가지일세. 별 싱거운 질문을 다 하는군."

남삼 청년은 중년인이 자신을 놀린다고 생각했는지 안색이 눈에 띄게 딱딱해졌다. 하나 중년인은 그러거나 말거나 다시 나직한 목소리로 말하는 것이었다.

"이 일대에는 주루가 모두 네 개가 있지만, 그중에서 이 집이 제일 장사가 잘된다네. 그 이유가 뭔지 아나?"

중년인은 남삼 청년이 대답하리라고는 기대도 안 했는지 재빨리 말을 계속했다.

"그건 바로 이곳의 주방장인 장호(張昊)의 솜씨가 뛰어나기 때문이지. 그럼 장호가 제일 잘하는 음식이 뭔지 아나?"

남삼 청년은 그저 멀거니 중년인을 응시하고 있을 뿐이었다.

"닭으로 만든 요리일세. 그중에서도 뽀얀 닭 국물을 우려내어 만드는 국수야말로 진미(珍味)라고 할 수 있지. 자네들도 아직 그 맛을 못 보았으면 잊지 말고 한 그릇씩 해치우도록 하게."

남삼 청년은 화를 내는 것도 잊고 우두커니 중년인을 쳐다보았다. 무언가 중요한 일이라도 되는 것처럼 음성을 낮추어 속삭이는 내용이 기껏 주방장과 음식에 관한 것이라니 어이가 없을 만도 했다.

중년인은 마치 천기(天機)를 누설하기라도 한 것처럼 주위를 둘러보고는 나직한 헛기침을 하며 말을 덧붙였다.

"험험, 자네들이 이곳의 진미를 몰라보고 쓸데없는 것들만 먹고 있는 게 안타까워서 한마디 했네."

아닌 게 아니라 남삼 청년과 흑의 청년은 간단한 만두와 생선 요리 몇 가지를 먹고 있던 참이었다. 남삼 청년은 중년인의 말을 어떻게 받아들여야 할지 몰라 난감한 표정으로 흑의 청년을 돌아보았다.

흑의 청년은 별로 꺼리는 빛도 없이 주변에 있던 점소이에게 닭 국물 국수 두 개를 주문했다. 중년인은 얼굴이 구겨지도록 활짝 웃으며 그를 향해 은근한 눈웃음을 쳤다.

"자네, 성격이 시원시원해서 마음에 드는군. 그에 비해 이쪽 친구는 나이도 어리면서 조심성이 너무 많군그래. 젊은 사람이 그래서야 쓰나."

남삼 청년의 얼굴이 벌겋게 상기되었다. 하나 그가 채 화를 터뜨리기도 전에 갑자기 주루 한쪽이 소란스러워지며 고함 소리가 터져 나왔다.

"뭐야? 그걸 지금 말이라고 하는 거야?"

뒤이어 탁자가 뒤집히고 접시들이 박살 나는 소리가 들려왔다.

와장창!

"어이쿠!"

사람들이 앞을 다투어 피하느라 장내가 시장 바닥처럼 시끄러워졌다. 중인들의 시선이 모두 소동이 벌어진 곳으로 향했다.

입구에서 멀리 떨어진 창문가에 커다란 원탁(圓卓)이 있었는데,

그 원탁이 뒤집혀져서 사방으로 음식들과 깨어진 접시 조각들이 널려져 있었다. 엎어진 원탁 옆에는 체구가 거대한 장한 한 사람이 소매를 걷어붙인 채 한 사람을 노려보며 씩씩거리고 있었다.

그 장한은 좀처럼 보기 드물 정도로 기골이 장대한데다 머리를 산발하고 허리춤에는 커다란 장도까지 차고 있어서 거칠고 우악스러워 보였다. 그에 비해 그가 금시라도 덤벼들 듯 노려보고 있는 상대는 체구가 작고 깡마른 사나이였다. 사나이는 짙은 회의를 입고 있었는데, 체구에 비해 옷이 지나치게 커서 가뜩이나 작은 몸집이 더욱 왜소해 보였다.

두 사람이 서로 마주 보고 서 있으니 덩치가 두세 배는 차이 나 보였다. 그런데도 회의 사나이는 조금도 두려워하거나 기가 꺾인 모습을 보이지 않았다.

"이봐, 성질 낸다고 해결될 일이 아니잖아. 왜 그렇게 강짜를 부리는 거야?"

거한(巨漢)은 고리눈을 부릅뜨며 버럭 소리를 질렀다.

"내가 강짜를 부린다고? 내가 정말 강짜 부리는 모습을 보고 싶어?"

"덕분에 애꿎은 음식만 못 먹게 됐잖아. 게다가 부서진 접시하며 탁자 수리비까지 합하면…… 이게 대체 얼마야?"

회의 사나이는 머릿속으로 계산을 하는지 혼자 속으로 계속 중얼거리고 있었다. 사람들은 틀림없이 거한이 회의 사나이의 이런 모습을 참지 못하고 손을 쓸 거라고 생각했다. 덩치로 보아서 거한의 주먹 한 방이면 회의 사나이는 거의 끝장날 것이 분명했다.

아니나 다를까? 거한은 발을 구르며 세차게 이를 갈아붙였다.

쿵!

"이런 쥐새끼 같은 놈! 지금 잔돈 몇 푼에 신경 쓰게 생겼느냐?"

그가 발을 구르자 주루가 온통 지진을 만난 듯 마구 뒤흔들렸다. 거한을 보는 사람들의 눈에 두려움과 외경(畏敬)의 빛이 떠올랐다. 이 거한은 단순히 체구만 큰 게 아니라 막강한 내공을 지닌 고수였던 것이다.

그런데 회의 사나이는 조금도 기가 죽지 않고 오히려 작은 눈을 부릅뜨며 버럭 소리를 지르는 것이었다.

"푼돈을 아끼지 않으면 큰돈을 모으지 못한다는 걸 몰라서 하는 소리냐? 그리고 지금 네가 저질러 놓은 것만 해도 닷 냥은 족히 되는데, 닷 냥이 푼돈이냐? 그러니까 허구한 날 그 모양 그 꼴로 사는 것이다."

거한의 봉두난발한 머리카락이 부르르 떨리며 그의 입에서 멀리 떨어진 사람도 들을 수 있을 정도로 거친 숨소리가 흘러나왔다. 사람들은 절로 조마조마해져서 거한이 다음에 무슨 행동을 할지 기대 반 두려움 반의 심정으로 지켜보았다.

과연 거한은 중인들의 기대를 저버리지 않았다. 화를 참지 못한 거한은 바닥에 눕혀져 있는 커다란 원탁을 붙잡더니 단숨에 머리 위까지 쳐드는 것이 아닌가?

"앗?"

"우와……!"

경악성과 찬탄성이 파도처럼 주위에 퍼져 나갔다.

그 원탁은 무게가 수백 근은 족히 나가 보였는데 거한은 마치 장작개비라도 들 듯 가볍게 들어 올린 것이다. 거한은 원탁을 번쩍 쳐든 채로 회의 사나이를 노려보았다.

"다시 한 번 지껄여 봐라. 내 꼴이 어쨌다고?"

이런 상황이라면 아무리 담이 큰 사람이라도 두려움을 느낄 만한데, 회의 사나이는 그 자리에 꼿꼿이 선 채 오히려 냉랭한 코웃음을 치는 것이었다.

"무식한 게 힘만 믿고 설치는 버릇은 여전하구나. 네 꼬락서니를 보니 평생 가난뱅이로 늙어 죽을 팔자라고 했다."

그 말이 채 끝나기도 전에 거한은 들고 있던 원탁을 그를 향해 집어 던졌다.

"앗? 피해라!"

회의 사나이보다도 주변의 구경꾼들이 더 놀라서 다급한 외침을 토하며 사방으로 몸을 피하느라 정신이 없었다. 그 바람에 삽시간에 장내가 아수라장이 되었다.

쾅!

수백 근이 나가는 거대한 원탁은 요란한 소리를 내며 바닥에 틀어박혔다. 어찌나 그 위력이 크던지 주루가 금시라도 무너질 듯 마구 뒤흔들린 것은 물론이고, 원탁이 떨어진 바닥은 나무판자들이 깨어져서 땅바닥이 보일 정도였다.

사람들은 회의 사나이의 안위가 걱정되어 급히 장내를 쳐다보았다. 그런데 회의 사나이는 처음의 위치에서 옆으로 조금 비켜선 자리에 태연히 서 있는 것이었다. 원탁이 떨어질 때 슬쩍 옆으로 비켜선 모양이었다. 말은 쉬웠지만 집채만 한 원탁이 자신의 머리 위로 떨어져 내리는데 원탁의 피해 범위만 살짝 벗어난 채 몸을 피한 그 동작은 결코 아무나 할 수 있는 것이 아니었다.

회의 사나이는 전혀 표정의 변화가 없는 얼굴로 거한을 쳐다보며 말했다.

"이제 피해가 열닷 냥이나 됐다. 어쩔 테냐, 이 바보야?"

거한은 씩씩거리더니 주위를 두리번거렸다. 뭐 집어 던질 게 없는지 찾아보는 것이리라. 주위에 있던 사람들이 질겁을 하고 자신들이 앉아 있는 의자와 탁자를 꼭 움켜잡았다.

거한은 마땅히 던질 것을 찾지 못하자 더욱 화가 나는지 어깨를 들썩이며 거친 숨을 몰아쉬었다. 그러더니 마침내 허리춤에 차고 있는 장도의 손잡이를 향해 손을 움직였다.

회의 사나이는 그것을 보고 혀를 찼다.

"쯧. 이제 칼까지 뽑으려고? 그걸 휘둘렀다가는 이번 일을 아무리 잘 해결해 봤자 남는 것도 없이 손해 볼 게 뻔하다. 그럴 바에야 나는 이번 일에서 손을 뺄 테니 너 혼자 잘해 봐라."

회의 사나이가 금시라도 몸을 돌려 버릴 듯하자 거한이 칼을 뽑으려던 손을 멈추고 황급히 그를 불렀다.

"이…… 이봐, 얘기 좀 하자. 여기까지 와서 그냥 돌아가면 너무 억울하지 않겠느냐?"

"억울해도 손해 보는 것보다야 낫지. 아무튼 나는 빠질 테니 칼을 뽑아 휘두르든 여기를 때려 부수든 마음대로 해라."

회의 사나이는 한 차례 손을 휘저은 후 주저하지 않고 몸을 돌렸다. 거한은 다급해졌는지 달려가서 그의 앞을 가로막으려 했다. 그러다 바닥에 널려져 있는 원탁에 발이 걸려 앞으로 쓰러지고 말았다.

"아이쿠!"

거한이 활개 치듯 두 팔을 쭉 뻗은 채 바닥에 나뒹굴자 여기저기서 웃음소리가 터져 나왔다.

"큭!"

"푸하하!"

조금 전만 해도 천하에 거칠 것 없이 기세등등하기만 하던 거한이 자기가 내던진 원탁에 발이 걸려 바닥에 대(大)자로 누워 버린 모습은 폭소를 자아내기에 충분한 것이었다.

개중 눈이 날카로운 몇몇 사람들은 속으로 다른 생각을 하고 있었다.

'내공은 뛰어날지 몰라도 몸놀림은 엉망이로군. 틀림없이 신법도 형편없을 것이다.'

무림에서 고수로 행세하려면 단순히 내공만 높아서는 안 된다. 그보다 더욱 중요한 것은 신법이며, 그 외에 투지(鬪志)나 임기응변 등 개인적인 소질이 필요한 것이다. 그중에서도 빠른 몸놀림과 빠른 시력, 빠른 손은 고수가 되기 위한 최소한의 조건들이었다.

그런 점에서 본다면 거한의 이런 모습은 그의 가공할 힘에 경각심을 느꼈던 많은 고수들에게 어떤 안도감 같은 것을 주는 것이었다.

거한이 엉거주춤한 자세로 바닥에서 몸을 일으켰을 때는 회의 사나이는 이미 주루 밖으로 사라진 후였다.

"이런 제길."

거한은 몸에 묻은 먼지를 털 생각도 없이 황급히 회의 사나이를 따라 주루를 벗어나려 했다. 그때 주루의 입구를 지키던 장방이 재빨리 그를 막아섰다.

"손님, 계산하고 가셔야죠."

거한은 눈을 부라리며 그를 쏘아보았다.

"계산이라니? 무슨 계산?"

장방은 다소 뚱한 얼굴로 그를 쳐다보더니 줄줄 쏟아 내었다.

"음식 값이 두 냥 칠 문(七紋)에 술값이 한 냥, 부서진 의자 값이 두 냥, 그리고 십 인용 원탁이 열 냥에 파손된 바닥까지 합치면 모두 열여덟 냥 되겠습니다. 손님 때문에 다른 손님들이 놀라서 그냥 나간 경우의 피해까지 합치면 훨씬 더 되겠지만, 그것은 계산에 넣지 않았습니다."

열여덟 냥이라면 웬만한 일가족이 서너 달은 배곯지 않고 살 수 있는 금액이었다.

거한의 얼굴이 휴지 조각처럼 구겨졌다.

"뭐가 그렇게 비싸? 저렇게 허접한 탁자가 열 냥이나 한단 말이야?"

"저 탁자는 칠선목(七仙木)으로 만든 것으로, 서안에서 유명한 장인(丈人)인 위장(韋壯)에게 특별 주문한 것입니다. 원래대로라면 스무 냥은 족히 나가는 것인데, 그동안 사용한 것을 생각해서 절반만 가격을 친 겁니다."

"그래도 너무 비싸. 게다가 난 음식은 반도 먹지 않았다고."

"그거야 손님이 자기 손으로 엎은 것이니 제가 관여할 바가 아니지요."

거한은 얼굴색이 여러 차례 변하더니 버럭 소리를 질렀다.

"아무튼 너무 비싸. 난 그런 돈 못 내."

장방이 의심스런 표정으로 그를 쳐다보았다.

"못 내는 게 아니라 없는 게 아닙니까?"

거한은 험악한 인상을 썼다.

"말 함부로 하지 마라. 내가 그깟 스무 냥도 안 되는 돈이 없을 줄 아느냐? 아무튼 너하고는 말이 통하지 않으니 주인 나오라고 해. 주인 어디 있어?"

거한의 쩌렁쩌렁한 음성이 주루를 뒤흔들었다. 사람들은 거한이 너무 적반하장(賊反荷杖)을 부린다고 생각했으나 누구도 선뜻 나서서 그를 제지하지 못했다.

장방은 못마땅한 눈으로 그를 쏘아보더니 퉁명스런 음성으로 말했다.

"주인님은 지금 이곳에 계시지 않습니다. 이런 일에 왜 주인님을 만나려고 하는지 모르겠군요. 손님께선 그저 계산만 치르고 가시면 되는데 말입니다."

"글쎄 주인 불러와. 주인이 안 나오면 돈 못 줘."

"안 계신 분을 어떻게 불러옵니까?"

"그럼 나중에 주인이 오면 그때 주지. 장안 남문의 평안객잔(平安客棧)에 있을 테니 연락하라고."

거한은 앞을 가로막고 있는 장방을 떠밀고 밖으로 나가려 했다.

장방이 휘청거리며 뒤로 물러나더니 버럭 소리를 질렀다.

"막아라! 무전취식자(無錢取食者)다!"

점소이들이 우르르 몰려들었다. 거한은 이 광경을 보고 피식 웃었다.

"이 자식들이 멀쩡한 사람을 비렁뱅이로 모는군. 그렇지 않아도 몸이 근질근질하던 참인데, 이 기회에 몸 좀 풀어 볼까?"

거한은 어깨를 으쓱거리더니 목을 앞뒤로 젖히고 팔을 한 차례 휘저었다. 그의 관절을 푸는 소리가 우두둑! 우두둑! 하며 요란하게 주위에 울려 퍼졌다. 이 광경을 보자 달려들던 점소이들은 더럭 겁이 났는지 모두 주춤거리며 물러났다.

거한은 두 팔을 어깨 넓이로 벌린 채 우람한 양팔을 허리에 얹고는 위풍당당하게 소리쳤다.

"자, 한 놈씩 덤빌 테냐? 아니면 떼거지로 올 테냐? 선택권을 줄 테니 알아서 결정해라."

점소이들은 그의 기세에 기가 질렸는지 서로 눈치만 볼 뿐 아무도 선뜻 덤비는 사람이 없었다.

바로 그때였다.

"무슨 소란이냐?"

굉량한 외침과 함께 하나의 인영이 주루 안으로 들어섰다.

들어온 사람을 보자 장방이 반색을 하며 쪼르르 달려가서 머리를 조아렸다.

"주인님, 때마침 잘 오셨습니다."

들어온 사람은 화려한 장포를 입고 얼굴에는 구레나룻이 가득한 중년인이었다. 장포 중년인은 장방에게서 자세한 사정을 듣더니 이내 성큼성큼 거한에게로 다가갔다. 이어 거한의 위아래를 찬찬히 훑어보더니 입가에 냉랭한 미소를 매달았다.

"누가 감히 이곳에 와서 행패를 부리나 했더니, 나름대로 사연이 있는 친구였군."

장포 중년인을 보자 거한의 표정이 눈에 띄게 굳어졌다.

"어……? 노 형(盧兄)이 여기 주인이었소?"

"그걸 이제 알았나? 자네 형은 어디에 있나?"

"저…… 그게……."

어찌 된 일인지 조금 전만 해도 기세등등하던 거한이 장포 중년인 앞에서는 고양이를 만난 쥐처럼 쩔쩔매는 것이었다. 장포 중년인 또한 마치 쥐를 가지고 놀 듯이 느물느물한 표정으로 거한을 상대했다.

"자네들은 두 사람이 붙어 다니며 남들 괴롭히는 걸 취미로 삼는 자들이 아닌가? 오죽 했으면 사람들이 중주쌍사(中州雙邪)라는 말만 들어도 머리를 싸매고 도망가려 하겠나? 자네가 여기 있는 걸 보니 자네 형도 가까운 곳에 있겠군. 그에게는 받아야 할 빚도 있는데 정말 잘된 일일세."

"저…… 노 형, 아무래도 나는 급한 일이 있어 이만 가 봐야 할 것 같소."

거한은 황급히 품속에서 커다란 금원보(金元寶) 하나를 꺼내 들었다.

"이걸로 오늘 일에 대한 변상은 충분할 거요. 그럼 나는 이만 가 보겠소. 다음에 다시 봅시다."

그 금원보는 금 열 냥은 족히 되어 보일 듯했다. 거한은 금원보를 옆에 멀거니 서 있는 장방에게 던져 주더니 재빨리 주루 밖으로 나가려 했다. 하나 장포 중년인이 어느새 그의 앞을 가로막아 섰다.

"모처럼 만났는데 이렇게 그냥 간다면 내 체면이 뭐가 되겠나? 자네 형도 불러서 모처럼 회포를 풀자고."

"아, 아니오. 나는 정말 가야 하오."

거한은 그의 옆으로 지나가려 했으나 또다시 제지당했다.

"가긴 어딜 간다고 그러나? 잠시 후면 장씨 형제(張氏兄弟)들도 올 텐데, 자네를 보면 무척 반가워할 걸세."

그 말을 듣자 거한은 사시나무 떨 듯 몸을 떨었다.

"그, 그들도 노 형과 함께 있소?"

"물론이지. 내가 주루를 경영하는 데 큰 도움이 되고 있다네."

"어이구!"

울상을 짓고 있던 거한은 갑자기 신형을 날려 장포 중년인의 머리 위를 뛰어넘더니 그대로 입구 쪽으로 날아갔다.

"어딜 가려고?"

장포 중년인이 손을 내밀어 거한의 옷자락을 움켜쥐려는 순간, 거한의 몸이 세차게 회전을 하더니 허공에서 삼 장이나 붕 떠올랐다. 그 상태로 몸을 뒤집은 거한은 쏜살같이 주루 밖으로 날아갔다.

"제발 그들에게 나를 봤다는 말은 하지 마시오!"

애원인지 협박인지 모를 소리와 함께 거한의 몸은 아득히 멀리로 사라져 버렸다. 지금까지의 굼뜬 모습과는 너무도 판이한 놀라운 신법이 아닐 수 없었다.

"발보등공(發步登空)이 상당한 경지에 올랐군."

장포 중년인은 멀어져 가는 거한의 뒷모습을 보며 나직하게 중얼거리더니 이내 장방을 돌아보았다.

"부서진 탁자를 치우고 장내를 정리해라."

"예, 주인어른."

밉살스런 거한이 꼬리를 만 개처럼 도망가자 신이 난 장방은 큰 소리로 대답하며 점소이들을 재촉하여 탁자들을 치우기 시작했다.

장포 중년인은 자신을 쳐다보고 있는 중인들을 향해 포권을 하며 빙긋 웃었다.

"뜻하지 않은 소란 때문에 놀라셨을 거요. 사과드리는 의미에서 지금 드시는 음식 값은 받지 않을 테니 넓은 마음으로 이해해 주기 바라오."

"와아! 주인장 만세!"

중인들이 박수를 치고 환성을 지르며 좋아했다.

장포 중년인은 자신을 향해 환호성을 보내는 사람들을 흐뭇한 눈으로 쳐다보며 천천히 걸음을 옮겨 내실로 들어가려 했다. 그러다 무엇을 보았는지 그의 눈이 순간적으로 가늘어졌다.

몇 개의 탁자 건너편에 앉아서 식사를 하고 있는 세 사람이 시야에 들어온 것이다. 그들은 두 명의 청년과 한 명의 중년인이었다. 두 명의 청년을 본 장포 중년인의 얼굴에 살짝 미소가 떠올랐다. 그는 성큼 그들을 향해 다가가려다 무슨 생각이 들었는지 걸음을 멈추었다. 청년들과 함께 식사를 하고 있는 중년인을 본 직후였다.

'저자를 어디서 봤더라.'

잠시 고개를 갸웃거리던 장포 중년인은 생각이 나지 않는지 머리를 가볍게 저으며 내실로 들어갔다. 하나 잠시 후, 그는 다시 밖으로 모습을 드러냈다.

밖으로 나온 그는 빠르게 주위를 훑어보았다. 그의 얼굴에 한 줄기 실망의 빛이 스치고 지나갔다.

조금 전에 식사를 하고 있던 두 명의 청년과 한 명의 중년인은 이미 식사를 끝내고 나갔는지 어디에도 보이지 않았던 것이다.

'나도 멍청하군. 그를 몰라보다니…… 그런데 그가 여기에는 무슨 일이지? 더구나 나력지(羅歷之)의 제자들과 동행을 하다니…….'

장포 중년인은 잠시 그 자리에 선 채 상념에 잠겨 있다가 다시 천천히 몸을 돌려 내실로 들어가 버렸다.

* * *

"저자가 계속 따라오는데요."

남삼 청년은 뒤를 힐끔거리며 안절부절못하는 모습이었다.

그와 흑의 청년은 주루에서 식사를 마친 후 장안성을 향해 걷고 있는 중이었다. 그런데 그들에게서 사오 장 떨어진 곳에 주루에서 잠깐 합석했던 중년인이 어슬렁거리며 따라오고 있는 것이다.

흑의 청년은 별로 개의치 않은 모습이었으나, 남삼 청년은 영 신경이 쓰이는지 계속 뒤를 쳐다보고 있었다. 그러다 우연히 중년인과 시선이 마주쳤다.

중년인은 넉살도 좋게 활짝 웃으며 오히려 손까지 흔드는 것이었다.

"이거 공교롭게도 여기서 또 만나게 되는군. 이런 우연이 다 있나?"

중년인이 아는 척을 하며 성큼성큼 다가오자 남삼 청년은 어처구니가 없는지 아예 시선을 돌려 그를 외면해 버렸다. 하나 중년인의 낯짝은 그의 예상보다 훨씬 더 두꺼운 게 분명했다.

중년인은 그들에게 다가와서는 남삼 청년이 자신을 무시하는 것을 아랑곳하지 않고 흑의 청년을 향해 친근한 미소를 보내는 것이었다.

"자네들은 어디를 가나? 이제 조금 있으면 해가 떨어질 텐데 잠잘 곳은 정해 놓았나?"

흑의 청년은 그를 힐끗 쳐다보더니 고개를 저었다.

"아직 정하지 않았소. 좋은 곳이 있으면 소개해 주시오."

남삼 청년은 뜻밖의 말에 놀란 눈을 하고 흑의 청년을 돌아보았다.

"역시 말이 통하는 친구로군. 지금 장안성으로 가고 있나?"

"그렇소."

"장안 남문 일대에서는 그래도 평안객잔이 가장 깨끗하고 친절하지. 나도 마침 그쪽으로 가는 중인데, 같이 가세."

"좋소."

흑의 청년이 별다른 고민도 하지 않고 선뜻 고개를 끄덕이자 남삼 청년이 다급한 표정으로 그를 불렀다.

"사형(師兄)……"

"무얼 걱정하는 거냐? 어차피 우리는 서안에서 며칠 묵을 계획이 아니었더냐?"

"그래도……"

남삼 청년이 계속 꺼림칙한 표정을 짓자 중년인이 넉살도 좋게 끼어들었다.

"나를 믿으라고. 내가 소개한 곳은 모두 틀림없는 곳이네. 조금 전 닭 국물 국수도 괜찮았지 않나?"

남삼 청년은 못마땅한 눈으로 그를 흘겨보았으나, 그의 말을 부인하지 않았다. 확실히 아까 주루에서 먹었던 닭 국물 국수는 다른 곳에서는 좀처럼 맛보기 힘든 별미 중의 별미였던 것이다.

"평안객잔은 잠자리도 편하지만 아침에 끓여 주는 죽이 아주 기가 막히지. 아무리 술을 많이 마셔도 그 죽 한 그릇이면 속이 개운해진다네. 그래서 서안 일대의 술꾼들이 가장 즐겨 찾는 객잔이지. 보아하니 자네도 술을 좋아하게 생겼는데, 내일이 되면 나에게 고맙다고 할 걸세. 하하……"

중년인은 소리 내어 웃더니 갑자기 자신의 머리를 툭 쳤다.

"내 정신 좀 보게. 아직 통성명도 안 했군. 나는 남호(南湖)라고 하네. 여기에서 멀지 않은 보계(寶鷄) 출신으로, 올해 마흔일곱일세."

흑의 청년은 담담한 음성으로 자신의 이름을 밝혔다.

"나는 조일평이고, 이쪽은 내 사제인 풍시헌(風柴軒)이라 하오."

"좋은 이름들이군. 만나게 되어 반갑네."

남호는 섬서성을 진동시키는 마검 조일평의 명성을 듣지도 못했는지 조금도 놀라거나 뜻밖이라는 기색을 보이지 않았다. 아니면 눈앞의 청년이 설마 그 유명한 마검 조일평일 리가 없고 단순한 동명이인(同名異人)이라고 생각한 것일지도 몰랐다.

"그런데 이곳까지는 무슨 일인가? 달리 볼일이라도 있어서 온 건가? 아니면 그냥 유람을 나온 건가?"

항상 냉정하게 가라앉아 있던 조일평의 두 눈에 한 줄기 어두운 빛이 스치고 지나갔다.

"오래전에 소식이 끊긴 친구의 행방을 알려고 왔소."

"그런가? 그 친구의 이름을 알 수 있겠나?"

조일평이 안광을 번뜩이며 자신을 쳐다보자 남호는 싱겁게 웃었다.

"다른 뜻이 있어서 그런 건 아니니 오해하지 말게. 나는 이곳 토박이이니 자네의 친구가 혹시 내가 아는 사람일지 몰라서 묻는 말일세."

조일평은 무뚝뚝하게 말했다.

"귀하는 모를 거요."

"그런가? 아무튼 오랫동안 헤어졌던 친구를 만나러 왔다니 부럽군. 난 찾아볼 친구는 없고 오히려 귀찮은 떨거지들만 많아서 이리저리 피해 다니는 신세인데 말일세."

조일평이 별말이 없자 남호는 재차 물었다.

"그 친구가 어디에 살고 있는지는 말해 줄 수 있나?"

"모르오."

"어디에 사는지도 모르고, 이름도 말해 줄 수 없다면 대체 무슨 수로 그를 찾겠는가?"

조일평은 아무런 대답이 없었다. 그저 묵묵히 허공을 올려다보고 있을 뿐이었다. 한참 후에야 그는 혼잣말처럼 나직하게 중얼거렸다.

"아니, 찾을 수 있을 거요. 그는 주위를 밝히는 보석과 같은 사람이라 어느 곳에 있어도 빛이 나거든. 살아만 있다면 반드시 내 눈에 뜨일 거요."

제 82 장
평안객잔(平安客棧)

제82장 평안객잔(平安客棧)

오늘 평안객잔은 결코 평안하지 않았다.

평상시라면 인적이 끊기고 사위가 고요한 적막 속에 잠겨 있을 텐데, 오늘은 어찌 된 일인지 늦은 시간까지 손님이 끊이지 않고 계속 몰려들었다.

지금도 전칠(田七)이 막 한 떼의 손님을 방으로 안내한 후 채 숨을 돌리기도 전에 다시 객잔의 문을 두드리는 소리가 났다.

"이게 대체 무슨 일이람?"

전칠은 이곳저곳의 객잔에서 십 년도 넘게 점원 노릇을 해 왔지만, 오늘같이 손님이 많이 밀려든 날은 아직 본 적이 없었다. 게다가 그 손님들이란 것이 하나같이 험상궂게 생기고 병장기를 휴대한 무림인들이어서 공연히 가슴이 조마조마해지고 불안한 생각이 들었다.

"아무래도 오늘 밤 제대로 잠자기는 틀린 것 같구나."

전칠은 한숨을 내쉬며 문을 열기 위해 몸을 일으켰다.

이번에 들어온 손님은 세 명이었는데, 하나같이 무릎까지 오는 검은색 피풍의를 두르고 머리에는 죽립을 깊게 눌러썼으며, 손에는 기다란 장검을 들고 있었다.

"조용한 방을 주게."

그들 중 우두머리인 듯한 사내가 나직한 음성으로 말했다.

전칠은 죽립 사이로 번뜩이는 사내의 눈빛이 너무도 매서워서 자신도 모르게 몸을 부르르 떨었다.

"따, 따라오십시오."

전칠은 세 사내를 후원의 한쪽으로 안내했다. 마침 멀지 않은 곳에서 누군가의 호탕한 웃음소리가 들려왔다.

"와하하! 이런 곳에 만나게 될 줄은 몰랐다. 나 벽력태세(霹靂太歲) 마진광(馬振光)이 오늘 진하게 회포를 푸는구나."

"그러게 말일세. 자네와 나 태행일객(太行一客) 황평(黃平)이 강동 일대에서 악명이 자자한 하동쌍귀(河東雙鬼)를 제거하던 때가 엊그제 같은데, 벌써 칠 년의 세월이 흘렀군그래."

세 명의 사내 중 체구가 가장 왜소한 사내가 냉소를 날렸다.

"아주 자기가 누구인지 자랑하고 싶어서 안달이 난 놈들이로군. 저런 놈들을 볼 수 없는 곳으로 안내해 주게."

전칠은 어색한 웃음을 날렸다.

"오늘은 이해해 주셔야겠습니다. 오늘따라 손님들이 너무 많이 오셔서 남은 방이 몇 개 되지 않습니다."

전칠이 그들을 데려간 곳은 후원에서도 가장 후미진 곳에 있는 별채였다.

"이곳은 비록 그다지 넓지 않지만 다른 곳과 제법 떨어져 있어서 그래도 조용하게 지내실 수 있을 겁니다. 이곳보다 큰 방이 있기는 하지만……."

우두머리 죽립인이 그의 입을 막았다.

"여기면 됐네. 우리는 아침 일찍 떠날 테니, 자네는 우리에게 더 신경 쓸 필요 없네."

"술이라도 갖다 드릴까요?"

"됐네. 그만 가 보게."

우두머리 죽립인은 요금을 계산하고는 전칠이 나가자마자 방문을 걸어 잠갔다. 전칠은 굳게 닫힌 문 앞에서 쓴웃음을 머금었다.

"오늘은 정말 이상한 손님들이 많네. 남자들끼리 무슨 할 얘기가 있다고 저렇게 꽁꽁 틀어박혀 있으려고 하는지……."

그때 다시 대문을 두드리는 소리가 들려왔다.

"아이고. 이거 난리로군, 난리야."

전칠은 고개를 절레절레 흔들며 황급히 대문으로 달려갔다.

이번 손님도 세 사람이었는데, 공교롭게도 모두 여자들이었다.

하나같이 목 아래까지 내려오는 면사를 쓰고 있어서 얼굴을 알아볼 수 없었으나, 전칠은 오랫동안의 경험으로 그들이 모두 빼어난 미녀임을 짐작할 수 있었다. 그녀들의 체구는 늘씬했고, 몸에서는 말로 형용키 어려운 그윽한 향기가 풍겨 나오고 있었으며,

면사 사이로 내비치는 눈빛은 사람의 넋을 빼놓을 듯했다.

"조용하고 깨끗한 방을 주세요."

세 미녀 중 가장 키가 큰 여인이 소곤대는 듯한 음성으로 말했다. 그 음성을 듣자 전칠은 당장에라도 뼈골이 녹아내리는 것만 같아서 다리가 후들거릴 지경이었다.

"어서 들어오십시오. 마침 딱 맞는 방이 있습니다."

세 명의 여인은 미끄러지듯 조용히 전칠을 따라 움직였다.

전칠은 그녀들의 몸에서 나오는 향기에 취해서 마치 꿈속을 거니는 것 같은 기분이 들었다.

그가 안내한 곳은 두 개의 방이 연결되어 있는 후원의 안채 중 하나로, 전칠의 말마따나 상당히 고급스러운 느낌이 나는 곳이었다. 이곳은 단골이나 귀빈이 갑작스럽게 찾아올 때를 대비해서 예비로 남겨 놓은 곳으로, 이런 미녀들이 아니었다면 전칠은 절대로 안내하지 않았을 것이다.

"마음에 드십니까?"

처음에 입을 열었던 여인이 주위를 한 차례 둘러보더니 예의 그윽한 음성으로 말했다.

"방이 두 개뿐이어서 아쉽긴 하지만 그런대로 쓸 만하군요."

"헤헤…… 간단한 요기라도 하시겠습니까?"

"필요한 게 있으면 따로 부를 테니 우리가 부르기 전에는 아무도 찾아오지 못하도록 해 주세요."

"알겠습니다."

전칠은 마음 같아서는 계속 그녀들과 함께 방에 있고 싶었으나 떼어지지 않는 걸음을 억지로 움직여 방을 나와야만 했다.
"휴우…… 면사 속 얼굴을 한 번만이라도 봤으면 소원이 없겠네."
전칠은 지극히 남자다운 생각을 하며 혼자 히죽거렸다.
하나 손님의 행렬은 아직도 끝난 게 아니었다.
탕탕!
누군가가 요란하게 문을 두드리는 소리에 전칠은 땅이 꺼져라 한숨을 내쉬었다.
"이제는 빈 방도 없는데 큰일이군."
이번에도 역시 세 사람이었고, 모두 남자였다. 두 명의 청년과 한 명의 중년인.
그들은 이제야 겨우 서안에 도착해 숙소를 찾으려는 조일평과 풍시헌, 그리고 남호였다.
남호는 전칠이 무어라고 할 사이도 없이 그의 어깨를 스치고 지나가며 후원 쪽으로 걸어갔다.
"휴우…… 피곤하군. 깨끗한 방 세 개하고 간단한 술상이나 봐 주게."
전칠은 우거지상을 하며 그의 소매를 잡았다.
"방이 없는데요, 손님."
남호는 무슨 소리냐는 듯 그를 흘겨보았다.
"이 객잔이 이 일대에서 제일 큰 곳인 줄 내가 모르는 줄 아나? 웃돈을 바라는 모양인데, 그거야 자네가 하는 행동을 봐서 마음이 내켜야 줄 수 있는 거 아닌가?"

"그게 아닙니다. 오늘따라 손님들이 많이 오셔서 정말로 방이 없습니다. 죄송합니다."

전칠의 표정이 절실한 것을 본 남호가 어깨를 으쓱거렸다.

"비상시에 쓰려고 남겨 둔 방이 있지 않나? 수고비는 섭섭지 않게 줄 테니 그 방으로 안내하게."

"그 방도 조금 전에 나갔습니다."

남호의 눈살이 절로 찌푸려졌다.

"정말 이러긴가? 오늘이 무슨 명절도 아니고 서안에 볼 만한 구경거리가 벌어진 것도 아닌데 평안객잔에 빈 방이 없다는 게 말이 되는가?"

그의 언성이 점차로 높아지자 전칠이 황급히 머리를 조아렸다.

"아이고, 나으리. 목소리를 낮추십시오. 지금 밤이 깊어서 대부분의 손님들이 주무시고 계십니다."

"이거 정말 너무하는군. 내가 이래 봬도 이 객잔을 내 집 문턱 드나들 듯 드나든 사람일세. 그런데 방 하나 못 구하고 그냥 간 데서야 말이 되는가?"

전칠은 한숨을 푹푹 내쉬며 남호에게 머리를 조아렸다.

"물론 알고 말굽쇼. 방 세 개는 힘들지만 세 분이 쉴 만한 큰 방 하나는 구할 수 있을 듯하니 제발 목소리 좀 낮춰 주십시오."

"남자 셋이 한 방에서 자라는 소린가? 그게 말이 되는가?"

전칠은 아예 울상을 하며 그의 소맷자락을 붙잡고 늘어졌다.

"아이고, 손님. 제발 제 사정도 좀 봐주십시오. 방이 있다면 제가 왜 안 드리겠습니까? 하지만 오늘은 정말 남은 방이 달랑 하나

밖에는 없습니다. 그곳이 싫으시다면 별수 없이 다른 곳으로 가셔야겠습니다."

전칠이 이렇게까지 말하자 남호가 난감한 표정으로 조일평을 바라보았다.

"아무래도 이자의 말이 거짓은 아닌 듯한데 큰일일세. 지금 이 시각에 다른 객잔을 찾는 것도 쉬운 일이 아니고……."

조일평은 담담한 음성으로 입을 열었다.

"우리는 괜찮으니 그 방으로 하는 게 좋겠소."

남호는 히죽 웃었다.

"역시 그게 낫겠지? 어서 방으로 안내하게. 술이나 한잔하고 자야겠네."

전칠은 안도의 한숨을 내쉬며 앞장서서 걸어갔다.

"이쪽으로 오십시오."

전칠이 안내한 방은 제법 커서 칠팔 명은 족히 묵을 수 있을 것 같았다. 게다가 침상도 네 개나 있어서 오히려 자리가 남을 정도였다.

남호는 방 안을 둘러보고는 만족한 듯 미소 지었다.

"하룻밤 묵고 가기에는 괜찮군. 맛난 안주 몇 가지와 술 두 병만 가져오게."

"알겠습니다."

전칠이 밖으로 나가자 그제야 남호는 한쪽 침상에 가서 벌렁 드러누웠다.

"오늘은 별로 돌아다닌 데도 없는데 피곤하군."

조일평과 풍시헌도 각기 다른 침상에 가서 앉았다. 남호는 침상에 비스듬히 누운 채 그들을 보고 있다가 갑자기 은근한 목소리로 물었다.

"자네들은 이상한 생각이 안 드나?"

풍시헌은 그가 또 무슨 헛소리를 하나 하는 표정이었고, 조일평은 묵묵히 그의 다음 말을 기다리고 있었다. 남호는 더욱 목소리를 낮추어 속삭이듯 말했다.

"왜 서안 일대의 공기가 흉흉해지며 주루란 주루에 사람들이 꽉꽉 들어차는지 말일세. 게다가 그들 중 대부분은 외지에서 온 무림인들이니 참으로 괴이한 일이 아닌가?"

조일평은 담담하게 대꾸했다.

"우리도 외지에서 온 사람들이오."

"물론 그렇지만 그 사람들이 모두 자네처럼 헤어진 친구를 만나기 위해 왔을 리는 없지 않겠나? 게다가 이 평안객잔에 빈 방이 없다는 것은 좀처럼 보기 힘든 일일세."

"그 이유가 무엇인지 알고 있단 말이오?"

"물론이지. 그렇지 않으면 내가 왜 힘들게 자네들을 앉혀 두고 이런 소리를 지껄이겠나?"

남호는 자신이 말해 놓고도 우스운지 싱겁게 웃더니 다시 입을 열었다.

"요즘 서안이 많은 사람들의 입에 오르내리며 풍운(風雲)의 중심지가 되고 있다는 사실은 알고 있겠지? 그건 모두 요즘 들어 세력을 무섭게 확장한 초가보가 오랫동안 섬서 무림을 지배해 왔던 화산파와 격돌할 거라는 소문 때문일세."

"그건 알고 있소."

"그런데 최근에 와서 상황이 조금 더 긴박해졌단 말일세. 다음 달 초에 초가보에서는 강북삼보의 회동이 열리는데, 그 회동 직후 초가보가 바로 화산파에 공개적으로 도전장을 내밀 거라는 소문이 자자하네. 화산파는 화산파대로 이런 초가보를 경계하기 위해서 서안의 유력한 가문들과 친분을 맺고 문하 제자들을 계속 파견하고 있는 실정일세."

"화산파가 친분을 맺었다는 가문이 어디요?"

"유화상단과는 이미 혼인을 해서 혈연관계가 되었고, 대응표국(大鷹鏢局)과의 결맹도 거의 성사 단계에 있다고 하네. 요즘에는 장안대호 이세적의 마음을 끌기 위해 애를 쓰고 있는 모양일세."

유화상단은 섬서성에서도 몇 손가락 안에 드는 상인 가문이었고, 대응표국은 서안에 있는 열다섯 개의 표국 중에서도 가장 큰 표국이었다. 거기에 이세적까지 가세한다면 서안 일대는 친(親)화산파가 장악했다고 해도 과언이 아닐 것이다.

"이세적은 초가보에서도 계속 추파를 보내고 있는 실정이라 아직 어느 쪽도 편들지 않고 있네. 그는 중립(中立)을 지키겠다고 했지만, 상황이 급박해지면 둘 중 어느 한 곳으로 기울지 않을 수 없을 걸세."

남호는 목이 타는지 옆에 있는 탁자에서 차를 따라 마신 후 다시 말을 이었다.

"게다가 얼마 전에는 이미 멸문된 것으로 알려진 종남파의 제자가 나타나 초가보가 관장하는 주루에서 소동을 일으켰다고 하네. 몇몇 사람들은 종남파가 다시 재기하려는 신호라고 떠들고 있는데, 별로 신빙성은 없어 보이네."

조일평의 표정은 아무런 변화가 없었다. 다만 풍시헌이 무언가 말하고 싶어 좀이 쑤시는 모습이었으나, 남호가 계속 입을 열자 아무 소리도 하지 못했다.

"최근에 서안 일대에 무림인들이 모여드는 것은 두 문파의 대결을 보기 위해서도 있지만, 초가보에서 거금을 들여 대대적으로 고수들을 포섭하고 있다는 소문 때문일세. 한마디로 자신의 값어치를 최대한 끌어 올려 팔 수 있는 절호의 기회가 온 셈이지. 지금 서안은 용호(龍虎)가 꿈틀거리고 살기가 넘쳐흘러서 가히 폭발 직전의 화약고라고 할 수 있네. 무언가 사소한 일이라도 벌어져 불똥이 튀기라도 한다면 그야말로 거대한 폭발이 일어나 중원 전체를 휩쓸어 버릴 걸세."

그때 조일평이 조용한 음성으로 말했다.

"불똥은 이미 일어났소. 그것도 아주 강력한 것으로 말이오."

남호의 눈이 크게 뜨여졌다.

"그게 무슨 말인가?"

그때 마침 전칠이 술상을 가지고 왔다. 전칠이 몇 가지 안주와 술병을 놓고 물러나자 남호는 술상은 거들떠보지도 않고 조일평을 향해 채근했다.

"무얼 알고 있나? 이 서안에서 나도 모르는 무슨 심상치 않은 일이 벌어지기라도 했단 말인가?"

조일평은 자신들이 오후에 취미사에서 본 일을 말해 주었다. 그의 말을 듣고 있던 남호의 표정은 점점 심각하게 굳어지더니 종내에는 무거운 신음을 토하고 말았다.

"으음…… 그건 단순한 불똥 정도가 아니라 아예 커다란 불기둥이 솟구친 셈이로군. 이런 시기에 화산파의 장로가 의문의 살해를 당하다니 말일세."

"더욱 큰 문제는 그 혈겁이 벌어진 장소가 취미사라는 것이오."

"취미사? 취미사라면 역사가 제법 오래되기도 했고 명소로 이름이 나 있기도 하겠지만, 무림과 무슨 특별한 연관이 있는 곳은 아닌데……."

"물론 취미사 자체는 그냥 평범한 여느 사찰과 다를 바가 없을 것이오. 하지만 취미사의 당대 주지는 조금 특이한 인물이오."

남호가 채 무어라고 묻기도 전에 아까부터 입을 열 기회를 노리고 있던 풍시헌이 재빨리 끼어들었다.

"그러고 보니 사형께선 일전에도 그 주지 스님이 특별한 신분을 가진 사람인 것처럼 말씀하셨는데, 그가 대체 누구입니까?"

"그분은 일곱 살 때 불문(佛門)에 귀의하여 평생을 불경(佛經)을 연구하는 데 보내셨다. 무공과는 담을 쌓았지만 경전을 독해하는 데는 누구보다 탁월하셨지. 이십 년 전에 오랜 친우의 부탁으로 취미사를 맡게 되었는데, 그 후 한 번도 취미사 밖을 나가 본 일이 없으셨다."

"그러니까 그분이 누구신데요?"

"굉지(宏志). 뜻이 높고 깊다 하여 붙여진 이름이지."

풍시헌은 고개를 갸웃거렸다.

"굉지? 그런 이름의 고승(高僧)은 들어 본 적이 없는데요."

하나 그때 남호가 갑자기 눈을 빛내며 급히 물었다.

"강호에서 굉자 배(宏字輩)를 쓰는 곳은 오직 한 군데뿐인데, 그분이 취미사에 오시기 전에 계셨던 곳이 혹시 소림사가 아닌가?"

조일평은 고개를 끄덕였다.

"그렇소. 그분은 소림사의 전대 방장이셨던 굉요 대선사의 사제이셨소."

"아!"

풍시헌과 남호는 누가 먼저랄 것도 없이 탄성을 터뜨렸다. 서안에서도 구석에 처박힌 취미사의 주지가 살아생전에는 무림 제일 생불(武林第一生佛)로 명성이 드높았던 굉요 대선사와 같은 항렬이라니, 놀라운 일이 아닐 수 없었다.

둘 중 그래도 빨리 정신을 수습한 사람은 남호였다.

"자네 말대로라면 확실히 소요검객 사익의 죽음보다 더욱 파장이 클 걸세. 소림사에서 굉자 배라면 당대의 장문인인 대방 선사의 사숙이란 말인데, 자칫하면 소림사까지 이번 일에 전면적으로 나서게 될지도 모르겠군."

"굉지 선사는 취미사로 오신 후 소림사를 찾아간 적이 한 번도 없지만, 소림사에서는 일 년에 몇 번씩 사람을 보내 안부 인사를 하곤 했었소. 그러니 그분의 죽음이 소림사에 알려지는 것은 시간 문제일 것이오."

"흉수가 누구인지는 모르겠지만, 만일 굉지 선사의 정체를 알고도 그런 짓을 저지른 것이라면 그 의도가 심히 궁금하군. 대체 무슨 이유로 그런 혈겁을 저지른 것일까?"

그것은 남호뿐 아니라 조일평과 풍시헌도 같이 느끼고 있는 의문이었다.

대체 흉수는 누구인가?

그는 무엇 때문에 그런 참혹한 짓을 저지른 것일까?

그리고 이 일의 여파는 과연 어디까지 퍼지게 될 것인가?

남호는 생각만 해도 머리가 아픈지 평상시의 모습답지 않게 인상을 잔뜩 찌푸리고 있다가, 갑자기 무슨 생각이 들었는지 조일평을 바라보며 물었다.

"그런데 자네는 용케도 그런 사실을 알고 있었군. 취미사의 주지가 굉요 대선사의 사제라는 건 소식통이 밝다고 자부하는 나도 전혀 모르고 있었던 일인데……."

"별로 대단할 건 없소. 굉지 선사에게 취미사의 주지 자리를 부탁한 사람이 바로 내 사부님이셨소."

"엥? 그런 거였군."

"굉지 선사는 평소에 교우(交友) 관계가 거의 없어서 가까운 벗이라고는 사부님이 거의 유일했소."

풍시헌이 억울하다는 표정으로 볼멘소리를 했다.

"사형, 그런데 왜 나는 이 사실을 전혀 모르고 있었지요?"

"두 분이 비록 벗이라고 해도 가끔 서신 왕래를 하고 몇 년에 한 번 만나는 사이였다. 나도 어렸을 때 사부님을 따라 굉지 선사를 딱 한 번 뵌 일이 있을 뿐이니 네가 모르는 게 당연하지."

남호는 가슴이 답답한지 옆에 있던 술병에서 술을 따라 단숨에 들이켰다.

"크흐, 좋군. 복잡한 생각은 내일 하면 되는 일이고, 오늘은 술이나 마시세. 소림과 화산이 지지고 볶든 난리를 치든 우리와는 상관 없는 일이니 우리가 그들 대신 고민할 일은 아니지 않나?"

하나 그의 말은 틀린 것이었다.

세 사람이 막 첫 번째 술잔을 돌리려 하고 있을 때, 누군가가 방문을 두드렸다.

똑똑…….

남호는 술병을 든 채로 물었다.

"누구요?"

방문이 소리도 없이 열리며 두 사람이 안으로 들어왔다. 남호는 들어온 사람들이 곰보 중년인과 아리따운 여인인 것을 보고 의아한 표정이 되었다.

"당신들은……."

곰보 중년인이 번갯불 같은 눈으로 세 사람을 훑어보더니 냉랭한 음성으로 입을 열었다.

"나는 화산파의 일대 제자인 천개방이라 하오. 세 분 중 마검 조일평이 누구요?"

조일평은 천천히 자리에서 일어났다.

"나요."

천개방의 시선이 못 박히듯 그에게 고정되었다.

"야밤에 불쑥 찾아온 점을 사과드리겠소. 우리가 찾아온 이유는 아시리라 믿소만……."

조일평의 태도는 의외로 담담했다.

"언젠간 당신들이 나를 찾으리라 생각했었지. 하지만 이렇게 빨리 찾아올 줄은 미처 몰랐소."

"사안(事案)이 워낙 중대하여 본 파로서도 최선을 다하지 않을 수 없었소. 본 파의 고수 이십 명이 장안 일대를 이 잡듯이 뒤진 끝에 귀하를 찾아낸 거요."

화산파가 이렇듯 총력을 기울여 조일평을 찾아온 것은 물론 소요검객 사익의 죽음에 대한 내막을 알기 위해서였다. 하나 조일평도 그것에 대해서는 그들보다 더 많이 안다고 할 수 없는 형편이었다.

남호는 조일평의 처지가 곤란하게 되었다는 것을 깨달았다. 화산파에서 이렇듯 다급하게 찾아온 이상 조일평의 말 한마디만으로 순순히 물러날 리는 없었다.

아니나 다를까? 천개방은 단도직입적으로 말했다.

"호젓한 곳에 귀하를 모실 준비를 해 두었소. 같이 가 주셨으면 하오."

조일평의 입꼬리에 차가운 미소가 떠올랐다.

"나를 심문(審問)할 장소를 구해 두었단 말이지? 그래서, 나보고 순순히 따라오라는 거요?"

천개방의 얼굴은 철갑을 씌운 듯 딱딱하게 굳어 있었다.

"굳이 숨기고 싶은 생각은 없소. 그곳에는 귀하를 꼭 만나고 싶어 하는 분이 계시오. 귀하가 그분께 모든 일을 사실대로 밝힌다면 털끝 하나 다치지 않고 다시 이곳으로 돌아올 수 있을 거요."

"내가 말한 것을 그가 납득하지 못한다면?"

"귀하가 모든 일을 숨기지 않고 이야기한다면 그분이 납득하지 못할 리가 없소."

"만일 그렇지 못하면?"

"그건 귀하의 상상에 맡기겠소."

조일평의 입꼬리에 걸려 있는 미소가 한층 더 짙어졌다. 그와 함께 그의 얼굴은 냉막하고 차갑게 변해 있었다.

"결국 내가 사실대로 말하든 그렇지 않든 그곳에서 나를 기다린다는 자가 만족하지 못한다면 아무 소용이 없다는 말이로군? 정말 지극히 화산파다운 방식이야."

천개방의 음성은 칼로 자르듯 단호했다.

"이제 선택하시오. 나를 따라가겠소, 아니면 이곳에 남겠소?"

"나는 굳이 당신을 따라갈 필요성을 못 느끼겠소. 정 나를 만나고 싶거든 그자에게 직접 오라고 하시오."

천개방의 눈빛이 눈에 띄게 싸늘해졌다.

"귀하가 자신의 선택에 후회하지 않기를 바라오."

주위가 삽시간에 팽팽한 긴장감에 휩싸여 버렸다. 남호와 풍시헌도 모두 자리에서 일어섰고, 천개방의 뒤에 있던 백수함도 검의 손잡이를 움켜쥔 채 언제든지 출수할 수 있는 자세를 취했다.

천개방은 조일평을 뚫어지게 응시한 채 미동도 하지 않았다. 그에 비하면 조일평은 양손을 자연스레 늘어뜨린 채 다소 방심한 듯한 자세였다. 그런데도 중인들은 전신의 모공(毛孔)의 털이 곤

두서는 듯한 살벌함을 느껴야 했다.

일촉즉발의 순간, 갑자기 남호가 들고 있던 술병을 세차게 탁자 위에 내려놓으며 소리치는 것이었다.

탕!

"언제부터 강호가 술 한 잔 마음대로 먹을 수 없는 곳이 되어 버렸는지 모르겠군."

금시라도 검광이 난무할 것 같던 장내의 분위기가 갑자기 일변했다. 천개방은 의아한 눈으로 그를 응시하고 있었고, 심지어 조일평조차도 두 눈에 기광을 번뜩인 채 남호를 주시했다.

남호가 술병을 내려놓는 동작 자체는 단순한 것이었으나, 그 시기가 절묘하여 천개방과 조일평의 대결 흐름을 교묘하게 깨뜨려 버렸던 것이다. 아마 그가 술병을 내려놓는 시기가 조금만 늦었다면 둘 중 누군가가 출수했을 것이고, 조금만 빨랐다면 오히려 그 자신이 공격의 대상이 되었을 것이다.

일단 팽팽한 긴장감이 끊어지자 오히려 분위기는 더욱 맥없는 것이 되고 말았다.

그때를 놓치지 않고 남호는 천개방을 향해 진중한 음성으로 말했다.

"예로부터 화산파는 제자로 하여금 함부로 검을 뽑지 못하게 철저히 가르친다고 들었소. 아직 조 소협이 흉수라는 증거도 없는데 일방적으로 그를 몰아붙인다는 것은 대(大)화산파답지 않은 일이라고 생각하오."

천개방의 눈빛이 날카롭게 번뜩였다.

"귀하는 누구시오?"

"나는 남호라고 하는 무명소졸이오. 그보다 내게 한 가지 제안이 있는데 들어 보시겠소?"

천개방은 재빨리 머리를 굴려 보았으나, 당금 무림에서 그런 이름의 사람이 있다는 말은 들어 본 적이 없었다. 그렇다 해도 조금 전의 상황을 생각해 보면 함부로 무시하기에는 왠지 마음에 걸리는 인물이었다.

"말해 보시오."

"오늘은 밤이 너무 깊었고, 이곳은 주위에 많은 사람들이 잠들어 있는 객잔이니 중요한 일을 처리하기에는 장소나 시기가 모두 좋지 않소. 게다가 귀 파에서도 뜻밖에 벌어진 일로 인해 마음을 가라앉히지 못해서 자칫 쓸데없는 시비를 일으킬 우려가 있소. 그러니 추후에 따로 장소를 정해 만나는 것이 좋을 듯하오."

"우리보고 그냥 돌아가란 말이오?"

남호의 얼굴에 특유의 싱거운 웃음이 떠올랐다.

"누가 그냥 돌아가라고 했소? 약속을 정하고 가라는 소리지."

천개방은 그의 의중을 탐색하려는 듯 시선을 그에게 고정시킨 채 꼼짝도 하지 않았다. 그런 따가운 시선을 받고도 남호는 전혀 불안해 하지 않았다.

"이렇게 생각해 보시오. 지금 여기서 실랑이를 벌여 보았자 서로 감정만 상할 뿐, 사태를 해결하는 데는 아무런 도움도 되지 않소. 그러니 내일이나 모레쯤 서로 만나 머리를 맞대고 논의한다면 상대할 사람은 줄어들고 우리 편은 늘게 되는 거요."

천개방은 그의 말이 일리가 있다고 생각했다.

솔직히 마검 조일평의 명성은 그도 익히 들어 왔던 터라 그와 검을 겨룬다고 해도 이길 자신이 별로 없었다. 설사 조일평을 강제로 끌고 간다 해도 그가 순순히 입을 열리라는 보장도 없었다.

천개방은 슬쩍 조일평을 바라보았다.

"귀하의 생각은 어떻소?"

조일평의 대답은 간단명료했다.

"모레 신시(申時)에 대안탑(大雁塔)으로 가겠소."

"자은사(慈恩寺)의 대안탑 말이오?"

"그렇소."

천개방은 잠시 생각에 잠긴 듯하더니, 이내 고개를 끄덕였다.

"좋소. 그곳에서 귀하를 기다리겠소."

이어 그에게 가볍게 포권을 하고는 휭하니 몸을 돌려 밖으로 걸어 나가는 것이었다. 백수함은 그의 태도를 미처 예상치 못했는지 당혹한 표정이 역력했다.

"천 사형……"

"그의 신분으로 허언을 할 리가 없으니 우리는 이만 가자."

"하지만 그가 약속을 지키지 않는다면……"

"그때는 누가 흉수인지 보다 자세히 알 수 있겠지."

천개방의 말을 듣자 백수함은 그제야 무언가를 깨달은 듯 순순히 그의 뒤를 따라 방을 벗어났다.

두 사람의 신형이 사라지자 그제야 남호는 조일평을 향해 빙긋 미소 지었다.

"내 체면을 살려 줘서 고맙네."

조일평이 거절하지 않고 자신의 제안을 따라 준 것에 대한 감사 인사였다.

"그건 오히려 내가 할 말이오. 덕분에 귀찮은 시비를 덜 수 있게 되었소."

"그렇게 될지는 모레 가 봐야 알겠지. 그나저나 하고 많은 장소 중에 왜 하필이면 대안탑을 골랐나?"

"대안탑이 마음에 들지 않소?"

남호의 얼굴에 그답지 않는 씁쓸한 미소가 떠올랐다.

"그게 아니라, 자은사의 주지와는 예전에 얼굴을 붉힐 만한 일이 있어서 말일세. 그래서 그 뒤로는 가급적 그쪽으로 가지 않으려고 한다네."

조일평의 얼굴에 모처럼 미소가 떠올랐다.

"그것참 공교롭군. 마침 자은사의 주지도 내 사부님의 몇 안 되는 벗들 중 한 분이오. 그러니 이번 기회에 내가 두 분을 화해시켜 드리겠소."

남호의 얼굴이 싹 바뀌었다.

"그건 안 되네. 그를 만나느니 나는 차라리 자네들과 헤어져 이대로 훌쩍 떠나 버리고 말겠네."

남호가 너무 정색을 했기에 조일평은 내심 의혹을 느꼈으나 겉으로는 전혀 내색하지 않았다.

"알겠소. 그럼 그분은 우리들만 만나고 오겠소."

남호는 자신의 반응이 조금 지나쳤다고 생각했는지 이내 어색한 웃음을 흘렸다.

"오해하지는 말게. 무슨 죽을죄를 저질러서 도망 다니는 건 아니니까. 다만 나는 불편한 자리에 있는 건 아주 질색이라서 말일세."

"이해하오."

남호는 갑자기 한숨을 내쉬었다.

"아무튼 한 가지는 확실해졌군."

"그게 무엇이오?"

"이틀 후에 자네가 화산파의 고수들을 납득시키지 못한다면 지금보다 훨씬 더 난처한 상황에 빠지게 될 거라는 것이지."

조일평은 묵묵히 고개를 끄덕였다. 남호는 그의 표정을 가만히 살펴보고 있다가 조용히 한마디를 덧붙였다.

"그러니 이틀 동안 자네는 무슨 수를 쓰든 흉수에 대한 단서를 잡아야 한단 말일세."

제 83 장
향대왕루(向大王樓)

제83장 향대왕루(向大王樓)

동중산이 정신을 차렸을 때 처음으로 눈에 들어온 것은 때가 묻은 추레한 천장이었다. 다시 눈을 깜박거렸을 때 누군가의 음성이 들려왔다.

"정신이 드시오?"

동중산은 그 음성이 어딘지 귀에 익다 생각하고 그쪽으로 고개를 돌리려 했다. 하나 그 순간 온몸이 으스러지는 듯한 통증을 느끼고 인상을 있는 대로 찡그리고 말았다.

'으윽!'

음성의 주인은 그의 몸을 부드럽게 제지했다.

"아직은 움직이면 안 되오. 당신은 정말 운이 좋았소. 온몸의 실핏줄이 모두 터지고 등과 가슴에 치명적인 부상을 입고도 살아날 수 있었으니 말이오."

동중산은 차츰 기억이 되살아났다.

"지금까지 내가 사냥한 어떤 짐승도 당신보다 상처가 중(重)하지 않았소. 당신은 정말 끈질긴 사나이요. 물론 갈 노인의 솜씨가 좋았던 이유도 있지만, 살고자 하는 당신의 강인한 생명력이 없었다면 불가능했을 거요."

이제 동중산은 음성의 주인이 누구인지 알 수 있었다. 그리고 이곳이 어디인지도 알 수 있었다.

과연 그의 눈에 장승표의 투박한 얼굴이 들어왔다.

장승표는 그의 머리 위에 얼굴을 바짝 들이댄 채 그의 혈색을 살펴보고 있다가 다시 입을 열었다.

"아직 음독(陰毒)이 모두 빠지지 않아 피부에 허연 기가 남아 있기는 하지만 그래도 처음보다는 한결 좋아졌군. 며칠만 푹 쉬면 혼자 힘으로 일어설 수 있을 거요."

동중산의 외눈과 눈이 마주치자 장승표는 털북숭이 얼굴에 환한 미소를 지었다.

"당신 때문에 나는 갈 노인에게 백사(白蛇) 두 마리와 웅담(熊膽) 세 개를 빚졌소. 그러니 당신은 술 다섯 동이로 그 빚을 갚도록 하시오."

동중산은 아무 말도 하지 않고 장승표를 바라보기만 했다. 장승표는 그 눈빛만 보아도 그의 마음을 알 수 있었다.

"그런 눈으로 나를 볼 필요 없소. 자초지종을 따지자면 나 때문에 벌어진 일이니까. 내가 감승을 만나러 가자고 하지만 않았어도……."

장승표의 얼굴에 한 줄기 울적한 빛이 떠올랐다.

 "감승은 좋은 녀석이오. 어려서부터 겉으로는 강한 척해도 누구보다 마음이 여리고 잔정이 많은 녀석이었지. 그를 미워하지 마시오."

 동중산은 고개를 저었다. 그가 정신을 잃기 전에 마지막으로 본 것은 장승표를 구하기 위해 목숨을 내던지던 감승의 비장한 모습이었다.

 그런 감승을 미워할 리 있겠는가?

 동중산은 한동안 가만히 누워 있다가 낮게 가라앉은 음성으로 물었다.

 "내가…… 며칠이나 누워 있었소?"

 입을 여는 것도 무척 힘들었으나, 묻지 않을 수 없었다.

 장승표는 손가락을 헤아려 보더니 히죽 웃었다.

 "오늘로 사 일째요. 갈 노인이 오늘쯤이면 당신이 깨어날 거라고 해서 아까부터 기다리고 있었소. 정말 이런 쪽으로는 신통한 노인네라니까."

 "배가 고프군……."

 "그럴 거요. 그래서 죽을 좀 끓여 왔소."

 장승표는 어디서 준비해 왔는지 김이 모락모락 나는 접시를 들고 왔다. 동중산이 일어나려 하자 황급히 그를 제지했다.

 "그냥 누워 있으시오. 내가 비록 솜씨는 없지만, 그래도 오늘 당신은 내 시중을 받아야 하오. 아녀자의 나긋나긋한 손길이 그립겠지만 이곳에는 남자들뿐이어서 말이오."

장승표는 부드럽게 웃으며 숟가락으로 죽을 떠서 동중산의 입으로 가져갔다. 동중산은 정말 그의 신세를 지고 싶지 않았으나 손가락 하나 까닥할 수 없는 형편이라 꼼짝없이 누워서 죽을 받아먹을 수밖에 없었다.

장승표가 끓인 죽은 고기를 잘게 찢어서 만든 것으로, 구수하면서도 비리지 않아서 맛이 아주 좋았다. 얼마 되지 않아 동중산은 죽 한 그릇을 깨끗하게 비웠다.

그제야 장승표는 만족한 웃음을 지으며 접시를 치웠다.

"남자에게 시중을 받는 기분이 어떻소? 이만하면 나도 제법 이런 방면에 소질이 있지 않소?"

"최악이었소. 차라리 곰에게 시중을 받는 게 더 나을 거요."

장승표는 입을 딱 벌리고 크게 웃었다.

"하하…… 그렇게 억울하면 빨리 털고 일어나시오. 안 그러면 당신은 며칠 동안 계속 내 시중을 받게 될 테니까."

"그 말을 들으니 투지가 끓어오르는군."

동중산이 금시라도 자리에서 일어날 듯하자 장승표는 너털웃음을 지으며 그의 어깨를 지그시 눌렀다.

"아직 움직이면 안 된다니까 그러네. 그렇게 내가 싫으면 다음에는 곰 한 마리를 구해 올 테니 잘해 보시오. 암놈으로 구해 드릴까?"

장승표가 제지하지 않아도 사실 동중산은 몸을 까닥할 기운이 없었다. 비록 죽을 먹어서 시장기는 어느 정도 가셨으나 몸을 움직이려고만 하면 전신이 갈가리 찢겨져 나가는 듯한 통증 때문에 비명을 지르고 싶을 정도였다.

동중산은 새삼 백동일의 가공할 검술이 떠올라 이를 악물었다.

대체 어떤 무공을 익혔기에 똑같이 검과 검을 들고 겨루었는데 사람을 이런 꼴로 만든단 말인가? 팔다리가 잘렸다면 몰라도 전신의 혈맥을 터져 나가도록 만들었다는 것은 좀처럼 보기 힘든 일이었다.

그러한 무공의 소유자를 무슨 수로 이길 수 있단 말인가? 그리고 그런 고수들을 수도 없이 보유한 초가보의 힘이란 과연 어느 정도란 말인가?

동중산이 딱딱하게 굳은 표정으로 허공을 노려보고 있자 장승표는 그가 무슨 생각을 하는지 짐작한 듯 그의 어깨를 가만히 두드려 주었다.

"언제고 그자에게 복수할 기회가 있을 거요. 우선은 몸을 회복시키는 게 급선무요. 그자에게 친구를 잃은 나도 이렇게 참고 있지 않소?"

"친구의 일은 정말 안됐소."

"그게 그 녀석의 팔자였던 모양이오. 참, 그런데 동 형은 종남파의 제자라고 했소?"

동중산은 장승표가 갑자기 엉뚱한 걸 물어 오자 의아한 생각이 들었다.

"그렇소. 그런데 그건 왜 물으시오?"

"내가 어제 얼핏 들은 이야기인데, 종남파의 제자 하나가 초가보가 관장하는 주루에 나타나 일대 소란이 벌어졌다고 하오."

그 말에 동중산의 외눈에서 날카로운 빛이 번뜩였다.

"그게 정말이오?"

"그렇소. 그 일 때문에 초가보가 발칵 뒤집혀서 그 일대를 샅샅이 뒤지고 다닌다는 소문이 자자하오."

동중산은 침착하고 냉정한 사람이었으나, 지금은 자신의 가슴이 맹렬하게 뛰고 있음을 느꼈다. 동중산은 이럴 때일수록 흥분하지 말자고 스스로의 마음을 가라앉힌 후 다시 물었다.

"그가 누구인지 아시오?"

장승표는 고개를 가로저었다.

"그건 잘 모르고, 나이가 젊은 사람이라고만 하더군."

"그는 어떻게 되었소?"

"초가보의 고수가 그를 잡으려 할 때, 갑자기 주루에 불이 나서 난리도 아니었다 하오. 그사이에 빠져나간 모양이오."

동중산은 잠시 생각에 잠겨 있다가 다시 물었다.

"그가 나타난 게 언제요?"

"내가 어제 들었을 때, 그 전날이라고 했으니까 이틀 전일 거요."

"장소는?"

"대왕루라는 곳이오."

동중산은 한동안 허공을 올려다본 채 아무런 말이 없었다. 장승표가 이상하다 생각돼 고개를 숙여 그의 얼굴을 내려다보니, 하나뿐인 그의 외눈이 이상하리만치 반짝거리고 있었다.

동중산은 그가 자신을 쳐다보고 있는 것도 모르는지 계속 허공의 한 점을 응시하고 있을 뿐이었다.

"동 형……."

장승표는 참지 못하고 나직하게 그를 불렀다.

동중산은 여전히 허공에 시선을 고정시킨 채 조용한 음성으로 입을 열었다.

"무슨 수를 쓰든지 내일까지 내가 일어설 수 있게 해 주시오. 필요하다면 팔 하나쯤 못쓰게 되어도 좋소."

"동 형……."

"나는 그 대왕루로 가 보아야겠소."

"하지만…… 그가 대왕루에 다시 나타난다는 보장이 없지 않소? 초가보에서 자신을 노리고 있다는 것을 뻔히 알고 있을 텐데……."

동중산의 표정은 조금도 변화가 없었다.

"물론 그는 나타나지 않을 거요. 하지만 다른 사람들이 있소."

"……!"

"그가 위험을 무릅쓰면서까지 대왕루에 모습을 드러낸 것은 종남파가 아직 멸문하지 않았다는 것을 알리고 싶었기 때문이오. 또한, 살아남은 본 파의 제자들에게 결코 포기하지 말라는 무언(無言)의 신호를 보낸 셈이기도 하오."

동중산의 음성은 그리 크지 않았으나 기이한 열기를 담고 있어서 장승표의 귀에는 다른 어떤 음성보다 크고 웅장하게 들렸다.

"만약 나 말고도 살아 있는 본 파의 제자가 있다면 반드시 대왕루로 와서 자세한 내막을 알려 할 것이오. 그래서 나는 그곳에 가야만 하는 거요. 그곳에 올 사람들을 만나기 위해서."

장승표는 무언가에 억눌린 사람처럼 무겁게 입을 열었다.

"하지만 만약에 이것이 초가보에서 당신들을 유인하기 위한 술책이라면?"

"그럴 가능성도 충분히 있지. 그래도 나는 그곳에 가야 하오. 그게 내게 남은 마지막 기회이기 때문이오."

장승표는 아무 말도 하지 못하고 동중산의 어깨를 가만히 쓰다듬기만 했다. 한참 후에야 그는 동중산을 쳐다보며 듬직하게 웃었다.

"갈 노인에게 평생 동안 백사를 갖다 바치게 된다 해도 당신을 내일까지 일어서게 할 테니 걱정 마시오. 하지만 마지막이란 말은 제발 하지 마시오. 그런 말은 함부로 쓰는 게 아니란 말이오."

* * *

한 사람이 거울 속의 자신을 들여다보고 있었다.

거울 속에는 반백의 머리에 이목구비가 청수한 중년인의 모습이 있었다. 중년인은 한참 동안이나 물끄러미 자신의 얼굴을 들여다보고 있더니 문득 한숨을 내쉬었다.

"흰머리가 눈에 띄게 늘어났군."

그의 음성은 청량했으나 그 속에는 지나간 세월에 대한 쓸쓸함이 짙게 배어 있었다.

그때 한 사람이 조용한 걸음으로 다가왔다.

"부르셨습니까?"

반백의 중년인은 거울 속으로 그 사람을 쳐다보더니 조용한 음성으로 말했다.

"처리해 줘야 할 일이 있네."

"말씀하십시오."

"대왕루에 가 주게."

"그곳은 손 노제가 있는 곳이 아닙니까?"

"그렇지."

그 사람은 머뭇거리다가 한결 조심스런 음성으로 물었다.

"손 노제가 무슨 잘못이라도······."

반백의 중년인은 고개를 흔들었다.

"아닐세. 단지 그 혼자 힘으로는 조금 벅찰 것 같아서 자네를 보내려는 걸세. 자네는 그와 호형호제(呼兄呼弟)하는 사이가 아닌가?"

"손 노제는 저와 동향으로, 어려서부터 제가 친동생처럼 아끼고 있었습니다."

"알고 있네. 이번에 그에게 일이 생겼는데, 그는 그걸 말끔하게 처리하지 못했네."

"대왕루로 종남파의 생존자가 찾아왔다는 말은 저도 들었습니다."

"그런데 내 생각에는 앞으로도 그와 비슷한 일이 벌어질 것 같단 말이야."

"설마 그럴 리가요. 종남파의 고수들이 바보가 아닌 다음에야 그런 소동을 벌여 놓고 다시 또 찾아오겠습니까?"

반백의 중년인은 거울 속을 들여다보며 빙그레 웃었다.

"내 생각이 틀렸다는 건가?"

그의 음성은 여전히 부드러웠다. 그런데 그 사람은 갑자기 몸을 부르르 떨더니 그 자리에 넙죽 엎드리는 것이었다.

"제가 감히 그럴 리가 있습니까?"

"자네 말도 일리는 있네. 그런데 세상일이란 게 꼭 이치대로만 흘러가지 않는단 말이야. 그래서 묘한 재미가 있지."

그 사람은 감히 대꾸도 하지 못하고 엎드린 채 그의 말에 귀를 기울이고 있었다.

"원래 종남파의 잔당을 소탕하는 일은 백동일의 몫이라서 처음에는 그를 부르려고 했는데, 그는 솜씨는 좋은데 너무 자신감이 넘쳐서 쓸데없이 일을 복잡하게 만드는 경향이 있네. 그래서 자네에게 부탁을 하려는 걸세."

"맡겨 주십시오. 깨끗하게 처리하겠습니다."

"종남파에 살아남은 자가 있다면 이번 소동을 듣고 반드시 대왕루로 와서 자세한 내막을 알려고 할 걸세. 그들도 우리처럼 서로의 행방을 몰라서 애타게 찾고 있을 테니 말일세."

그제야 그 사람은 반백의 중년인이 말하는 의도를 알아차리고 재차 머리를 조아렸다.

"총관의 말씀이 옳습니다. 제가 생각이 짧았습니다."

"손익에게도 사정을 잘 설명하고 단단히 준비하라고 이르게. 이번에도 실수를 할 시에는 자네들 두 사람은 이전번의 일까지 같이 책임을 져야 할 걸세."

그 사람의 어깨가 한 차례 부르르 떨렸다.

"그런 일은 없을 겁니다."

"너무 장담은 하지 말게. 아까도 말했지만 세상일이란 게 꼭 의도한 대로만 진행되지는 않으니 말일세."

그 사람은 단호한 음성으로 말했다.

"만약 종남파의 제자가 단 한 명이라도 대왕루로 찾아온다면 그날이 그의 제삿날이 될 것입니다. 그렇지 못하면 제 스스로 목을 잘라 책임을 지겠습니다."

"글쎄 너무 장담하지 말라니까. 하지만 솔직히 나도 이번에는 자네가 일을 잘 마무리해 주리라 믿고 있네."

반백의 중년인은 거울 속에서 조용히 웃었다.

* * *

대왕루는 여전히 사람들로 북적거렸다.

진산월은 미시(未時)가 막 지날 무렵 대왕루에 도착했다.

그의 몰골은 여전히 초췌했으나, 오늘은 깔끔한 새 옷으로 갈아입었기 때문인지 그 전처럼 입구에서 그를 제지하는 사람은 없었다. 진산월은 주위를 둘러보다 구석진 자리로 가서 앉았다.

그곳은 비록 입구에서 멀리 떨어져 있기는 했으나, 그 때문에 주루 안을 한눈에 살펴볼 수 있었다. 게다가 창문이 그리 멀지 않아서 유사시(有事時)에 몸을 피하기도 수월했다.

"무얼 드시겠소?"

이십 대 후반의 점소이 하나가 그의 위아래를 훑어보더니 시큰둥한 어조로 물었다. 아마도 그의 행색이 그다지 좋아 보이지 않아서 실망한 모양이었다.

진산월은 간단한 소채(素菜) 몇 가지와 술을 한 병 시켰다.

점소이는 예상한 대로라고 투덜거리며 주방 쪽으로 사라졌다.

진산월은 자리에 앉은 채로 주루 안을 찬찬히 훑어보았다.

사람들은 예전보다 훨씬 많아서 빈자리를 찾기가 힘들 정도였다. 제일 구석진 자리가 아니었으면 자신도 자리를 잡기 어려웠을 것이다.

먹고 마시고 떠드는 사람들 중 대부분은 병장기를 휴대한 무림인들이었다. 진산월은 혹시라도 그들 중 자신을 알아보는 사람이 있을까 하여 자세히 살펴보았으나 그런 사람은 보이지 않았다.

곧 점소이가 소채가 담긴 접시와 술병, 술잔 하나를 가지고 왔다.

술은 그다지 좋지 않은 백건아(白乾兒)였고, 안주도 보잘것없는 소채뿐이었으나 진산월은 술을 한 잔 따라서 천천히 들이켰다. 뜨거운 기운이 목구멍을 넘어가는 느낌은 예전과 흡사했다. 하나 예전에 술을 마실 때의 그 도도한 감흥은 전혀 느낄 수가 없었다.

진산월은 안주도 먹지 않고 다시 술을 한 잔 따라 마셨다. 두 잔째 술이 들어가자 뱃속이 화끈거렸다.

진산월은 더 이상의 술은 마시지 않았다. 취할 것 같았기 때문이다.

예전에는 아무리 마셔도 쉽게 취하지 않았었다. 그런데 지금은 단 두 잔의 술에 벌써 취할 것을 두려워하는 신세가 되었다. 무공은 예전과 비할 수 없을 정도로 높아졌는데, 주량은 오히려 훨씬 더 못해졌다니 기이한 일이 아닐 수 없었다.

하지만 왜 취하는 것이 두려운 것일까?

혹시 취한 다음에 누군가를 떠올리게 될 것이 두려운 게 아닐까? 진짜 두려운 것은 술이 아니라 술을 마시면 생각나는 그 누군가가 아닐까?

진산월은 더 이상의 생각을 하지 않았다.

그때 마침 한 사람이 주루 안으로 불쑥 들어왔다. 들어온 사람을 보자 진산월은 황급히 머리를 다른 곳으로 돌려 버렸다.

왜냐하면 입구에 선 채로 인상을 찡그리며 주위를 두리번거리고 있는 사람은 그에게 음식 값을 사기치고 도망갔던 미소녀였기 때문이다.

원래대로라면 피하기는커녕 오히려 그가 나서서 그녀를 붙잡고 추궁해야 했으나, 그는 공연히 그녀 때문에 번거로움을 자초하기 싫었던 것이다.

하나 일은 그의 뜻대로 흘러가지 않았다.

"아이 참, 어쩌지? 웬 사람들이 이렇게 많은 거야? 앉을 자리도 없잖아."

못마땅한 표정으로 주위를 둘러보며 연신 투덜거리고 있던 서문연상이 문득 무엇을 보았는지 아름다운 눈을 크게 치켜떴다.

"어? 저자는……."

처음에 그녀는 재빨리 몸을 돌려 주루를 벗어나려 했다. 그러다 무슨 생각을 했는지 오히려 도도한 표정을 지으며 성큼성큼 앞으로 걸어 나갔다.

그녀의 몸은 복잡한 주루 안을 요리조리 빠져나가더니 가장 구석진 곳에 위치한 탁자 앞으로 가서 멈춰 섰다.

"여기서 또 만났네요."

의자에 앉은 채 창문 밖을 바라보고 있던 진산월은 그녀의 음성에 어쩔 수 없이 고개를 돌려야만 했다. 그는 진정으로 이 아가씨가 왜 도망가지 않고 오히려 자신에게 왔는지 이해할 수가 없었다.

진산월은 그녀의 위아래를 쳐다보더니 퉁명스런 음성으로 물었다.

"동생은 잘 있소?"

서문연상은 그가 묻는 말뜻을 몰라 아미를 치켜뜨다가, 이내 까르르 웃음을 터뜨렸다.

"호호, 어제 일로 화가 났나 보군요. 제 동생은 물론 잘 있어요. 하지만 그 아이가 멀리 떠나 있어서 오랫동안 만나지 못했다는 건 분명한 사실이니 쓸데없는 오해는 하지 말도록 해요."

뭐가 쓸데없는 오해란 말인가?

진산월은 이 당돌하고 거짓말을 밥 먹듯이 하는 아가씨와는 단 한 순간도 같이 있고 싶지 않았다. 하나 그녀의 생각은 조금 다른 모양이었다.

"어제 음식 값은 잘 계산했어요?"

진산월은 아무 대답도 하지 않았다. 그녀는 다시 배시시 웃었다.

"무슨 남자가 겨우 그런 일 가지고 그렇게 삐쳐 있어요? 그때 음식 값은 내가 나중에 모두 계산해 줄 테니 너무 걱정하지 말아요."

진산월은 여전히 말이 없었다. 하나 그녀는 조금도 개의치 않고 계속 입을 놀려 댔다.

"그런데 아들은 어디다 두고 당신 혼자 여기 있는 거예요? 설마 그 아이를 주루에 맡기고 혼자 도망친 건 아니겠죠? 만일 그랬다면 당신은 사람도 아니에요."

그녀가 제멋대로 지껄이며 성난 표정으로 쏘아보자 진산월은 그저 입을 다물고 있을 수밖에 없었다. 원래 너무 어이가 없으면 말도 나오지 않는 법이다.

그녀는 다시 새침한 모습으로 돌아가더니 허락도 받지 않고 진산월의 앞에 있는 의자에 가서 앉았다.

"당신이 그렇게까지 나쁜 사람이라고는 생각되지 않는군요. 아무튼 이렇게 만난 것도 인연이니 합석하도록 하죠."

그제야 진산월은 그녀의 의도를 알아차렸다. 그녀는 빈자리를 찾지 못하자 단순히 합석할 사람이 필요했던 것이다.

진산월이 무슨 생각을 하건 말건 그녀는 지나가는 점소이를 부르더니 몇 가지의 요리를 주문했다. 그러면서도 그녀는 이것저것 요구하는 것이 많았다.

"튀김은 속이 너무 무르지 않게 하고, 구이는 기름기를 쏙 빼고

줘요. 향채는 절반만 넣어야 하고, 모든 음식이 너무 짜거나 매우면 안 돼요. 특히 식초는 절대 쓰지 말아요. 난 신 게 질색이니까. 알았죠?"

점소이는 그녀의 요구 조건에 멍청한 표정을 짓더니 고개를 설레설레 흔들며 주방 쪽으로 걸어갔다.

"멍청하게 생겼는데, 주방까지 가다가 다 까먹는 게 아닌지 몰라."

그녀는 혼자 종알거리더니 다시 진산월에게로 시선을 돌렸다. 그녀는 진산월의 앞에 놓인 소채와 술병을 쳐다보고는 한심하다는 표정을 했다.

"그런 것만 먹으니 몰골이 그 꼴이죠. 다른 걸 아끼더라도 먹는 걸 잘 먹어야 제대로 사람 구실을 할 수 있어요. 어제의 일도 있고 하니 오늘은 내가 살 테니까 있다가 음식이 나오면 같이 먹도록 해요."

진산월은 고개를 저었다.

"그럴 필요 없소."

"오늘도 내가 계산 안 하고 그냥 갈까 봐 그래요? 걱정 말아요. 오늘은 당신이 가라고 해도 안 갈 테니까."

"왜 그렇소?"

그녀의 얼굴에 갑자기 화사한 미소가 떠올랐다.

"여기서 만날 사람이 있거든요. 그러니 걱정하지 말고 마음껏 먹도록 해요."

"난 이거면 충분하오."

그녀는 아미를 상큼하게 치켜떴다.

"군소리 말고 내가 하라는 대로 해요. 당신이 내 앞에서 그런 소여물 같은 걸 먹고 있으면 내가 음식이 넘어가겠어요?"

진산월로서는 그저 씁쓸하게 웃을 수밖에 없었다.

그때 갑자기 그녀가 목소리를 낮추어 그에게 소곤거렸다.

"참, 당신 그 소식 들었어요?"

진산월은 그녀가 또 무슨 엉뚱한 소리를 하나 하는 걱정부터 들었다.

그녀는 그의 대답도 듣지 않고 빠르게 입을 놀렸다.

"어제 취미사에서 혈겁이 벌어져서 승려들이 모두 죽었다는 소문 말이에요."

진산월은 고개를 끄덕였다.

"알고 있소."

그 일은 비단 진산월뿐 아니라 서안 일대에서 모르는 사람이 없었다.

취미사는 비록 무림의 유명한 절도 아니고 고수들이 있는 것도 아니었으나, 그래도 절의 승려들이 한 사람도 남지 않고 모두 살해당했다는 것은 세인들의 관심을 끌기에 족했다. 더구나 그들 중에는 화산파의 장로도 섞여 있다는 소문이 있어서 많은 사람들을 경악케 하고 있었다.

서문연상은 주위를 한 차례 재빨리 둘러보더니 다시 나직한 목소리로 말했다.

"사실은 어제 내가 그 현장에 있었지 뭐예요."

진산월은 그녀의 얼굴을 똑바로 쳐다보았다.

"그게 정말이오?"

"내가 무엇 때문에 당신에게 거짓말을 하겠어요? 어제 마침 날이 너무 좋아서 바람도 쐬일 겸 남문 밖으로 나갔었는데……."

그녀는 주절주절 어제 자신이 겪은 일을 이야기했다.

진산월은 묵묵히 그녀의 말에 귀를 기울이고 있었다. 그녀의 제법 긴 이야기가 모두 끝날 때까지 그는 한마디도 끼어들지 않았다.

그러다 거의 마지막에 가서야 겨우 한마디를 물었다.

"그 두 사람 중 한 명이 마검 조일평이었단 말이오?"

"그래요. 그는 생긴 것부터 과묵해서 만만치 않아 보였어요. 이 공자와 둘이 정식으로 겨루었으면 정말 볼 만했을 텐데……."

진산월은 다시 입을 굳게 다물었다.

그녀는 그의 표정이 심각하게 굳어진 것을 아는지 모르는지 계속 떠들었다.

"아무튼 흉수가 누구인지는 모르지만 정말 피에 굶주린 살인마(殺人魔)임에 틀림없어요. 어쩌면 무공도 모르는 선량한 중들을 그토록 무참히 살해할 수 있는지…… 게다가 그중에는 나이 어린 소년도 있었어요. 소요검객 사 대협의 손자라고 하는데, 그런 아이까지 살해한 걸로 보아서 아마도 성격 결함자이거나 천부적인 살인……."

진산월이 듣건 말건 계속 조잘거리던 그녀가 갑자기 입을 다물었다.

진산월이 문득 고개를 들고 쳐다보니 그녀는 조금 전과는 달리 요조숙녀처럼 얌전한 모습으로 앉아 있었다. 그러고는 입구 쪽을 향해 살짝 손을 흔드는 것이었다.

"이쪽이에요, 이 공자."

진산월이 돌아보니 막 한 사람이 주루로 올라와서 그들을 향해 다가오고 있었다. 짙은 청삼을 입고 이마에는 영웅건을 두른 그 사람은 보기 드문 미남자였다.

진산월은 묻지 않아도 그가 어제 서문연상이 만났던 만상공자 이존휘임을 알 수 있었다.

제84장 개방고수(丐幇高手)

이존휘는 확실히 군계일학(群鷄一鶴) 같은 존재였다. 지금도 시장 바닥처럼 소란스러운 주루의 한복판을 청삼 자락을 펄럭이며 유유히 걸어오는 그의 모습은 단연 돋보이는 것이었다.

서문연상은 취한 듯 홀린 듯 그의 그런 모습을 멍하니 바라보고 있었다.

이존휘는 입가에 가벼운 미소를 지으며 서문연상을 향해 다가오다가 그녀의 앞에 웬 꾀죄죄한 몰골에 키가 큰 괴인이 앉아 있는 것을 보자 눈살을 살짝 찌푸렸다. 하나 이내 다시 미소 지으며 부드러운 음성으로 입을 열었다.

"늦어서 미안하오. 오래 기다렸소?"

서문연상은 고개를 가로저었다.

"저도 방금 왔어요. 어서 앉으세요."

이존휘의 시선이 진산월에게로 향했다.

"이분은?"

진산월은 그녀가 자신을 어떻게 소개할지 호기심이 일어 아무 말도 않고 가만히 있었다.

서문연상은 조금도 당황하지 않고 태연하게 말했다.

"빈자리가 없어서 합석한 거예요."

"그랬구려. 실례하겠소."

이존휘는 대수롭지 않게 생각하며 그녀의 옆에 앉았다.

그때 마침 점소이가 낑낑거리며 그녀가 주문한 음식들을 가지고 왔다.

이존휘는 넓은 탁자가 접시들로 뒤덮이는 광경을 가만히 보고 있다가 서문연상을 쳐다보았다.

"이걸 다 소저가 시킨 거요?"

"이분이 합석을 승낙해 주신 것에 보답도 할 겸해서 조금 넉넉히 시켰어요."

그녀의 천연덕스러운 말에 이존휘는 조금도 의심하지 않고 빙긋 웃었다.

"나는 하마터면 날씬한 선 소저가 이 많은 음식을 어떻게 먹어 치우려는지 걱정할 뻔했구려."

"이 공자도 농담을 하는군요. 이 공자께선 무조건 절반 이상 드셔야 해요."

이존휘는 다시 진산월에게로 시선을 돌렸다.

"형장도 드시지요."

진산월은 고개를 저으며 자신의 앞에 놓인 소채를 가리켰다.

"나는 이것으로 충분하오."

서문연상이 날카로운 음성으로 쏘아붙였다.

"궁상떨지 말고 빨리 들어요. 나중에 괜히 후회할 거면서……."

진산월은 그저 쓴웃음을 지을 수밖에 없었다.

음식은 서문연상이 주문한 대로 맵지도, 짜지도 않았고 기름기도 없었으며, 시거나 달지도 않았다. 당연히 싱겁고 심심한 맛일 수밖에 없었다.

"이상하군. 예전하고는 맛이 달라진 것 같은데, 주방장이 바뀌었나?"

이존휘가 고개를 갸웃거리자 서문연상이 아무렇지도 않은 듯한 음성으로 말했다.

"내가 특별히 주문한 거예요. 어려서부터 자극적인 음식을 피하고 위에 부담을 주지 않는 것들만 먹었거든요."

"그랬구려. 음식에조차 그토록 신경을 쓰다니, 소저의 집안도 가풍(家風)이 몹시 엄격하겠구려."

"그 정도는 아닌데, 너무 맵고 짜거나 기름진 음식은 무공을 익히는 사람들에게는 좋지 않다는 게 할아버지의 지론(持論)이라서 어쩔 수 없었어요."

이존휘는 감탄성을 발했다.

"아, 무인으로서 정말 존경할 만한 분이구려. 실례가 되지 않는다면 소저의 조부님 성함을 알 수 있겠소?"

"할아버지는 그저 가전 무공(家傳武功)만을 익히셨을 뿐, 무림에 명성을 날리는 것에는 별로 관심이 없는 분이어서 말해도 이 공자는 모르실 거예요."

그녀는 이존휘가 계속 물어보면 어쩌나 속으로 은근히 걱정했으나, 다행히도 이존휘는 더 이상 묻지 않았다. 대신에 그는 열심히 요리를 먹더니 진지한 표정으로 고개를 끄덕이는 것이었다.

"이것도 계속 먹으니 나름대로의 맛이 있군. 앞으로는 나도 가급적이면 소저의 조부님의 방식을 따라야겠소."

"호호, 그러세요."

그때 다시 주루 위로 몇 사람이 들어왔다.

그들은 모두 세 사람이었는데, 하나같이 검은색 피풍의를 입고 머리에는 죽립을 눌러쓰고 있었다. 비록 겨울이라고 해도 요즘의 날씨는 그답지 춥지 않아서 이들처럼 발목까지 오는 피풍의를 입고 다니는 사람들은 그다지 많지 않았다.

사람들은 죽립인들의 특이한 모습에 잠시 호기심 어린 시선을 보내기도 했으나, 이내 관심을 끊고 식사에 열중했다. 하나 그들 중 한 사람만은 죽립인들에게서 시선을 떼지 못하고 있었다.

이존휘는 식사를 하다 말고 서문연상이 멍한 표정을 짓고 있자 의아한 얼굴로 물었다.

"요리가 입맛에 맞지 않소?"

서문연상은 퍼뜩 정신을 차리고 황급히 도리질을 했다.

"아, 아니에요. 잠시 다른 생각을 하느라……."

그녀는 얼굴이 붉게 상기되더니 고개를 숙인 채 열심히 음식을 먹기 시작했다. 이존휘는 이상함을 느끼고 주위를 둘러보았으나 별다른 점을 발견할 수 없었다. 왜냐하면 그때 세 명의 죽립인은 일 층에서 빈자리를 찾지 못하고 막 이 층의 계단 위로 사라지고 있었기 때문이다.

그 후로 서문연상은 갑자기 식욕이 떨어졌는지 식사하는 모습이 영 시원치 않더니 이내 젓가락을 내려놓았다.

"음식이 많이 남았는데 벌써 그만 먹는 거요?"

"많이 먹었어요. 평소에도 이 정도밖에는 먹지 않아요."

그녀는 자리에 더 머물러 있는 것이 불편한지 어서 일어났으면 하는 표정이 역력했다. 이존휘는 그녀가 왜 갑자기 그러는지 이유를 알지 못했으나 더 있기도 어색해서 이내 식사를 마쳤다.

"차는 이곳에서 마시지 말고 다른 곳으로 가는 것이 어떻겠소? 내가 아주 괜찮은 다관(茶館)을 알고 있는데……."

서문연상은 반색을 했다.

"그거 좋은 생각이에요. 그렇지 않아도 좋은 차를 마시고 싶었어요. 어서 가요."

그녀가 당장이라도 일어설 듯하자 이존휘는 조용하게 웃었다.

"너무 서두르지 마시오. 가기 전에 이곳에서 잠깐 해야 할 일이 있소."

"그게 무언데요?"

"누굴 만나기로 했는데…… 아! 마침 저기 오는군."

서문연상이 이존휘의 시선이 향하는 곳으로 고개를 돌려 보니 막 주루 위로 한 사람이 올라오고 있었다. 한데 올라온 사람을 본 서문연상은 눈을 동그랗게 뜨고 말았다.

그는 머리가 봉두난발인 중년의 거지였던 것이다.

그 중년 거지는 여기저기를 덕지덕지 꿰맨 낡은 장포를 입고 이마와 허리에는 누런 새끼줄을 동여매고 있었다. 얼굴에는 땟물이 자르르 흘렀는데, 그래도 손에 들고 있는 죽장(竹杖)은 제법 반질반질해 보였다.

대왕루는 비록 출입이 까다롭지는 않았으나, 그래도 비렁뱅이는 입구에서부터 철저히 통제를 하고 있었다. 그런데도 그 중년의 거지는 전혀 거리낌 없이 주루 안으로 성큼성큼 들어왔다.

이상한 것은 그가 들어오는 것을 뻔히 보면서도 점소이들이 누구 하나 나서서 그를 제지하지 않는다는 것이었다. 오히려 그들은 중년 거지를 힐끔거리며 그의 곁으로는 다가서지 않고 은근히 피하는 듯한 모습마저 보였다.

중년 거지는 주루 안으로 들어오더니 마치 이존휘가 그곳에 있다는 것을 미리 알고 있기라도 한 듯 곧장 그에게로 다가왔다.

그는 이존휘의 앞에 있는 빈자리로 가서 털썩 앉더니, 아무 말도 없이 탁자 위에 놓인 음식들을 집어 먹기 시작했다. 젓가락은 사용하지도 않고 때가 꼬질꼬질한 손가락으로 이것저것을 마구 집어 먹었다.

서문연상은 그저 아연한 표정으로 중년 거지의 행동을 바라보고 있을 뿐이었다.

순식간에 탁자 위에는 빈 접시만이 수북하게 쌓이게 되었다. 중년 거지는 정신없이 음식들을 몽땅 먹어치우더니 목이 메는지 진산월이 마시다 만 술병을 들고는 허락도 받지 않고 제멋대로 벌컥벌컥 마셨다.

술병은 금세 동이 났다.

"꺼억……!"

요란한 소리를 내며 트림을 한 중년 거지는 그제야 만족한 미소를 지으며 땟물이 자르르 흐르는 소맷자락으로 기름기 묻은 입을 쓰윽 닦았다.

"음식이 오늘따라 좀 싱겁긴 하지만, 한 끼를 채우기에는 충분하군."

그는 자신을 멍하니 쳐다보고 있는 서문연상에게는 시선조차 주지 않고 이존휘를 바라보며 주절거렸다.

"이 공자, 덕분에 잘 먹었소. 앞으로 이런 일이 있으면 자주 불러 주시구려."

이존휘는 중년 거지의 평소 습성을 잘 알고 있는지 별로 놀라거나 당황하지 않고 태연자약하게 고개를 끄덕였다.

"그거야 어려운 일이 아니지. 하지만 오늘은 당신이 잘못 생각했소. 이 음식들은 내가 산 것이 아니라 이분 소저가 주문한 것들이오."

"엥? 그런가?"

중년 거지는 서문연상을 돌아보더니 대문짝만 한 누런 이를 드러내며 히죽 웃었다.

"덕분에 잘 먹었소, 소저. 종종 신세 좀 집시다."

아미(娥眉)를 치켜세우며 그를 쏘아보고 있던 서문연상이 냉랭한 코웃음을 날렸다.

제84장 개방고수(丐幫高手) 163

"흥. 개방(丐幇)이라는 이름만을 믿고 너무 천방지축으로 날뛰는군요. 내가 그렇게 함부로 농(弄)을 걸 수 있는 상대로 보여요?"

중년 거지는 한 방 맞은 듯한 모습이 되었다. 그의 얼굴에 떠올라 있던 미소가 씻은 듯이 사라지며 제법 진지한 표정이 떠올랐다.

"소저는 어떻게 내가 개방의 사람인 줄 알았소?"

"내가 바보인 줄 아세요? 죽장을 들고 허리에 매듭을 묶은 거지가 개방밖에 더 있어요? 당신 허리의 매듭이 세 가닥인 걸 보니 삼결이란 소린데, 그러면 분타주쯤 되나요?"

중년 거지는 고개를 절레절레 흔들더니 맥 빠진 음성으로 중얼거렸다.

"이거 오늘 완전히 부처님 손바닥의 손행자가 된 기분이군. 소저의 말이 맞소. 내가 바로 장안을 맡고 있는 소가(簫家)요."

막상 중년의 거지가 선뜻 시인을 하자 서문연상은 내심 깜짝 놀랐다.

장안은 예로부터의 고도(古道)로, 경제와 교통의 중심이었다. 개방에서도 당연히 장안을 소홀히 할 수 없었다. 그래서 대대로 장안 분타주는 개방의 삼결 제자 중에서도 손꼽히는 인물들로 선임되었다.

현재의 장안 분타주는 나타개(懶惰丐) 소방방(簫放放)이었는데, 그는 비록 게으르고 지나치게 술을 좋아하는 단점이 있기는 했으나 누구보다도 유능하기로 소문난 인물이었다.

그녀는 주루의 점소이들이 그를 함부로 대하지 못하는 것과 그가 몸에 의결을 지니고 있는 것을 보고 대충 넘겨짚은 것인데, 막상 말은 해 놓고도 그가 개방의 장안 분타주인 소방방 본인이리라고는 미처 생각지 못하고 있었다.

소방방은 소방방대로 자신의 정체를 한눈에 파악한 눈앞의 미소녀에 대한 흥미가 이는지 지금까지와는 다른 날카로운 눈으로 그녀를 찬찬히 훑어보고 있었다.

'전형적인 명문 세가에서 태어난 아가씨로군. 다른 부분에 비해 소맷자락이 넓은 옷을 입은 것이 특이한데, 수리검(袖裡劍) 종류를 익힌 것 같구나.'

소방방의 예측은 상당히 정확한 것이었다. 그녀의 소맷자락 속에 가려진 팔뚝에는 수리검은 아니지만 작고 날카로운 비수가 양쪽으로 여덟 개씩 숨겨져 있었던 것이다.

소방방은 그녀에 대한 관찰을 마치고 다시 누런 이를 드러내며 웃었다.

"소저의 방명(芳名)을 알려 달라고 하면 틀림없이 안 된다고 할 테니 그건 생략하기로 하고, 대신 저분이 누구인지 물어봐도 되겠소?"

소방방이 가리킨 것은 뜻밖에도 한쪽에 묵묵히 앉아 있던 진산월이었다.

서문연상은 쌀쌀맞은 음성으로 잘라 말했다.

"나도 몰라요."

솔직히 그녀의 말은 사실이었으나, 소방방은 그렇게 생각하지 않는지 이번에는 이존휘를 쳐다보았다.

"아무래도 이분 아가씨가 아직도 화가 풀리지 않은 것 같은데,

이 공자께서 말씀해 주셔야겠소."

이존휘는 힐끔 진산월을 돌아보더니 이내 담담한 음성으로 말했다.

"그렇게 궁금하면 왜 본인에게 직접 물어보지 않는 거요?"

소방방은 비듬투성이인 자신의 머리를 툭 쳤다.

"내 정신 좀 보게. 그런 방법이 있었지."

소방방은 싱겁게 웃으며 이번에는 진산월을 똑바로 쳐다보았다.

"내가 귀하에게 귀하가 누구냐고 묻는다면 대답해 주겠소?"

참으로 엉뚱한 질문이 아닐 수 없었다. 서문연상은 그가 왜 이렇게 쓸데없는 질문을 하나 의아한 생각이 들었다. 하나 이존휘는 그보다는 소방방이 왜 이 앙상하게 마르고 키만 커다란 괴인에게 이토록 관심을 갖는지가 더 궁금했다.

진산월의 대답은 간단명료했다.

"싫소."

매정하기 이를 데 없는 대답이었으나, 소방방은 이미 예상하고 있었는지 조금도 당황하지 않고 다시 입을 열었다.

"그럼 혹시 며칠 전에 유화상단에 들른 적이 있느냐고 묻는다면 대답해 주겠소?"

진산월은 아무런 대꾸도 하지 않았다.

소방방은 그를 뚫어지게 응시하며 재차 물었다.

"그곳에서 한 소년을 데려갔으며, 추적해 온 화산파의 일대 제자와 검을 겨룬 적이 있느냐고 물으면 대답해 주겠소?"

진산월은 한동안 묵묵히 앉아 있더니 담담한 시선으로 소방방을 마주 보았다.

"당신이 어떻게 그런 일까지 알고 있는지는 모르지만, 그런 적이 있는 것 같군."

소방방은 그 시선을 받자 무언지 모를 섬뜩함에 자신도 모르게 몸을 부르르 떨었다. 하나 이내 그런 마음을 떨쳐 버리려는 듯 어깨를 으쓱거렸다.

"별로 대단한 건 아니오. 장안에서 벌어지는 모든 일은 아무리 사소한 것이라도 내 귀에 들어오게 되어 있소. 귀하의 행색이 너무 특이해서 분간하기 수월했을 뿐이오."

"내게 볼일이 있어 온 건 아닐 텐데……."

"물론이오. 이건 그저 순전히 개인적인 호기심이었소."

진산월의 음성은 여전히 조용했다.

"그렇다면 그 호기심을 이제는 그만 거두어 달라고 말하고 싶군."

소방방은 순순히 고개를 끄덕였다.

"귀하가 불편하다면 그렇게 하겠소. 나는 단지 화산파의 신성인 천개방을 단 일검에 격파한 사람이 누구인지 궁금했을 뿐이오."

소방방의 말에 서문연상은 물론이고 이존휘마저 흠칫 놀란 시선으로 진산월을 쳐다보았다. 천개방은 최근 들어 화산파에서 배출한 신진 고수들 중에서는 가장 널리 알려진 인물로, 적지 않은 명성을 쌓고 있었다. 그런 천개방이 이름도 모르는 괴인에게 패했다는 것도 처음 듣는 이야기이거니와, 그 승부가 단 일초에 불과했다는 것은 더욱 충격적인 이야기였다.

이 말이 다른 사람의 입에서 나왔다면 별로 신빙성이 없겠지만, 강호의 거대 방파인 개방 장안 분타주의 말이라면 믿지 않을 수 없었다. 소방방은 볼품없고 추레한 외모와는 달리 허언이나 식언(食言)을 잘 하지 않기로 유명한 사람이었다.

서문연상은 도저히 참지 못하겠는지 진산월에게로 얼굴을 바짝 들이대며 뾰족한 음성으로 물었다.

"당신도 무공을 익힌 무림인인 줄은 몰랐군요. 왜 나를 속였어요?"

"내가 무얼 속였다는 거요?"

진산월이 반문하자 서문연상은 말문이 막힌 듯 아무 대꾸도 하지 못했다.

사실을 말하자면, 그녀는 눈앞의 이 비리비리하고 피죽도 못 얻어먹은 것 같은 말라깽이가 정말로 돈 없고 불쌍한 가난뱅이인 줄로만 알았던 것이다. 그런데 그가 화산파의 고수를 일검에 제압할 정도의 고수라고 하자 왠지 모르게 속았다는 느낌과 배신당한 듯한 생각이 들었다. 그건 모두 그녀 혼자 제멋대로 상상한 결과이니 진산월이 일부러 그녀를 속인 것은 아니었어도 그녀는 전혀 그렇게 생각하지 않았다.

그녀는 이내 볼멘 표정으로 통통거렸다.

"아무튼 당신은 나빠요. 그렇게 불쌍한 표정을 짓고 가만히 있으니 오해할 수밖에 없잖아요. 앞으로 고수면 고수답게 행동하세요."

진산월은 그녀의 충고 아닌 충고에 그저 묵묵부답일 수밖에 없었다.

그녀는 갑자기 불쑥 손을 내밀었다.

"오른손을 줘 보세요."

"내가 왜 그래야 하오?"

"잡아먹지 않을 테니 달라면 빨리 주세요."

진산월은 제멋대로에 막무가내인 이 아가씨와 정말 다투기 싫었다. 그래서 어쩔 수 없이 자신의 오른손을 앞으로 내밀어야만 했다.

"사내가 소심하기는. 손만 잠깐 살펴보고 말 테니까 너무 걱정하지 말아요."

그녀는 태연히 진산월의 오른손을 잡고는 이리저리 만져 보았다.

아무리 그녀가 무림의 여인이라 해도, 젊은 여자가 남자의 손을 떡 주무르듯 주물럭거리는 것은 좀처럼 보기 드문 일이 아닐 수 없었다. 손을 잡힌 진산월은 말할 것도 없고 옆에서 지켜보고 있던 이존휘와 소방방 또한 어이가 없는지 황당한 표정을 숨기지 않았다.

진산월의 손은 다른 사람보다 조금 컸다. 하나 워낙 살점이 없어서 뼈와 신경으로만 이루어진 것 같았다. 마디는 두툼했으며, 손가락이 워낙 가늘어서 세게 누르면 부러져 나갈 것만 같았다.

손바닥 또한 별다른 살이 없었다. 단지 쇳덩이처럼 딱딱하게 굳은 손바닥에 종횡(縱橫)으로 수십 개의 선이 그어져 있을 뿐이었다. 그것은 모두 손바닥이 갈라 터졌다가 다시 이어진 자국들이었다. 그 선들과 손바닥의 굳은살들이 이리저리 일그러져서 마치 귀신의 얼굴처럼 보이기도 했다.

제84장 개방고수(丐幇高手) 169

평소의 모습답지 않게 진지한 표정으로 진산월의 손바닥을 살펴보고 있던 서문연상의 얼굴이 점차로 심각하게 변했다. 하나 그녀는 이내 진산월의 손을 놓아 주었다.

 진산월은 담담한 음성으로 물었다.

 "내 손금이 어떻소? 말년 운은 있을 것 같소?"

 "내가 손금쟁이인 줄 알아요?"

 그녀는 쌀쌀맞게 쏘아붙였으나 어딘지 모르게 표정이 경직되어 있었다. 그녀는 한 차례 더 진산월을 쳐다보고는 이내 입을 다물어 버렸다.

 진산월로서는 그저 쓴웃음을 머금을 수밖에 없었다. 기껏 사람의 손을 보자고 해 놓고는 실컷 주무르더니 꿀 먹은 벙어리처럼 아무런 말도 없는 것이다.

 아무리 귀하게 자라서 제멋대로라고 해도 너무 심한 일이 아닐 수 없었다. 이존휘와 소방방도 그녀가 지나치다고 생각했으나, 당사자인 진산월이 가만히 있으니 무어라고 할 수도 없었다.

 이존휘는 진산월에게서 소방방에게로 시선을 돌렸다.

 "그런데 부탁한 일은 어떻게 되었소?"

 소방방은 히죽 웃었다.

 "이 공자의 특별한 부탁인데 소홀히 할 수 있겠소? 단지 사안이 사안인지라 완벽하게 조사하려면 앞으로도 이삼 일은 더 소요될 듯 싶소."

 "우선 지금까지 알아낸 사실만이라도 먼저 알려 주시오."

 "그러겠소. 우선 형산파의 냉홍검 고진에 대해서는 호남성 장

사 분타주에게 연락을 해서 지난 몇 달간 그의 행적을 알아보라고 했소. 내일 밤이나 늦어도 모레 아침이면 아마 자세한 소식이 올 거요."

이존휘는 감탄성을 발했다.

"이곳에서 형산까지는 오천 리가 넘는데 하룻밤 사이에 소식을 주고받다니 과연 개방의 천리신합(千里迅鴿)은 명불허전이구려."

한쪽에서 다소 시무룩한 표정으로 앉아 있던 서문연상이 갑자기 긴장된 표정을 지었다.

"이 공자는 어제의 취미사 혈겁을 조사하려는 거군요."

"그렇소. 내가 현장을 목격한 이상 그대로 지나칠 수는 없지 않겠소? 그래서 어제저녁에 바로 소 분타주를 찾아가 도움을 요청했소."

서문연상의 얼굴에 초조한 표정이 떠올랐다.

"하지만…… 단순히 흉수가 한기(寒氣)가 강한 신검을 사용했다는 이유만으로 그들을 의심할 수는 없지 않아요?"

"물론 그렇소. 그러나 지금으로선 그쪽밖에 단서가 없으니 아쉬운 대로 조사를 시작한 거요."

서문연상은 웬일인지 불안한 표정을 감추지 못했다.

"그들은 모두 강호의 이름난 명숙들이고 신분이 높은 인물들인데, 나중에라도 자신들이 조사받았다는 것을 알면 문제가 생길지도 몰라요."

"그 정도는 그들도 이해해 줄 거요. 오히려 그들로서는 쓸데없는 의혹을 받지 않을 좋은 기회가 될 수도 있지 않겠소?"

서문연상은 수긍하는 듯 고개를 끄덕였으나 얼굴 표정은 그리 밝아지지 않았다.

소방방이 갑자기 진지한 표정으로 입을 열었다.

"그런데 그렇지 않을 수도 있소."

"그건 무슨 말이오?"

"어제 이 공자가 조사하라고 한 세 사람 중 고진과 신목령주는 너무 멀리 있어서 당장 그들에 대한 정보를 파악한다는 것은 불가능한 일이었소. 하지만 나머지 한 사람은 그런대로 가까운 곳에 있어서 밤사이에 본 방의 제자들을 풀어 나름대로 약간의 정보를 입수할 수 있었소."

이존휘의 눈이 번쩍 빛났다.

"그런데 그에게서 무슨 이상한 점이 발견되었다는 말이오?"

소방방의 음성이 한층 낮게 가라앉았다.

"어젯밤에 소식을 받았는데, 검보의 전대 보주인 검왕 서문동회가 기거하는 검심각(劍心閣)에서 심상치 않은 움직임이 있었다고 하오."

"그게 무엇이오?"

"며칠 전부터 검심각에 서문동회의 부하들인 해천팔검(海天八劍)이 부산하게 들락거리더니, 그들 중 세 사람이 황급히 검심각을 떠났다고 하오."

"해천팔검이라면 서문동회가 아들인 서문장천에게 보주 지위를 넘겨주고 검심각에 은거할 때 같이 따라갔던 그의 최측근 수하들이 아니오?"

"그렇소. 더욱 중요한 것은, 검심각을 떠난 세 사람이 이곳 장안에 모습을 드러냈다는 거요."

이존휘의 짙은 검미(劍眉)가 꿈틀거렸다.

"그게 정말이오?"

"내가 오늘 아침에 직접 확인한 사실이오. 그들은 어젯밤에 평안객잔에 들러 투숙을 하고는 이른 새벽에 그곳을 빠져나왔다고 하오."

이존휘는 손으로 자신의 턱을 쓰다듬었다.

"흠. 그건 과연 이상하군. 해천팔검은 서문동회의 수족과도 같은 인물들이라 그의 지시가 없이는 검심각 주위에서 절대로 벗어나는 일이 없다고 하는데, 그들이 무슨 이유로 장안에 나타난 것일까?"

소방방의 눈빛이 매섭게 번뜩였다.

"나도 그들이 이곳에 나타난 시기가 무척 공교롭다고 생각하오. 이 공자도 아시다시피 서문동회는 검보를 아들인 서문장천에게 넘겨준 후 강호의 일에 전혀 관여치 않은 지 오래되었소. 이번에 초가보에서 벌어지는 삼보회동(三堡會同)에도 그는 별로 관심을 두지 않는다고 하던데, 왜 갑자기 해천팔검을 세 사람이나 이곳으로 보냈는지 모르겠소."

두 사람이 심각한 표정으로 이야기를 나누고 있을 때, 한쪽에 있던 서문연상은 낯빛이 이상하리만치 창백하게 변해 있었다. 하나 두 사람은 이야기에 열중이라 그 사실을 미처 알아차리지 못했다. 오직 진산월만이 냉정한 시선으로 그녀의 그런 모습을 지켜보고 있을 뿐이었다.

이존휘는 잠시 생각에 잠겨 있더니 조금 전보다 한결 침착해진 표정으로 입을 열었다.

"주머니 속의 송곳은 언젠가는 밖으로 드러나게 되어 있소. 그들의 의도가 무엇인지는 조만간에 밝혀질 테니, 그 전에 우리가 먼저 성급하게 속단할 필요는 없소."

"그렇다면 화산파에는 아직 이 사실을 알리지 않는 것이 좋겠소?"

"그렇다고 생각하오. 지금 화산파의 사람들이 너무 격앙되어 있어서 자칫하다간 불필요한 오해를 살 여지가 있소. 좀 더 해천팔검의 행적을 파악한 후에 미심쩍은 일이 생기면 그때 알려도 늦지 않을 거요."

"이 공자의 말씀이 옳소. 그렇게 하겠소."

이존휘는 그의 어깨를 가볍게 두드려 주었다.

"소 분타주의 노고가 많소. 일이 모두 해결되면 내가 반드시 장안 분타의 모든 사람들에게 단단히 한턱을 내겠소."

소방방은 어깨를 들썩이며 웃었다.

"흐흐…… 이 공자가 아직 우리들이 얼마나 걸귀(乞鬼)들인지 몰라서 그런 소리를 하는 거요. 이 공자의 말대로 했다가는 이씨 가문이 아무리 부유하다 해도 기둥뿌리도 남아나지 않을 거요."

"하하, 진짜 그렇게 되는지 한번 봅시다."

소방방은 자리에서 일어났다.

"그럼 나는 이만 가 보겠소."

그는 진산월과 서문연상을 둘러보더니 가볍게 포권을 했다.

"두 분도 다음에 뵙기를 기대하겠소."

이어 그는 휑하니 몸을 돌려 입구 쪽으로 걸어갔다.

멀어져 가는 그의 뒷모습을 바라보는 세 사람의 표정은 각기 달랐다. 이존휘는 골똘히 생각에 잠겨 있는 듯한 모습이었고, 서문연상은 초조함과 안타까움이 가득 담긴 얼굴이었다.

진산월은 무언가 이상함을 느꼈다. 그 이상함의 원인이 무엇인지 알 수 없다는 것이 그에게 어떤 희미한 불안감을 주었다.

그의 불안한 생각은 그대로 적중되었다.

주루를 벗어나던 소방방은 채 대왕루 밖으로 열 걸음도 나가지 못하고 그 자리에 맥없이 쓰러져 버렸다. 주위 사람들이 황급히 그에게 다가갔을 때, 그는 이미 숨이 끊어져 있었다.

개방의 촉망받는 고수 중 한 사람이며 장안 분타주이기도 한 나타개 소방방은 이렇게 하여 파란만장한 생(生)의 종지부를 찍게 된 것이다.

제 85 장
암운중첩(暗雲重疊)

제85장 암운중첩(暗雲重疊)

　서안의 남쪽에는 멀리서도 볼 수 있는 기이한 탑 하나가 있었다. 탑은 칠 층(七層)에 불과했으나 그 높이는 무려 삼백 척에 달했고, 입구는 검은 대리석으로 만들어져서 호화롭고 웅장하기 그지없었다.

　이것이 그 유명한 대안탑이다.

　대안탑이 있는 절은 자은사라고 하며, 당나라 고종 때 세워진 후로 수많은 시인묵객들이 찾아오는 서안의 명소 중의 하나가 되었다.

　자은사의 현(現) 주지는 백운(白雲)이라는 스님으로, 백운 선사는 이름 그대로 흰 구름처럼 고고하고 불심이 깊어서 신도들의 신망을 한몸에 받고 있었다. 백운 선사는 세속의 욕망에 담백하고 사심이 없는 인물이었으나, 단 한 가지의 유혹에는 몹시 약했다.

그것은 바로 질 좋은 차였다.

천지(天池)나 용정(龍亭) 같은 이름난 명차들은 물론이고, 별로 이름이 없는 차일지라도 자신이 아직 맛보지 못한 좋은 차가 있다고 하면 무슨 수를 써서라도 꼭 구입을 해야 직성이 풀리는 성미였다.

그런 백운 선사이니 어떤 사람이 천지나 용정보다 오히려 좋다고 알려진 호구(虎邱)를 가지고 찾아왔다고 하자 상대가 누구인지 확인도 하지 않고 선뜻 자신의 방으로 안내해 들어오도록 한 것도 그리 이상한 일은 아니었다.

백운 선사를 모시고 있는 사미승(沙彌僧) 현오(顯悟)가 정작 의아해 하는 것은, 오전에도 이와 비슷하게 누군가가 차를 가지고 백운 선사를 찾아왔다는 것이었다.

자은사가 비록 역사가 깊고 이름난 사찰이라고 해도 주지인 백운 선사를 찾아오는 손님은 별로 없었다. 백운 선사가 워낙 조용한 성품에 외인 만나는 것을 달가워하지 않았기 때문이다.

그런데 향화객도 별로 없는 한겨울에, 그것도 오전과 오후에 두 번이나 사람들이 찾아온다는 것은 좀처럼 보기 힘든 일임에 틀림없었다.

더구나 오전에 찾아온 사람들이 젊은 청년들이었던 데 비해, 이번에 온 사람들은 자신과 같이 머리에 계인(戒印)을 찍고 무거운 선장(禪杖)을 든 승려들이었다. 나이는 두 사람 모두 이십 대 중반쯤으로 보였는데, 태도가 의연하면서도 가끔씩 두 눈에 불같은 안광이 번쩍거리는 것으로 보아 무공을 익힌 무승(武僧)들임이 분명했다.

두 명의 승려는 체구가 제법 당당했는데, 특이한 것은 그들의 발자국 소리가 들리지 않는다는 것이었다. 때문에 현오는 두 번이나 걷다 말고 고개를 돌려 그들이 자신을 따라오고 있는지 확인해야만 했다.

현오는 귀가 어두운 사람이 아니었기에 참으로 이상한 일이라고 속으로 생각하고 있었다.

"주지 스님, 모시고 왔습니다."

현오가 백운 선사의 방 앞에서 조심스럽게 말하자, 안에서 백운 거사의 늙수그레한 음성이 들려왔다.

"그분들을 드시라 하고, 너는 그만 물러가 있어라."

"예."

현오가 물러가자 두 명의 승려는 서로 눈짓을 주고받더니 천천히 안으로 들어갔다.

방장실(方丈室)은 그다지 넓지 않았으나 깨끗하고 단아해서 기거하는 사람의 심성이 어떠한지 느끼게 해 주었다. 방의 한쪽에 둥그런 원탁이 있고, 그 앞에 눈썹이 허연 노승이 단정한 자세로 앉아 있었다.

두 명의 승려는 노승의 앞에 가서 정중하게 합장을 했다.

"아미타불. 소림의 정화(丁華)와 정선(丁善)이 백운 선사님을 뵈옵니다."

백미노승(白眉老僧)은 얼굴에 자애로운 웃음을 지으며 고개를 끄덕였다.

"먼 길을 오느라 고생이 많았네. 이리로 와서 앉게."

두 명의 승려 중 좌측의 얼굴이 동그란 승려가 들고 있던 차 봉지를 노승에게 내밀었다.

"우연히 질 좋은 호구차를 얻게 되었기에 선사님께 가지고 왔습니다. 약소하지만 받아 주십시오."

노승의 얼굴에 떠올라 있는 미소가 조금 더 짙어졌다.

"고마우이. 다 늙은 나이에 무엇을 탐한다는 게 우습지만, 이게 노납의 유일한 낙이니 어쩔 수가 없군그래."

노승이 차를 받자 그제야 두 승려는 그의 앞에 있는 의자로 가서 앉았다.

이 노승이 자은사의 주지인 백운 선사였다.

백운은 손수 차 봉지를 뜯어 말린 찻잎을 확인하고는 옆에 있는 작은 주전자에 찻잎을 넣고 우려내기 시작했다. 그러는 백운의 손길은 나이답지 않게 경쾌했고, 두 눈은 곧 맛보게 될 차에 대한 기대감으로 반짝이고 있었다.

"이 물은 본 사의 뒤에 있는 옥류정(玉流井)에서 퍼 온 것일세. 천하에서 제일 좋다는 양계(梁溪)의 혜산천(惠山泉)에 비할 수는 없겠지만, 그래도 이 일대에서 구할 수 있는 가장 좋은 물일세. 노납이 이십 년 전에 직접 찾아내어 우물을 만들었지."

백운은 마치 귀한 아들을 남에게 자랑하듯 떠들어 댔다. 마침내 차가 모두 우러나자 백운은 두 승려에게 한 잔씩 따라 준 후 자신도 천천히 차를 마시기 시작했다.

"후우……."

차를 한 모금 마신 후 지그시 눈을 감고 그 맛을 음미하던 백운은 눈을 번쩍 뜨고 감탄사를 발했다.

"역시 좋군. 천지나 양선(陽羨)도 물론 훌륭하지만 호구의 이 독특하며 그윽한 향취에는 역시 미치지 못하는 것 같아. 그렇지 않나?"

두 명의 승려는 차에는 별로 조예가 깊지 못한지 서로 얼굴을 마주 쳐다보다가 이내 고개를 끄덕였다.

"확실히 그렇습니다."

"마음까지 편안해지는 느낌이야."

백운은 만족한 미소를 흘리며 다시 차를 따라 마셨다.

"오늘 노납을 보자고 온 것은 어제 취미사에서 벌어진 일 때문이겠지?"

백운이 대뜸 정곡을 짚어 말을 꺼내자 두 승려가 바짝 긴장한 표정을 지었다.

그들은 소림사의 이 대 제자들로, 좌측의 승려가 정화였고 우측의 승려가 정선이었다.

정화가 재빨리 공손하게 머리를 조아렸다.

"그렇습니다. 그 일에 대해 선사님께 하교(下敎)받고자 합니다."

"하교는 무슨…… 노납도 그 일에 대해서는 별반 아는 바가 없네."

"그래도 선사께선 굉지 사조께서 살아 계셨을 때 가장 친한 사이가 아니셨습니까?"

백운의 얼굴에 한 줄기 어두운 표정이 떠올랐다.

"물론 그렇지. 솔직히 그의 죽음이 아직도 믿어지지 않는다네. 하지만 인간은 언젠가는 모두 정토(淨土)로 돌아가는 법. 그 시기가 조금 당겨졌다고 해서 크게 서운한 일은 아닐 걸세."

두 사람은 백운의 말에 숙연한 표정을 지으며 감히 더 입을 열지 못했다.

"취미사에서 목숨을 잃은 사람의 수는 모두 스물네 명일세. 세상에 어떤 일이 그만한 대가를 바칠 가치가 있겠나? 모두 부질없는 짓인 줄 모르고 날뛰는 미생(微生)의 짓인 게야."

"⋯⋯!"

"소요검객 사익 조손을 제외한 나머지 승려들의 시신은 노납이 이곳으로 수습해 와서 후원 쪽에 안치했네. 잠시 후에 영구(靈柩)나 참배한 다음 돌아가도록 하게."

노골적인 축객령에 두 명의 승려는 다시 서로를 마주 보았다. 이번에는 정선이 나직하면서도 힘 있는 목소리로 입을 열었다.

"수행하던 중에 취미사 혈겁의 소식을 듣고 본 사에 급보를 전한 다음 허겁지겁 이곳으로 달려온 것입니다. 본 사에서 다른 분들이 오실 때까지 저희가 해야 할 임무가 있으니, 선사께선 넓은 마음으로 헤아려 주십시오."

"자네들 사정도 모르는 건 아니지만, 조금 전에 말한 대로 노납이 이번 사건에 대해 알고 있는 것은 자네들보다 결코 많지 않네."

"하지만 이번 사건은 워낙 중대하여 그 여파가 상상할 수도 없을 정도입니다. 선사께서 하실 말씀이 없으시다 해도 남들은 그렇게 생각하지 않을 겁니다."

"흐음. 그건 노납도 짐작하고 있었네. 이번 일로 장안 일대가 온통 소란스러워질 거라고 말이지. 하지만 노납이 걱정하는 것은 따로 있다네."

"무엇이옵니까?"

"소림사는 예전부터 이번에 초가보와 화산파의 격돌로 강북 무림이 소란스러워지는 것을 탐탁지 않게 생각하고 있었네. 그런데 이번 일이 자칫 그들이 본격적으로 이 사태에 끼어드는 계기가 되지 않을까 하는 두려움이 든다네."

두 명의 승려는 그 사실을 굳이 부인하지 않았다. 그들이 느끼기에도 소림사에서 본격적으로 이번 일에 개입하려는 움직임이 있었기 때문이다.

정선은 씁쓸하게 웃었다.

"아마 본 파가 끼어들지 않더라도 이번 일은 쉽게 가라앉지 않을 겁니다. 이미 사태는 개방으로까지 확대되었으니 말입니다."

백운의 하얀 눈썹이 꿈틀거렸다.

"그건 무슨 소리인가?"

"이곳에 오기 직전에 소식을 들었습니다. 개방의 장안 분타주인 나타개 소방방이 대왕루에서 숨졌다고 하더군요."

백운의 안색이 처음으로 굳어졌다.

"소방방이? 누가 그를 죽였나?"

"그게 미심쩍습니다. 소방방은 대왕루를 나서다가 갑자기 바닥에 쓰러졌는데, 사람들이 가서 보니 이미 숨이 끊어져 있었다고 하더군요. 그런데 겉으로는 아무런 상처도 보이지 않아서 독살당한 게 아닌가 하는 소문이 돌고 있습니다."

"그렇다면 대왕루에서 먹은 음식에 독이 들어 있었단 말인가?"

"그런 추측이 있다는 거지요. 하지만 독살당한 것 같지는 않아 보인다고 말하는 사람들도 있어서 보다 정확한 것은 시간이 흘러 봐야 알 것 같습니다."

백운은 나직하게 침음했다.

"음…… 대왕루라면 초가보에서 운영하는 곳이 아닌가?"

"그래서 문제가 심각해진 것 같습니다. 소방방은 어제 취미사의 혈겁을 발견한 이존휘의 부탁으로 은밀히 그 사건을 조사하고 있었다고 합니다. 오늘도 대왕루에서 이존휘에게 그동안의 경위를 설명하고 주루를 벗어나던 중 변을 당한 것입니다."

"……!"

"사실 어제 혈겁에서 본 사의 굉지 사조와 함께 화산파의 장로가 살해당했기 때문에 혹시 초가보에서 일을 저지른 것이 아닐까 하는 의혹이 있었던 것도 사실입니다. 그런데 이제 사건을 조사하던 개방의 고수가 초가보 영역에서 의문(疑問)의 죽임을 당하자 의혹이 더욱 짙어지는 것 같습니다."

이번에는 정화가 입을 열었다.

"소승은 다른 말도 들었습니다."

백운은 호기심 어린 눈으로 그를 응시했다.

"어떤 말인가?"

"만상공자 이존휘가 어제 시체들을 검색해 보고는 시체들이 모두 음한지기를 띤 장검에 당한 것을 알아냈다고 합니다. 그래서 소방방에게 음한지기의 장검을 지닌 사람들에 대한 행적을 조사해 달라고 부탁했는데, 소방방이 조사한 바로는 그들 중 검보의 전대 보주인 검왕 서문동회의 움직임이 수상하다고 했답니다."

"서문동회라면 무림의 명숙 중에서도 명숙인데 무엇이 수상하단 말인가?"

"혈겁이 일어나는 것과 비슷한 시기에 서문동회의 최측근 수하인 해천팔검 중 몇 사람이 서문동회의 밀명(密命)을 받고 서안으로 왔다는 것입니다. 게다가 공교롭게도 소방방이 죽던 그 시간에 대왕루의 이 층에서 해천팔검의 세 사람이 식사를 하고 있었다고 합니다. 그래서 그들이 소방방의 죽음과 무슨 연관이 있지 않을까 하는 의혹이 사람들의 입에서 입으로 퍼지고 있는 실정입니다."

"음……."

"초가보든 검보든 그들이 곧 있을 삼보회동으로 하나의 세력화가 된다는 것을 생각해 본다면, 이번 혈겁에 대해 그들 쪽에 의심이 가는 것도 사실입니다."

백운의 표정이 무겁게 가라앉았다.

그는 비록 무림인은 아니었으나 서안 일대의 형편은 나름대로 해박했다. 자은사는 서안에서도 제일 유명한 사찰이며, 백운은 이 자은사의 주지로 삼십 년이 넘는 세월을 보내온 사람이었다.

따라서 알게 모르게 서안 일대의 정세에 대해서는 누구보다도 훤히 꿰뚫고 있는 형편이었다.

백운이 생각하기에도 이번 일은 커져도 너무 커져 버렸다.

단 이틀 동안에 강호에서 가장 거대한 세 개의 세력이 모두 피해를 보았던 것이다. 소림사와 화산파, 그리고 개방은 비단 구파일방뿐 아니라 당금 무림의 최정상을 달리는 세력들이었다.

그 세력의 중요 인물들이 살해를 당한 이상 그들이 범인을 색출하기 위해 눈을 불을 켜고 달려들 것은 뻔한 일이었다. 그런데 그 혈겁에 대한 의혹이 초가보를 비롯한 강북삼보에 쏠린다면 한바탕 거대한 피바람이 몰아치리라는 것은 삼척동자라도 알 수 있는 일이 아닌가?

'자칫하면 구파일방에서 가장 큰 세 문파와 강북삼보가 맞붙을지도 모르겠구나.'

그것은 상상만 해도 실로 엄청난 일이 아닐 수 없었다.

문득 백운은 오전에 자신을 찾아왔던 조일평이 떠올랐다.

조일평은 그의 오랜 친우의 제자로, 예전에도 가끔씩 자은사로 놀러 오고는 했었다.

백운은 조일평에게서 취미사에서 벌어진 참혹한 일에 대해 처음으로 듣게 되었다.

그때 조일평은 이렇게 말했었다.

"이번 사건은 아무래도 이상한 냄새가 납니다."

"이상한 냄새라니……."

"음모의 악취 같은 것 말입니다. 악마적(惡魔的)인 머리를 가진 누군가가 자신이 원하는 것을 얻기 위해서 주도면밀하게 계획을 세운 다음 살인을 저지른 것 같은 느낌이 듭니다. 악취치고는 아주 지독한 악취이지요."

"그들을 죽여서 무슨 이득이 있다고 그런 짓을 했겠느냐? 사익은 오랫동안 무림에 모습을 드러내지도 않았던 사람이고, 굉지는 아예 무공과는 담을 쌓고 불도만을 쌓아 온 인물이 아니더냐?"

"다시 생각해 보면 사익은 화산파의 장로 중 한 사람이고, 굉지 선사는 소림사 장문인의 사숙으로 그 신분과 지위가 일반인과는 전혀 다른 사람들이라고 볼 수도 있지요."

"네 말은, 흉수가 그들의 개인적인 면보다는 신분이나 지위 때문에 그들을 살해했다는 것이냐?"

"그렇습니다."

조일평은 잠시 침묵을 지키다가 낮게 가라앉은 음성으로 말을 덧붙였다.

"저는 아무래도 이번 일이 이 정도로 끝날 것 같지 않다는 생각이 듭니다. 무언가 더욱 거대하고 엄청난 사건이 벌어질 것만 같습니다."

"그게 무엇이냐?"

"저도 모르지요. 다만 제 생각이 기우이기를 바랄 뿐입니다."

조일평은 이렇게 말하며 그답지 않은 짤막한 한숨을 내쉬었다.

이제 조일평의 말대로 사건은 더욱 확대되어 그야말로 걷잡을 수 없이 커지고 말았다.

백운은 무언지 모를 보이지 않는 거대한 암운(暗雲)이 점차로 다가오고 있는 듯한 불길한 예감에 자신도 모르게 몸을 부르르 떨었다. 이 두 건의 비극적인 사건이 끝이 아니라 가공할 혈겁의 시작일지도 모른다는 생각을 떨쳐 버릴 수가 없었다.

그때 정화의 음성이 그의 깊은 상념을 깨웠다.

"선사께 여쭙고 싶은 것이 있습니다."

백운은 퍼뜩 정신을 차리고 정화를 바라보았다.

"무엇인가?"

"사 대협이 무슨 이유로 굉지 사조님을 만나러 왔는지 아시는지요."

백운의 얼굴이 가볍게 굳어졌다.

"왜 그것을 알려고 하는가?"

"굉지 사조는 이십 년 가까이 취미사에만 계셨던 분이셨습니다. 흉수가 처음부터 그분을 노릴 생각이었으면 굳이 사 대협이 오는 날을 골라 혈겁을 저지르지는 않았을 겁니다."

"......!"

"그래서 소승은 흉수가 하필이면 그날 살인을 자행한 것은 그 목적이 굉지 사조가 아닌 사 대협에게 있는 것이 아닌가 하는 생각이 듭니다. 그래서 사 대협이 무슨 일로 굉지 사조를 찾아왔는지를 알게 되면 흉수의 의도를 좀 더 확실히 알 수 있지 않나 하여 선사께 여쭌 것입니다."

백운은 정화의 둥그런 얼굴을 물끄러미 쳐다보더니 갑자기 온화한 미소를 머금었다.

"자네는 보기보다 상당히 총기 있는 사람이군. 똑똑한 젊은이를 만난다는 건 언제나 유쾌한 일이지. 확실히 사익이 굉지를 찾아온 것에는 나름대로 중요한 이유가 있네."

정화와 정선은 바짝 긴장한 표정으로 백운의 다음 말을 기다렸다. 하나 그들은 이내 실망감을 맛보아야만 했다.

"하지만 자네들에게 말하지는 않겠네."

정화는 마음속의 실망감을 억누르며 침착한 음성으로 물었다.

"왜 그렇습니까? 저희들 때문이시라면 본 사의 다른 분을 모셔 오겠습니다."

자기들의 신분이나 항렬이 낮기 때문에 말을 하지 않으려는 것이 아니냐는 우회적인 질문이었다.

백운은 다시 빙그레 웃었다.

"젊은 만큼 솔직하군. 다소 성급한 구석이 있긴 하지만 그것도 젊으니까 가능한 이야기지. 노납이 말하지 않으려는 이유는 사익이 굉지를 찾아온 이유가 어떠한 것이든 이제는 아무런 소용이 없기 때문일세."

"좀 더 자세히 말씀해 주시지 않겠습니까?"

"노납이 말한 대로일세. 사익은 나름대로의 목적을 가지고 굉지를 찾아왔지만, 지금에 와서는 그건 그다지 중요한 일이 아닌 것이 되어 버렸네. 그러니 쓸데없이 그들에 대해 왈가왈부한다는 건 고인(古人)에 대한 예의가 아니겠지. 그렇지 않나?"

정화는 백운의 말뜻을 완전히 파악하지는 못했으나, 어떤 면에서는 이해가 되지 않는 것도 아니었다. 그래서 그는 그 점에 대해서는 더 이상 묻지 않았다.

대신에 그는 전혀 다른 것을 물었다.

"알겠습니다. 선사께서 굉지 사조님과 아신 지는 얼마나 되셨습니까?"

백운은 정화의 의도를 파악하려는 듯 그를 찬찬한 눈길로 바라보았다.

"흠. 오래되었지. 같은 고향에서 태어나 어린 시절을 함께 보냈으니 거의 칠십 년쯤 되었을까?"

"그야말로 평생 친구이셨군요."

"그런 셈이지."

"소승이 일전에 듣기로 두 분 말고도 또 한 분의 친한 친구가 계시다고 하더군요."

백운의 주름진 눈에 새삼스러워하는 빛이 떠올랐다.

"굉지가 자네에게 그런 말까지 했나?"

"운이 좋게도 몇 년 전에 굉지 사조님을 뵈었다가 그분과 밤새 이야기를 나눌 기회가 있었습니다. 그때 그분의 말씀을 듣고 알았습니다."

"그랬었군. 친구가 한 명 더 있지. 그런데 그건 왜 물어보는가?"

"굉지 사조님의 말씀으로는, 그분께선 평생을 무도(武道)에만 심취하여 속세를 멀리하고 오직 검만을 닦으며 지내셨다고 하더군요."

"……!"

"그런데 그분이 그렇게 검도에 빠지게 된 이유가 젊었을 때 화산파의 일 대 제자에게 패했기 때문이라고 들었습니다. 결국 절치부심하여 그 일 대 제자에게 설욕했지만, 그때부터 검에 눈을 떠서 그 후로도 계속 검에만 매진해 오고 계시다고 말입니다."

정화는 백운의 얼굴을 똑바로 쳐다보았다.

"소승은 그 친구분과 겨루었다는 화산파의 일 대 제자가 소요검객 사익 대협이 아닐까 생각하고 있습니다."

백운은 묵묵히 그의 말을 듣고 있더니 조금 전과는 달리 엄격해진 음성으로 입을 열었다.

"그것은 이번 일과는 상관없는 것일세."

"그렇겠지요. 다만 소승은 사 대협이 굉지 사조님을 찾아온 이유가 혹시 그 친구분 때문이 아닌가 하는 노파심에서 여쭈었을 뿐입니다."

이번에는 백운이 엉뚱한 것을 물었다.

"자네의 사부는 누구인가?"

정화의 눈에서 번쩍하는 신광이 피어올랐다.

"그건 왜 물으십니까?"

"노납은 일전에 굉지에게서 아주 재미있는 이야기를 들었네. 소림사의 이 대 제자 중에 아주 신통한 자가 들어왔는데, 어찌나 무공에 대한 재질이 뛰어나고 영특한지 소림의 웃어른들이 친자식보다도 더 아끼고 귀여워한다고 했지. 소림에서는 그를 일대 제자로 키우고 싶었으나, 그때는 굉지의 사형인 굉료 선사가 입적(入寂)하고 대방이 장문인에 오른 후라서 어쩔 수 없이 대방의 제자로 입적시켰다고 하더군."

백운의 얼굴 표정과 음성은 여전히 부드러웠으나 두 눈만은 날카로운 빛을 띠며 정화의 얼굴에 고정되어 있었다.

"소림에서는 그에게 큰 기대를 걸고 비밀리에 그에게 극히 일부분의 일 대 제자만이 익힐 수 있는 칠십이종절예(七十二種絶藝)

까지 배우게 하여 장차 소림의 기둥으로 키우고 있다고 하네. 소림의 웃어른들은 그를 일 대 제자들 중 가장 뛰어난 팔대신승에 빗대어 소신승(小神僧)이라고 부른다고 들었네."

"……."

"벌써 십 년도 더 된 이야기라서 그동안 까맣게 잊고 있었는데 자네를 보니까 문득 생각이 나는군. 재미있는 이야기 아닌가?"

정화는 나직하게 불호를 외웠다.

"아미타불. 그 점에 대해서는 소승이 달리 드릴 말씀이 없습니다."

백운은 조용히 웃었다.

"총기 있고 솔직한 데다 말재주까지 뛰어나군. 좋은 일이야. 하지만 재주가 너무 승(勝)하면 인정이 없어 보인다네. 항상 잊지 말고 마음속에 부처를 간직하도록 하게."

정화는 신광이 어린 눈으로 백운을 응시하다 고개를 숙였다.

"선사의 금과옥조(金科玉條)를 잊지 않겠습니다."

"시간이 너무 오래 경과되었군. 더 어두워지기 전에 굉지의 영구를 참배하도록 하게."

"예."

정화와 정선은 백운에게 공손히 합장을 하고는 밖으로 걸어 나갔다. 백운은 두 사람의 모습이 보이지 않게 될 때까지 묵묵히 쳐다보고 있다가 혼잣말처럼 나직하게 중얼거렸다.

"저 아이는 다 좋은데 너무 자신감이 강하구나. 일평, 그 아이와 부딪친다면 틀림없이 둘 중 하나는 부러지고 말 텐데 걱정이

로다."
 백운은 뜻 모를 소리를 중얼거리더니 두 눈을 지그시 감고 깊은 상념에 잠겨 들었다.

제 86 장
해천팔검(海天八劍)

제86장 해천팔검(海天八劍)

이른 아침의 공기는 언제나 신선하다. 겨울의 아침은 더욱 그러하다.

진산월은 코끝이 시릴 정도로 차고 신선한 공기를 들이마시며 천천히 취미사의 산문 안으로 들어갔다. 태화곡은 종남산의 끝자락에 있기는 했으나, 그 지세가 움푹 파인 분지(盆地)에 가까워서 안개가 낀 날이 많았다.

태화곡뿐 아니라 종남산 일대는 유독 안개가 자주 끼었다. 특히 겨울철에는 수시로 안개가 껴서 자욱한 연무(煙霧)가 일대를 뒤덮기 일쑤였다.

관중팔경(關中八景) 중의 하나인 '초당연무(草堂煙霧)'도 바로 이런 기후 때문에 만들어진 것이었다. 종남산에서도 특히 초당사(草堂寺) 부근이 연기처럼 자욱하게 피어오르는 연무로 인해 절경을 이루고 있기에 이런 명칭이 붙게 된 것이다.

지금도 희미한 안개가 취미사의 울긋불긋한 단청 지붕을 거의 가리고 있었다.

사각, 사각…….

겨울인데도 지열(地熱) 때문인지 땅이 얼지 않아서 낙엽을 밟는 촉감을 생생하게 느낄 수 있었다.

취미사 안으로 들어오자 안개가 조금씩 걷히며 대웅전을 비롯한 전각들의 모습이 드러나기 시작했다. 진산월은 신발이 이끼에 젖는 것도 아랑곳하지 않고 취미사 안을 여기저기 걸어 다녔다.

소문으로 듣던 시체들은 보이지 않았다. 아마도 누군가가 깨끗이 수습해 간 모양이었다.

하나 시체들이 흘린 핏자국은 간간이 발견할 수 있었다. 그리 많은 선혈은 아니었으나, 그래도 사람이 쓰러져 있던 흔적 옆에 나 있는 핏자국은 보는 사람의 마음을 섬뜩하게 만드는 무언가를 지니고 있었다.

진산월은 취미사의 경내를 한 바퀴 둘러보고는 이어서 대웅전으로 들어섰다.

대웅전 안도 마찬가지로 텅 비어 있었다. 하나 한 가지 눈에 띄는 것이 있었다. 의당 불단 위에 있어야 할 불상들이 여기저기 아무렇게나 널려져 있는 것이다. 자세히 보니 불단 위에도 엷으나마 핏자국이 있었다.

진산월은 그 핏자국을 유심히 살펴보았다.

'이곳이 굉지 선사와 사익의 시체를 올려놓았던 자리인 모양

이군.'

 일부러 대웅전의 불상을 치우고 그 자리에 시체를 올려놓다니, 흉수의 의도가 무엇인지는 모르지만 무척이나 혐오스럽고 엽기적인 것은 사실이었다.

 진산월이 이른 아침에 취미사에 온 것은 며칠 전에 벌어졌다는 혈겁에 대해 나름대로의 조사를 해 보고 싶었기 때문이다. 물론 사건이 벌어진 지는 이틀이나 지났고, 그동안 많은 사람들이 샅샅이 훑어보았겠지만, 그래도 소문으로만 듣는 것과 직접 와서 보는 것은 아무래도 다를 수밖에 없었다.

 게다가 진산월은 지금처럼 직접 현장에 나와서 맡는 공기를 좋아했다.

 어제 대강 이야기를 듣기는 했으나, 막상 불단에 시신들이 놓여 있다고 생각하자 처음 그 장면을 발견한 사람들이 얼마나 당혹했을지 짐작이 가고도 남았다.

 무슨 생각이 들었는지 진산월은 불단 위에 올라가 시체가 놓여 있던 자리에 가서 털썩 주저앉았다. 불단의 높이는 보통 사람의 허리쯤 되었기에 그다지 높지는 않았으나, 막상 올라가서 앉아 있으니 주위의 풍경이 한눈에 들어오는 것이 그리 나쁜 기분은 아니었다.

 '흉수는 여기서 굉지 선사와 사익을 죽인 것일까? 아니면 다른 곳에서 살해하고 이곳으로 끌고 온 것일까?'

 해답은 쉽게 나왔다.

 '다른 곳에서 살해하고 시체를 이곳으로 가져온 것이 분명하다.'

사익은 화산파의 장로일 뿐 아니라, 강호 무림에서도 내로라하는 절정의 검객이었다. 대웅전에서 그가 살해되었다면 틀림없이 격전의 흔적이 남아 있을 텐데, 불상이 파괴된 것 외에는 대웅전은 전혀 손상된 곳이 없었다. 게다가 불단 주위에 발자국이 전혀 없다는 것도 이들이 처음부터 이곳에 있던 것이 아님을 나타내 주는 생생한 증거였다.

그렇다면 과연 사익과 굉지는 어디에서 살해된 것일까? 그리고 홍수는 왜 그들의 시체를 일부러 대웅전까지 끌고 오는 번거로운 일을 했던 것일까?

진산월이 불단 위에 앉은 채 상념에 잠겨 있을 때였다.

"과연 당신은 이곳에 왔군요."

갑자기 여인의 뾰쪽한 음성이 들려왔다. 고개를 쳐든 진산월의 눈에 대웅전 안으로 들어오고 있는 한 인영의 모습이 보였다.

뜻밖에도 그 인영은 서문연상이었다.

서문연상은 날카로운 눈으로 진산월을 뚫어지게 바라보며 냉랭한 음성으로 말했다.

"역시 옛날 속담이 틀린 게 없군요. 살인자는 반드시 자신이 살인을 저지른 장소를 다시 보고 싶어 한다더니……."

진산월은 담담한 시선으로 그녀를 응시하며 물었다.

"그게 무슨 말이오?"

"당신이 취미사의 혈겁을 저지른 홍수임을 부인할 생각인가요?"

이런 말을 들었다면 누구나 황당해 하든지 당혹감을 감추지 못하겠지만 진산월은 별반 표정의 변화가 없었다.

"왜 그렇게 생각하는 거요?"

서문연상의 얼굴은 평소와 달리 딱딱하게 굳어 있었다.

"나는 당신을 잘못 보았어요. 나는 그저 단순히 당신을 가난뱅이이라 생각했는데, 사실은 무서운 실력을 지닌 검수였어요."

"……"

"우리 집안은 대대로 검만 익혀 온 곳이라 나는 검을 익힌 사람들을 무수히 보면서 자랐어요. 그래서 손만 보아도 그 사람의 검법이 어느 수준인지 알 수 있죠. 하지만 우리 집안의 누구도 당신 같은 손을 가진 사람은 없었어요. 당신의 손은 상상을 초월하는 극한(極限)의 수련을 한 사람에게서만 나타난다는 귀면상(鬼面像)을 지니고 있었어요. 아직 우리 할아버지도 가지고 있지 못한 귀면상을……"

"그래서 나를 의심하는 거요?"

"놀라운 검법을 지닌 고수가 자신의 정체를 숨기고 있다면 의심하는 건 당연한 일 아닌가요? 홍수는 단 일검으로 사익의 목줄기를 베었어요. 그런 실력을 지닌 검수는 결코 흔하지 않아요."

그녀의 언성이 갑자기 높아졌다.

"당신은 대체 누구죠? 정체가 뭐예요?"

진산월은 천천히 자리에서 일어섰다.

가뜩이나 키가 큰 그가 불단에서 일어서자 마치 거대한 천신상(天神像)이 일어서는 것 같았다. 서문연상의 얼굴에 두려운 빛이 떠오르며 그녀의 몸이 주춤 뒤로 물러났다.

진산월은 천천히 불단에서 내려왔다. 그런 다음 우두커니 서 있는 그녀를 지나쳐 대웅전을 벗어나려 했다.

획!

한 줄기 그림자가 어른거리더니 그녀가 그의 앞을 막아섰다.

"말해 봐요. 당신의 정체가 뭐예요?"

"그냥 평범한 과객(過客)이오."

"왜 이곳에 온 거죠?"

"산책을 나온 거요."

"왜 이렇게 이른 아침에 이곳에서 서성이고 있었어요?"

"아침 공기를 좋아하니까."

"불단에 앉아서 무얼 하고 있었지요?"

"그곳에 앉으면 멀리까지 볼 수 있을 것 같아서."

"자꾸 이런 식으로 말장난을 할 건가요?"

진산월의 왼쪽 뺨에 나 있는 굵은 흉터가 꿈틀거리며 희미한 미소가 떠올랐다. 왠지 차가워 보이는 미소였으나 서문연상은 그 미소에서 시선을 뗄 수가 없었다.

"말장난은 당신이 먼저 시작했지. 내가 이곳에 온 이유는 그저 와 보고 싶었기 때문이오."

이 말을 끝으로 진산월은 그녀를 지나쳐 대웅전을 벗어났다.

웬일인지 이번에는 그녀도 그의 앞을 가로막지 않았다. 대신 그의 뒤를 졸졸 따라오고 있었다.

진산월은 그것을 아는지 모르는지 전혀 신경도 쓰지 않고 계속 걸음을 옮겼다.

그는 대웅전을 나와 취미사의 다른 건물들을 이리저리 돌아보았다. 그동안에도 그는 한마디도 하지 않았고, 서문연상 또한 입을 굳게 다문 채 그가 가는 곳마다 계속 따라다녔다.

진산월의 발길이 머문 곳은 대웅전의 뒤에 있는 작고 아담한 선실(禪室)이었다. 그 선실에는 흔한 현판 하나 걸려 있지 않았으나, 진산월은 직감적으로 그 선실이 굉지 선사의 방임을 알아차렸다.

방문을 열고 들어가자 은은한 단향(檀香)이 코를 찔렀다. 그다지 넓지 않은 방은 사방의 벽면이 불경으로 뒤덮여 있었고, 한쪽에 작은 침상과 서탁(書卓)만이 동그마니 놓여 있었다.

서탁 주위에는 세 개의 의자가 있었는데, 그 의자들은 서탁에서 조금씩 떨어진 채로 불규칙하게 흩어져 있었다.

서탁 위에는 세 개의 찻잔과 하나의 찻주전자가 놓여 있었다. 진산월은 찻잔 속을 들여다보았다. 두 개는 절반쯤 차가 남아 있었고, 하나는 깨끗하게 비어 있었다.

찻주전자를 열어 보니 그 속에 찻물이 삼분지 일가량 담겨 있었다.

진산월은 다시 서탁을 신중히 살펴보았다.

특별히 이상한 점은 눈에 띄지 않았다.

그는 이번에는 침상으로 다가갔다. 침상 위를 물끄러미 내려다보던 진산월은 무엇을 발견했는지 허리를 숙여 침상 위에서 무언가를 집어 들었다.

그가 집어 든 물체를 유심히 들여다보고 있을 때, 등 뒤에서 서문연상의 음성이 들려왔다.

"뭘 보고 있는 거예요?"

그의 뒤를 계속 따라왔던 서문연상이 호기심을 참지 못하고 입을 연 것이다. 그녀는 아예 그의 옆으로 바짝 다가와서 그가 손에 들고 있는 물체를 바라보았다.

그것은 하나의 기다란 머리카락이었다. 검은 머리카락은 아직도 윤기를 잃지 않고 있어 왠지 섬뜩해 보이기도 했다.

그녀의 얼굴에 엷은 실망감이 떠올랐다.

"난 또 무슨 중요한 거라도 발견했다고. 이건 그냥 평범한 머리카락이 아니에요?"

"머리카락 자체야 평범하지. 하지만 이곳에서 발견된 이상 평범한 것은 아니오."

서문연상은 눈을 동그랗게 떴다.

"그게 무슨 말이에요?"

"이 침상이 누구의 것이라고 생각하오?"

"그야…… 이 방이 굉지 선사의 방장실이니 굉지 선사의 것이겠죠."

말을 하다 말고 그녀는 아차 하는 표정이 되었다.

진산월은 조용한 음성으로 말을 이었다.

"굉지 선사는 승인(僧人)이니 당연히 이러한 긴 머리카락을 가지고 있을 리가 없지."

그녀는 고개를 갸웃거렸다.

"그럼 소요검객 사익의 것인가 보죠. 그가 이곳에 굉지 선사를 만나러 왔다가 침상에 앉았을 수도 있잖아요."

"저기에 의자가 있는데 왜 남의 침상에 앉겠소? 게다가 이 머리카락은 노인의 것이 아니오."

그녀는 손뼉을 탁 쳤다.

"맞아요. 그럼 틀림없이 사익의 손자일 거예요. 굉지 선사와 사익이 저 탁자에서 담소를 나누는 동안 그 아이가 이 침상 위에 앉아 있었을 거예요. 어린아이라면 남의 침상 위에 올라가더라도 그렇게 큰 실례가 아니잖아요."

"그렇소. 그러니 이상한 일이 아니오?"

"뭐가요?"

진산월은 턱으로 찻잔이 놓여진 서탁을 가리켰다.

"저 탁자 위의 찻잔은 모두 세 개요. 그러니 세 사람이 앉아서 차를 마셨다는 이야기인데, 사익의 손자는 침상에 있었으니 결국 굉지 선사와 사익 외에 다른 누군가가 그들과 함께 차를 마셨다는 말이 되오."

서문연상의 얼굴이 홱 변했다.

"그렇군요. 그 점을 미처 몰랐어요."

그녀는 이내 고개를 갸우뚱했다.

"하지만 그게 꼭 이번 사건과 관련이 있다고 볼 수는 없잖아요. 굉지 선사에게 다른 손님이 와서 차를 마시고 간 후 나중에 혈겁이 벌어졌을 수도……."

"그건 그렇지 않소. 저 의자들을 보면 사람들이 앉아 있다가 일어난 상태로 그냥 방치되어 있소. 정상적인 상태였다면 손님이 간

후에 굉지 선사는 의자들을 다시 원래의 자리로 되돌려놓았을 거요. 이렇게 깨끗하게 정돈된 방의 주인이 의자들을 지저분하게 벌여 놓을 리는 없을 테니까."

"……!"

"결국 의자들이 이렇게 아무렇게나 놓여 있다는 건 굉지 선사가 의자를 정리할 시간이 없었다는 것을 뜻하오."

서문연상은 곰곰이 그의 말을 되씹어 보더니 이내 고개를 끄덕였다.

"당신 말이 맞아요. 그렇다면 굉지 선사와 사익이 살해된 곳은……."

"바로 여기요."

진산월은 담담한 음성으로 말을 이었다.

"흉수는 굉지 선사를 찾아와 함께 차를 마시다가 갑자기 살수를 쓴 것이오."

그녀는 한참 동안 생각에 잠겨 있더니 이윽고 가느다란 한숨을 내쉬었다.

"확실히 그런 것 같군요. 그저께 이 공자와 함께 이 방을 조사했었어요. 그때 탁자 위에 찻잔이 사람 수대로 세 개가 있고 실내도 별로 어질러진 곳이 없기에 별 생각 없이 그냥 나왔는데, 설마 이곳이 범행 현장이었을 줄은 몰랐네요."

"그게 흉수의 치밀한 점이오. 이곳을 깨끗하게 치워 놓았으면 오히려 의심을 샀을 텐데, 일부러 평상적인 모습을 유지하여 사람들의 이목에서 벗어나게 했던 거요."

"하지만 아무리 암습을 당했다고 해도 사익 같은 고수가 제대로 반항도 하지 못하고 당했다는 것이 믿어지지 않는군요."

"정상적인 상태에서 화산파의 장로를 단 일검에 쓰러뜨릴 수 있는 사람은 강호상에서 아무도 없소. 하지만 이 찻잔을 보시오."

진산월은 서탁에 있는 세 개의 찻잔 중 하나를 가리켰다.

서문연상은 그 찻잔을 살펴보더니 의아한 음성으로 물었다.

"이건 그냥 비어 있잖아요."

"차를 마시다 잔이 비게 되면 어떻게 하겠소?"

서문연상은 별 생각 없이 대꾸했다.

"그야 물론 다시 차를 따라 마시겠죠."

"그렇소. 저 찻잔이 사익이 마시던 것이라고 가정해 보시오. 사익이 주전자로 찻물을 따를 때 그의 오른손은 주전자를 잡고 있었을 거요. 바로 그때 옆에 있던 누군가가 암습을 가해 온다면 아무리 사익이 뛰어난 검객이라 해도 대항하지 못하고 쓰러질 수밖에 없을 거요."

"아!"

서문연상은 머릿속에 그 장면이 그려지는 듯했다.

즐거운 듯 담소를 나누던 세 사람. 찻잔이 빈 것을 알고 무심코 주전자를 잡던 사익은 방금 전까지 자신과 웃으며 이야기하던 사람이 갑자기 검을 날려 자신의 목덜미를 찔러 오는 것을 발견하게 된다. 목이 베이는 순간, 사익은 어떠한 생각이 들었을까?

사익이 쓰러진 다음 무공도 모르는 노승과 어린 소년을 살해하는 것은 흉수에게는 손바닥을 뒤집는 것만큼이나 수월한 일이었을 것이다.

"그렇다면 흉수는 틀림없이 굉지 선사와 친분이 있는 사람이겠군요."

"그렇소. 그리고 사익과도 안면이 있는 사이일 거요. 그렇지 않다면 굳이 사익과 같은 자리에서 차를 마실 리는 없었을 테니까."

"그렇다면…… 흉수가 시체들을 대웅전의 불단 위로 옮긴 것은 자신이 이들을 여기서 살해했다는 것을 숨기기 위한 것이로군요."

"바로 그거요. 여기서 살해한 것을 알면 누구나가 흉수가 굉지 선사와 안면이 있는 사이였음을 짐작하게 될 테니 말이오."

그녀의 초롱초롱한 눈빛이 더욱 영롱하게 반짝거렸다.

"시신들을 하필이면 불상이 있던 자리에 놓은 것도 사람들의 관심을 그쪽으로 유인하여 이들을 죽인 장소에 대해 신경 쓰지 못하게 하려는 속셈이었을 거예요. 그리고 자신이 온 것을 알고 있으니 당연히 취미사의 다른 승려들도 모두 살인멸구할 수밖에 없었겠죠. 이제 사건이 분명해지는군요."

진산월은 의외로 고개를 가로저었다.

"달라지는 건 별로 없소. 흉수가 굉지 선사와 아는 사이였다고 해도 그가 누구인지, 무슨 이유로 이들을 살해했는지는 여전히 밝혀진 게 없으니 말이오."

"그 정도만 알아낸 것도 대단한 수확이에요. 그저께 이 공자와 한참 동안이나 이곳을 이 잡듯이 뒤지고 다니며 조그만 단서라도 찾아내려 했었는데 아무것도 알아내지 못했어요. 그런데 당신은 한번 쓰윽 훑어보는 것만으로도 참 많은 걸 찾아내는군요."

진산월을 쳐다보는 서문연상의 두 눈은 유난히 번쩍거리고 있었다.

한참을 그런 눈으로 진산월을 응시하고 있던 그녀는 문득 얼굴을 살짝 붉혔다. 왜냐하면 그때 무심코 고개를 돌리던 진산월과 정면으로 눈이 마주쳤기 때문이다.

그녀는 자신의 가슴이 세차게 뛰고 있는 것을 깨닫고 속으로 반문했다.

'내가 왜 이러지? 설마 이렇게 볼품없고 험악하게 생긴 사람에게 마음이 끌리기라도 한단 말인가?'

그럴 리는 없다고 생각했다.

그녀는 솔직히 며칠 전에 만났던 이존휘에게 짙은 호감을 느끼고 있었다. 그는 비단 인물됨이 준수할 뿐 아니라 태도도 부드러웠고 명문 세가의 후손이면서도 결코 빼기거나 오만하지 않았다.

게다가 두뇌도 명석하고 무엇보다도 사람의 마음을 편하게 해 주는 구석이 있었다. 그래서 그녀는 내심으로 그와 정식으로 사귀어 볼까 하는 마음을 가지고 있었다.

그런데 지금 눈앞의 이 앙상하게 마르고 키만 커다란 괴인의 앞에서 혼자 가슴을 두근거리고 있으니 그녀가 생각해도 이상한 일이 아닐 수 없었다.

어쩌면 이른 아침에 서안에서 멀리 떨어진 이곳까지 한달음에 달려온 것도 이곳에 오면 그를 만날 수 있지 않을까 하는 기대 때문이 아니었을까? 자기 자신에게는 의혹에 싸인 그의 정체를 파악하기 위해서일 뿐이라고 변명했지만, 마음 깊숙한 곳에서는 전혀 다른 생각을 하고 있었던 것이 아닐까?

그녀는 감히 더 이상은 생각할 수 없었다.

그때 마침 진산월의 음성이 들려왔다.

"밖에 누가 왔소."

그녀는 움찔 놀라서 방문의 입구 쪽으로 시선을 돌렸다.

과연 문밖에 누군가가 서 있는 모습이 들어왔다. 그들을 본 서문연상의 눈이 크게 뜨여졌다. 검은색 피풍의로 전신을 감싼 채 죽립을 깊게 눌러쓰고 있는 그 세 사람은 어제 대왕루에서 보았던 자들이었던 것이다.

죽립 사이로 번뜩이는 안광으로 보아 그들은 모두 높은 내공을 지닌 고수들임이 분명했다.

한데 그들을 발견한 서문연상의 다음 행동이 전혀 뜻밖이었다.

그녀는 쏜살같이 밖으로 달려 나가더니 그들을 향해 달려드는 것이 아닌가?

진산월이 미처 제지할 사이도 없이 그녀는 죽립인들에게 가더니 그들의 품에 폭삭 안겼다.

"하(何) 숙부, 위(衛) 숙부, 지(池) 숙부!"

그녀는 그들을 끌어안으며 반색을 했다.

세 명의 죽립인 또한 그녀를 보자 움찔 놀라는 모습이었다.

그들 중 중앙에 있는 죽립인이 그녀를 어깨를 잡더니 정색을 하고 물었다.

"상아(霜兒)로구나. 위소룡은 어디에 두고 너 혼자 여기에 있는 것이냐?"

이 말을 듣자 그녀는 어리둥절한 표정이 되었다.

'그럼 이분들은 나를 찾기 위해 오신 게 아니란 말인가?'

그녀가 아무 대답도 못하고 있자 중앙의 죽립인은 굳은 음성으로 말했다.

"아무래도 네가 또 사고를 친 모양이구나. 이번 일에는 네 장래의 중대사(重大事)가 걸려 있는데 어찌 이런 경솔한 행동을 한단 말이냐?"

"……."

중앙의 죽립인의 시선이 슬쩍 진산월에게로 향했다.

"저자는 누구냐?"

꾸중 듣는 어린아이처럼 풀이 죽어 있던 서문연상이 이 물음에 정신이 번쩍 난 듯 고개를 쳐들고 그를 보더니 이내 배시시 웃었다.

"그걸 알아보려던 참이었어요."

그녀의 엉뚱한 대답에 어이가 없는지 중앙의 죽립인은 그녀를 빤히 내려다보고는 피식 웃고 말았다.

"정말 못 말릴 아이로군. 그렇게 남자 무서운 줄 모르고 함부로 따라다니다가는 크게 한번 경칠 날이 있을 것이다."

"누가 따라다녔다고 해요? 그나저나 할아버지는 잘 계시죠?"

그녀가 할아버지에 대해 묻자 세 사람의 표정이 눈에 띄게 경직되었다.

"물론 잘 계시다. 그런데 네가 이곳에는 무슨 일이냐?"

그녀는 자신이 먼저 묻고 싶었던 것을 그가 물어보자 답답한 표정이 되었다.

"그냥 저자를 뒤쫓고 있었어요. 그보다 숙부님들이 이곳에 온 것은……"

그녀가 물어볼 여유를 주지 않고 죽립인은 다시 질문을 던졌다.

"저 방에는 왜 들어가 있었느냐? 거기서 무엇을 발견하기라도 했느냐?"

서문연상은 그의 거듭된 질문에 내심 의혹을 느꼈다.

'하 숙부는 좀처럼 냉정을 잃지 않는 분이라 이런 적이 없었는데…… 대체 무슨 일이 벌어진 거지?'

세 명의 죽립인은 그녀의 할아버지의 오랫동안의 수하들이었다. 할아버지의 수하들은 모두 여덟 명이었는데, 오늘 온 사람들은 그들 중에서 각기 셋째와 다섯째, 그리고 일곱째였다.

중앙의 죽립인이 셋째인 하종기(何宗期)였고, 우측의 인물이 다섯째인 위병국(衛昞局), 그리고 좌측이 일곱째인 지소흠(池昭欽)이었다.

그때 진산월이 몸을 움직여 방을 빠져나왔다.

"어딜 가려고요?"

"소저가 가족분들을 만난 것 같으니 나는 이만 가 보겠소."

그가 금시라도 떠나갈 듯하자 그녀의 얼굴에 다급한 표정이 떠올랐다. 하나 그녀가 채 무어라고 입을 열기도 전에 하종기가 짤막하게 외쳤다.

"잠깐 멈추시오."

이어 하종기는 번갯불 같은 시선으로 그의 전신을 훑어보았다. 그 시선이 어찌나 날카로웠던지 마치 두 개의 예리한 칼날이 스치고 지나가는 듯한 느낌이 들 정도였다.

하나 진산월은 표정 하나 바뀌지 않은 채 태연한 얼굴로 그 시선을 받았다.

"귀하는 누구요?"

하종기의 물음에 진산월은 아까 했던 대답을 그대로 했다.

"지나가는 과객이오."

하종기는 다시 물었다.

"이곳에는 무슨 일이오?"

"산책을 나온 거요."

"이렇게 이른 아침에 말이오?"

"원래 아침 공기 마시는 걸 좋아하오."

이 광경을 보고 있던 서문연상이 킥킥거리며 웃었다. 그들의 대화가 조금 전에 자신에게 했던 것과 똑같았던 것이다.

하종기는 힐끗 그녀를 쳐다보더니 다시 진산월에게로 시선을 돌렸다.

"그 말을 지금 나보고 믿으라는 거요?"

"사실을 듣고 싶소?"

"물론이오."

진산월은 담담한 음성으로 말했다.

"그렇다면 당신들이 누구이며, 왜 이곳에 온 것인지를 먼저 밝히시오. 그러면 대답해 주겠소."

하종기의 안광이 더욱 매서워졌다.

"말하지 않겠다면?"

"그럼 우리는 볼일이 없는 것이지. 안녕히 계시오."

진산월이 다시 걸음을 옮겼다.

이번에는 멈추라는 소리가 들려오지 않았다. 대신에 하종기의 좌우측에 서 있던 죽립인들이 그의 앞뒤를 막아섰다. 그들의 신법은 그야말로 바람과도 같이 표홀해서 아무런 소리도 들리지 않았다.

서문연상이 안색이 변해 소리쳤다.

"하 숙부님!"

하종기는 냉정한 음성으로 말했다.

"너는 이번 일에 끼어들지 말고 가만히 입 다물고 있어라."

그 음성이 너무도 차가워서 그녀는 아무 말도 할 수가 없었다.

진산월은 그들에게 앞뒤로 포위된 상태에서도 별로 긴장하는 기색을 보이지 않았다. 그의 앞을 막아선 일곱째 지소흠이 음산하게 웃었다.

"흐흐…… 귀신같은 몰골을 한 놈이 배짱 하나는 좋군. 하지만 지금의 네게 선택할 권리는 없다. 순순히 사실을 털어놓는 것이 좋을 것이다."

진산월이 아무런 대꾸도 하지 않고 그 자리에 가만히 서 있자 이번에는 하종기가 다시 입을 열었다.

"평상시라면 우리도 이렇게 무리한 짓은 하지 않지만, 지금은 상황이 상황인 만큼 어쩔 수가 없소. 우리로 하여금 손을 쓰도록 하지 말고 스스로 입을 열도록 하시오."

서문연상은 눈앞의 사태를 도저히 믿을 수 없었다.

하종기는 과묵하고 냉정한 성격이기는 했으나 절대로 힘을 앞세워 남을 윽박지르는 사람이 아니었다. 대체 그들은 무엇 때문에 생면부지의 인물을 이토록 압박하는 것일까?

진산월의 뺨에 있는 흉터가 꿈틀거리며 그의 입가에 미소가 떠올랐다. 조금 전에 서문연상이 보았던 것보다 한층 더 삭막하고 차가운 미소였다.

"할 수 있으면 해 보시오."

그의 앞을 막아섰던 지소흠이 참지 못하고 버럭 폭갈을 터뜨렸다.

"건방진 놈! 나중에 후회나 하지 말아라!"

말이 끝나기도 전에 그의 오른손이 피풍의 속에서 불쑥 튀어나오며 벼락같이 진산월의 앞가슴을 후려쳐 갔다. 그야말로 눈부시도록 빠르고 날카로운 공격이었다. 진산월은 피할 엄두도 나지 않는지, 아니면 피할 생각이 아예 없는지 그 자리에 우두커니 서 있었다.

"앗? 피해요!"

서문연상의 놀란 외침이 터져 나옴과 동시에 폭음이 들렸다.

펑!

"큭!"

먼지가 자욱하게 일며 한 사람이 비틀거리며 뒤로 물러났다.

금시라도 쓰러질 듯 휘청이며 뒤로 세 걸음이나 물러난 사람은

제86장 해천팔검(海天八劍)

뜻밖에도 먼저 공격했던 지소흠이었다. 그는 자신의 눈앞에 벌어진 사실을 믿을 수 없는지 몇 번이나 '이럴 수가……'라는 넋두리를 중얼거렸다.

진산월은 처음의 자세 그대로 서 있었다. 달라진 것이 있다면 늘어져 있던 그의 오른손이 어느새 올라와 가슴 앞에 자연스레 놓여 있다는 것이었다.

조금 전에 그는 지소흠의 손이 막 가슴을 가격하려는 찰나에 오른손을 쳐들어 막아냈다. 손과 손이 마주친 순간, 지소흠은 손목이 부러지는 듯한 엄청난 통증을 느끼고 자신도 모르게 뒤로 물러나고 말았던 것이다.

지소흠은 자신의 무공에 상당한 자신감을 가지고 있었기에 자신이 비루먹은 말처럼 비쩍 마른 괴인에게 일수(一手) 만에 격퇴당한 사실이 좀처럼 실감나지 않는 모습이었다.

놀라기는 다른 두 명의 죽립인들도 마찬가지였다.

원래 손과 손이 마주치는 격돌은 내공의 우열로 판가름이 나는 경우가 많기 때문에 아직 젊은 진산월보다는 중년의 지소흠이 훨씬 승산이 많은 것이었다. 그런데 단 한 번의 격돌로 지소흠이 일방적으로 격퇴당하고 말았으니, 실로 누구도 예상치 못했던 일이었다.

더구나 진산월은 공격을 당하는 입장이었지 않은가?

'손을 쓰는 속도와 내공이 모두 뛰어난 놈이로군. 맨손으로는 지 노제(池老弟)가 절대적으로 불리하다.'

하종기는 재빨리 머리를 굴린 후 진산월의 뒤에 서 있는 위병국에게 눈짓을 했다. 위병국은 즉시 고개를 끄덕이고는 허리춤에 차고 있는 장검을 뽑아 들었다.

"창!"

요란한 검명(劍鳴)과 함께 위병국이 검을 뽑아 들자 서문연상의 안색이 크게 변했다.

'숙부님들은 자존심이 강해서 웬만한 경우에는 쉽사리 검을 뽑지 않는데…… 대체 무슨 일 때문에 이분들이 이토록 공격적으로 변한 것일까?'

검을 뽑아 든 위병국은 진산월을 향해 입을 열었다.

"젊은 친구가 솜씨가 뛰어나군. 내 아우는 이미 부상을 당해서 자네를 상대할 수 없으니 나와 한번 겨뤄 보세."

진산월은 천천히 몸을 돌려 그를 쳐다보았다.

위병국은 손에 들린 검을 비스듬히 가슴 부위로 들어 올린 다음 진중한 음성으로 말했다.

"자네가 이긴다면 여기를 떠나도 좋네. 하지만 패한다면 순순히 우리가 묻는 말에 대답을 해 주게."

진산월은 담담한 표정으로 고개를 끄덕였다.

"좋소."

위병국은 가슴 언저리에 있던 검을 한 바퀴 돌려 몸의 정중앙으로 가져갔다.

단순한 동작이었으나 그것으로 위병국의 자세는 완벽해졌다. 검을 잡은 손의 모양과 팔의 자세, 몸의 형태가 한 치의 허점도 없었다.

지금에서야 비로소 진산월은 검을 잡는 자세만 보아도 상대의 실력이 어느 정도인지 알 수 있다는 옛 검객들의 전설을 이해할 수 있었다. 아울러 사 년 전의 자신이 얼마나 미숙한 존재였는지를 절실히 깨달았다. 그때는 이러한 자세가 갖는 의미를 미처 파악하지 못했던 것이다.

이러한 수준의 검객에게 맨손으로 싸운다는 것은 위험을 자초하는 짓이었다.

하나 진산월은 한 치의 주저함 없이 자신이 먼저 위병국을 향해 몸을 날렸다. 그것은 마치 불을 보고 달려드는 불나방처럼 무모해 보였다. 구경을 하고 있던 중인들도 모두 진산월의 행동이 의외라는 표정들이었다.

순식간에 일 장의 거리를 날아 위병국과의 거리를 좁힌 진산월이 막 출수를 하려 할 때였다. 미동도 않고 있던 위병국이 갑자기 들고 있던 검을 한 차례 흔들었다.

스슥!

마치 대나무 숲에 바람이 스치는 듯한 음향이 흘러나오며 십여 개의 검영(劍影)이 진산월의 코앞으로 쏘아져 왔다. 눈부실 정도로 부드러우면서도 현란한 공격이었다. 예전의 진산월이었다면 상대의 이런 공격에 쩔쩔매며 뒤로 물러서거나 막기 바빴을 것이다.

진산월은 검영 사이를 뚫고 앞으로 계속 전진하며 오른손을 빠르게 허공으로 찔러 넣었다.

팡!

그가 내갈긴 일장이 허공에서 갑자기 튀어나온 검영 하나와 정면으로 부딪치며 작은 폭음이 일어났다.

이 광경을 보고 있던 하종기가 나직한 신음성을 토해 냈다.

"대단하군. 위 노제의 환영일섬(幻影一纖)을 맨손으로 가볍게 막아 내다니……."

조금 전에 위병국이 발출한 검영 속에는 한 가지의 무서운 살수가 섞여 있었다. 열두 개의 검영에 바로 뒤이어 하나의 은밀한 검영이 따라오는 것이다. 자칫 열두 개의 검영에 현혹되어 그쪽에만 신경을 쓰게 된다면 바로 이어지는 하나의 검영에 그대로 쓰러지고 만다. 이 초식은 환영십팔검(幻影十八劍) 중 환영일섬이란 것으로, 얼마나 많은 고수들이 이 초식에 피를 뿌리며 쓰러졌는지 모른다.

그런데 진산월은 한눈에 그 숨어 있는 검영을 간파하고 가볍게 그것을 해소해 버렸으니 그들이 놀라는 것도 당연한 일이었다.

위병국은 진산월이 자신의 살초를 뚫고 들어오자 수중의 검을 앞으로 곧장 내뻗었다.

쉬악!

바람이 갈라지는 음향이 터져 나오며 조금 전만 해도 진산월의 전신을 휘감았던 열두 개의 검영들이 어딘가로 사라지고 빛살 같은 검기 한 가닥이 그의 코앞으로 날아들었다. 이것은 환영십팔검 중의 전궁무영(電穹無影)이라는 초식으로, 빠르고 날카롭기가 가히 살인적인 수법이었다.

중인들은 진산월의 앞가슴이 그 검기에 그대로 꿰뚫리는 듯한 착각이 들었다. 하나 뒤이어 드러난 광경은 중인들의 예상을 뛰어넘는 것이었다.

의당 가슴이 피범벅이 되어 바닥을 나뒹굴 줄 알았던 진산월의 신형이 어느새 위병국의 뒤에 가 있었던 것이다. 위병국은 방금까지만 해도 눈앞에 있던 진산월의 모습이 갑자기 시야에서 사라지자 직감적으로 사태가 심상치 않음을 느끼고 빙글 몸을 돌리며 장검을 옆으로 그어 댔다.

하나 그때 진산월의 몸은 다시 허공으로 솟구쳐 그의 머리 위에 가 있었다. 위병국이 그 사실을 알았을 때는 이미 진산월이 그의 머리 위에서 아래로 떨어져 내리며 질풍노도 같은 장력을 내갈기고 있었다.

팡!

"음……!"

답답한 신음 소리와 함께 위병국은 뒤로 주춤 물러섰다. 그 순간을 놓치지 않고 공격할 줄 알았던 진산월은 어찌 된 일인지 뒤로 훌쩍 물러섰다.

위병국도 휘청거리던 몸을 가누더니 들고 있던 장검을 다시 검집으로 집어넣었다.

중인들이 자세히 보니 위병국의 앞가슴은 옷자락이 찢어져 너덜너덜해 있었다.

하종기가 황급히 그에게 다가왔다.

"괜찮나?"

"소제는 괜찮습니다. 추한 꼴을 보여 드려 죄송합니다."

하종기는 그의 목소리가 정상인 것을 보고는 내심 안도의 숨을 내쉬었다.

'옷이 이렇게 헤질 정도면 틀림없이 가슴에 적지 않은 타격을 입었을 텐데……'

그제야 하종기는 왜 위병국이 더 이상 덤비지 않고 검을 거두었는지 알 수 있었다.

위병국은 한 차례 한숨을 내쉬고는 진산월을 향해 포권을 했다.

"손에 사정을 봐주어서 고맙네. 내가 패했음을 시인하겠네."

그의 신분으로 다른 사람에게 패했다는 소리를 내뱉는다는 건 결코 쉬운 일이 아니었을 것이다.

진산월은 그에게 가볍게 목례를 하고는 주저하지 않고 몸을 돌렸다.

"좋은 검법이었소. 그럼 나는 이만 가 보겠소."

서문연상은 안타까운 눈으로 그를 바라보며 무어라고 입을 열려다 끝내 아무 말도 하지 않았다.

하종기와 위병국은 멀어져 가는 그의 뒷모습을 무거운 시선으로 바라보고 있었다.

문득 제일 처음에 손목을 부상당했던 지소흠이 위병국을 돌아보며 퉁명스럽게 말을 내뱉었다.

"왜 순순히 패배를 시인한 겁니까? 진짜 승부는 아직 시작도 되지 않은 것 같은데……"

위병국은 아무 말도 하지 않았다. 대신 하종기가 무거운 음성으로 입을 열었다.

"꼭 피를 보아야만 승패를 알 수 있는 건 아니지. 저자의 실력은 확실히 우리의 예상 밖이었다."

그의 시선이 서문연상에게 향했다.

"저자가 누구인지 정말 모르느냐?"

서문연상은 그의 칼날 같은 시선을 받자 몸을 움찔했으나 이내 고개를 절레절레 흔들었다.

"정말 몰라요. 제가 알면 왜 숙부님께 말씀드리지 않았겠어요?"

하종기는 그녀의 마음속을 꿰뚫어 보려는 듯 날카롭게 쏘아보더니 이내 혼잣말처럼 나직하게 중얼거렸다.

"어쨌든 상관없다. 저 정도 실력이면 조만간에 반드시 강호에서 그 이름을 들을 수 있을 테니까."

서문연상은 그가 계속 추궁할 것이 두려워 자신이 먼저 물었다.

"그런데 숙부님, 이곳에는 대체 무슨 일로 오신 거예요?"

하종기는 돌연 무거운 한숨을 내쉬었다.

"그것에 대해서는 할 이야기가 길다. 우선은 네 이야기부터 듣자꾸나."

제 87 장
소년방화(少年方華)

제87장 소년방화(少年方華)

취미사를 벗어난 진산월은 문득 자신의 옷소매를 내려다보았다.

옷소매 한쪽이 거의 알아차릴 수 없을 만큼 조금 잘려 나가 있었다.

진산월은 그 옷자락을 보며 쓸쓸하게 웃었다.

'역시 맨손으로 그 정도 검객과 겨룬다는 건 쉬운 일이 아니었군. 그자가 전력을 다했다면 나도 왼손을 다치고 말았을 것이다.'

물론 진산월이 전력을 다했다면 위병국도 가슴팍이 으스러졌을 게 분명했다.

조금 전에 진산월이 사용한 것은 종남파의 무공 중 몇 가지였다. 특히 마지막에 위병국의 가슴팍을 너덜너덜하게 만든 것은 장괘장권구식 중 단봉조양이었다.

평범한 단봉조양으로 어떻게 그런 위력을 발휘할 수 있었을까?

그것은 그가 위병국의 움직임을 훤히 꿰뚫어 보고 있었기 때문이다. 위병국이 검을 들고 공격을 해 올 때부터 진산월은 그가 어느 방향으로 움직일지 쉽게 알아차릴 수 있었다. 심지어는 그의 검이 변화하는 모습까지 머릿속에 구체적으로 그려졌다.

그것이 어찌 된 영문인지 자세히는 알지 못했지만, 진산월은 위병국이 아무리 기이한 절초를 사용한다 해도 자신은 그 모든 변화를 일목요연하게 파악할 수 있을 거라는 생각이 들었다.

중봉에서의 삼 년여는 결코 헛되이 보낸 세월이 아니었던 것이다.

진산월은 그들의 정체에 대해서도 잠시 생각해 보았다.

몇 가지 떠오르는 생각은 있었지만 확실한 것은 아직 알 수 없었다.

'앞으로 만날 일도 없겠지.'

진산월은 자신을 등쳐 먹었던 그 당돌한 아가씨를 다시 만나고 싶은 생각은 추호도 없었다. 하나 마음 한구석으로는 왠지 그녀와의 인연이 아주 끊긴 것은 아닐 것 같다는 예감이 들기도 했다.

그의 생각은 다시 취미사의 혈겁을 저지른 흉수에게로 넘어갔다.

어제 대왕루에서 이름 모를 그녀의 말을 들었을 때부터 진산월은 흉수에 대해 나름대로 몇 가지 가설(假說)을 세워 보았었다. 그리고 오늘 직접 조사한 다음에 그는 그 가설 중 일부가 맞았음을 확인할 수 있었다.

가설의 나머지 부분이 맞을지는 아직 확실치 않았으나, 만약 그것이 모두 옳다면 흉수의 정체를 파악하는 것은 그리 어려운 일이 아닐 것이다.

문제는 그 가설의 나머지 부분을 증명하기가 보통 까다로운 게 아니라는 것이었다.

진산월이 이런저런 상념에 잠겨 느릿느릿 걷고 있을 때였다.

갑자기 멀지 않은 곳에서 누군가의 울음소리가 들려왔다.

"흑흑……."

소리 죽여 흐느끼고 있기는 했지만 그건 분명히 울음소리였다.

진산월은 무심결에 울음소리가 들린 곳으로 걸음을 옮겼다.

태화곡을 벗어난 종남산의 얕은 산자락 아래였다. 수풀이 우거진 산기슭 옆에 하나의 작은 돌무더기가 있었다. 그 돌무더기에 몸을 반쯤 기댄 채 한 사람이 무릎 사이에 고개를 처박고 흐느끼고 있었다.

"흐흑……."

입술을 깨물고 최대한 소리가 흘러나오지 않게 참고 있었지만, 그래서인지 나직하게 새어 나오는 그 울음소리는 다른 어떤 통곡보다 더욱 비통해 보였다. 진산월은 그 울음소리에 담겨 있는 한없이 우울한 절망감을 느낄 수 있었다. 자기 자신도 한때는 그렇게 울어 본 적이 있기 때문이었다.

그래서인지 흐느끼고 있는 그 사람의 곁을 쉽게 떠날 수가 없었다.

그 사람은 한참 동안이나 그렇게 소리 죽여 울고 있었다.

그러다가 차츰 울음소리가 잦아들더니, 숙였던 고개를 천천히 쳐들었다.

어깨가 유난히 좁고 체구가 그리 크지 않은 소년이었다. 입고 있는 옷은 제법 질이 좋은 것이었으나, 여기저기가 구겨지고 더럽혀져서 별로 화려해 보이지는 않았다. 나이는 십칠팔 세쯤 되어 보였으나 한두 살쯤 더 먹었을지도 모르는 일이었다. 소년의 얼굴은 눈물과 콧물로 범벅이 되어 있었고, 앞이마를 덮고 있는 머리카락이 풀어 헤쳐져 얼굴을 반이나 가리고 있었다.

소년은 멀지 않은 곳에 웬 낯선 사람이 우뚝 선 채로 자신을 쳐다보고 있는 것을 발견하고는 황급히 소맷자락으로 눈물을 닦았다.

눈물 자국이 남아 있기는 했으나 이목구비는 제법 또렷한 편이었다.

소년은 비틀거리며 일어나더니, 이내 몸을 돌려 저만치 걸어갔다. 진산월은 묵묵히 멀어져 가는 소년의 뒷모습을 바라보고 있었다.

이상하게도 소년의 눈물 젖은 모습이 뇌리에서 쉽게 지워지지 않았다.

진산월은 천천히 걸음을 옮겨 산을 내려왔다. 공교롭게도 그가 가는 방향이 소년과 같은지 저 앞에 비실거리며 걸어가는 소년의 모습이 계속 시야에 들어왔다.

소년은 도중에 걸음을 멈추고 멍하니 서 있다가 다시 걷고는 해서 진산월이 그리 빠르게 걷지 않았는데도 점차로 두 사람의 사이가 좁혀졌다. 가까이서 보니 어깨는 더욱 좁은 것 같았고, 유난히 긴 팔에 비쩍 마른 몸매를 지니고 있었다.

그래서 소년이 걷다가 몸을 휘청할 때면 금시라도 쓰러져 버릴 것처럼 위태로워 보였다.

얼마쯤 가니 간이 천막을 쳐 놓고 국수를 팔고 있는 작은 주막이 나타났다. 진산월이 그곳으로 발길을 옮기려는데 마침 소년이 먼저 주막 안으로 들어갔다.

주막 안은 그리 넓지 않았으나 사방을 양가죽으로 막아서 제법 훈훈했다. 대여섯 개의 탁자는 대부분이 비어 있었고, 입구에서 가까운 곳에 두 명의 장한이 앉아서 뜨거운 닭 국물을 훌훌 불며 먹고 있었다.

소년은 가장 구석진 자리로 가서 앉았다.

"무얼 드릴까요?"

배가 불룩 나온 주인이 탁자를 닦으며 묻자 소년은 두 명의 장한을 가리켰다.

"저 사람들과 같은 걸 주세요."

그의 음성은 가늘고 나직해서 자칫했으면 여인의 목소리로 오해하기 십상이었다.

그때 다시 주막의 입구가 펄럭이며 진산월이 들어왔다.

소년은 아까 보았던 키가 큰 괴인이 자신을 따라 주막 안으로 들어온 것을 보고 움찔하여 고개를 숙였다. 가뜩이나 좁은 어깨가 더욱 왜소해지며 금시라도 머리가 목 안으로 들어가 버릴 것만 같았다.

진산월은 주위를 쓰윽 둘러보더니 소년의 옆에 있는 탁자로 가서 앉았다. 어차피 주막이 크지 않아서 어디를 앉아도 가까운 거리였으나 소년의 어깨는 더욱 움츠러들었다.
　진산월은 닭 국물 하나와 만두를 주문했다. 그런 다음 옆에 앉은 소년을 바라보았다.
　소년은 그의 시선을 느끼고는 아예 고개를 바닥에 처박다시피 한 채 꼼짝도 않고 있었다.
　진산월은 그 모습이 측은해 보이기도 하고 의아해 보이기도 했다.
　'무척 소심한 녀석이군. 무엇이 두려워서 저렇게 불안해 하고 있는 것일까?'
　진산월은 말이라도 걸어 볼까 하다가, 공연히 그를 더욱 불안하게 할 것 같아 그냥 묵묵히 앉아 있었다.
　그때 그는 주막의 입구에 있던 두 명의 장한이 소년을 힐끔거리는 것을 알아차렸다. 그들은 음식을 먹으면서 연신 소년을 쳐다보더니 자기들끼리 무어라고 나직하게 소곤거리는 것이었다.
　진산월은 그들의 시선이 소년의 손목을 향한 것을 보고 이내 그들의 의중을 짐작했다.
　소년의 가느다란 오른 손목에는 유난히 값나가 보이는 팔찌가 채워져 있었던 것이다. 그 팔찌는 얼핏 보기에 청옥(靑玉)으로 만든 것 같았는데, 작은 구슬이 여러 개 박혀 있어 한눈에 보기에도 상당한 고가품임을 알 수 있었다.
　그 팔찌를 보는 두 장한의 얼굴에는 탐욕스런 빛이 감돌고 있었다.

곧 주인이 주문한 음식을 가지고 왔다.

소년은 뜨거운 닭 국물을 허겁지겁 먹기 시작했다. 진산월은 그것이 배가 고파서가 아니라 빨리 먹고 이곳을 나가기 위해서라는 것을 깨닫고 쓴웃음을 지었다.

진산월은 천천히 닭 국물과 만두를 먹기 시작했다. 이제는 제법 기름진 음식을 먹어도 그 전처럼 토하거나 하는 일은 없었다. 하나 예전의 그 먹성 좋던 시절로는 결코 되돌아갈 수 없을 것 같았다.

닭 국물은 그런대로 먹을 만했으나 만두는 맛이 형편없었다. 진산월은 딱 하나를 맛보고는 나머지는 손도 대지 않았다.

진산월이 닭 국물을 반도 먹지 않았는데, 비슷한 시기에 음식을 먹기 시작한 소년이 벌써 다 먹었는지 자리에서 벌떡 일어나더니 계산을 하고는 황급히 밖으로 나갔다.

진산월은 뒤도 돌아보지 않고 주막을 벗어나는 소년의 심정을 이해할 것도 같았다. 그러다 문득 고개를 돌려 보니 두 명의 장한도 황급히 주막을 빠져나가는 것이었다.

진산월은 한동안 그 자리에 가만히 앉아 있다가 씁쓸하게 웃으며 자리에서 일어났다.

'이것도 병인가? 자기 한 몸도 주체를 못하는 놈이 자꾸 쓸데없는 일에 끼어들다니…….'

그는 계산을 하고 주막을 나왔다.

주막에서 장안의 남문까지는 오 리(五里)쯤 되었다. 그곳은 지나가는 사람도 그다지 많지 않았고, 곳곳에 숲이 있어서 악당들이 일을 벌이기에는 아주 적당했다.

진산월은 한 차례 주위를 둘러보고는 근처에 가까운 숲 속으로 몸을 날렸다.

아니나 다를까? 숲 속에 들어가기도 전에 소년의 다급한 음성이 들려오는 것이었다.

"왜 이러세요?"

소년의 음성은 두려움에 가득 차 있어 가뜩이나 가느다란 목소리가 거의 끊어질 듯 애처롭게 들렸다.

"우헤헤. 이놈은 사내 녀석이 완전히 계집애 같은 소리를 내고 있구나. 네놈이 팔에 차고 있는 팔찌가 아무래도 내가 예전에 잃어버린 물건 같아서 그러니 좋게 말할 때 순순히 보여 주어라."

"아…… 안 돼요!"

"누가 빼앗아 간다고 했느냐? 확인해 보고 내가 잃어버린 게 아니면 다시 돌려주겠다."

진산월은 천천히 숲 속으로 들어갔다. 사오 장쯤 들어가니 제법 넓은 공터가 나타났고, 공터에서는 예상하고 있던 광경이 벌어지고 있었다.

두 명의 장한은 험상궂은 표정을 한 채 소년을 윽박지르고 있었다. 소년은 몸을 사시나무 떨 듯 덜덜 떨면서도 필사적으로 소리쳤다.

"이…… 이건 내 거예요. 절대로 당신들이 잃어버린 물건이 아니란 말이에요."

두 명의 장한 중 수염이 덥수룩하게 난 텁석부리 장한이 눈을 부라렸다.

"이 자식이 말귀를 못 알아듣네! 꼭 손을 써야 정신을 차릴 테냐?"

옆에 있던 쥐눈의 장한이 갈라 터진 목소리로 말했다.

"너무 무섭게 하지 말고 잘 타일러 봐."

쥐눈의 장한은 누구에게 얻어맞았는지 양쪽 뺨이 퉁퉁 부어 있어서 가뜩이나 작은 눈이 거의 감겨져 알아보기도 힘들 정도였다. 게다가 입안이 모두 터졌는지 음성이 제대로 나오지 않았다.

텁석부리 장한 또한 안색이 약간 파리한 것이 몸에 부상이라도 있는 모양이었다. 그런데도 그는 기세등등한 눈으로 소년을 노려보며 계속 험악한 소리를 늘어놓고 있었다.

"내가 일단 손을 대면 그냥 팔찌만 가져가는 것이 아니라 네놈의 팔목을 모조리 부러뜨리고 말 것이다. 그래도 내놓지 않겠느냐?"

처음에는 그래도 제법 형식을 갖추는 것처럼 보이더니, 지금은 아예 노골적으로 협박을 했다.

소년은 그때마다 학질 걸린 사람처럼 몸을 부들부들 떨면서도 계속 도리질을 했다.

"안 돼요. 이건 절대로 내줄 수 없어요."

"이 자식이 정말!"

텁석부리 장한이 마침내 솥뚜껑만 한 주먹을 번쩍 쳐들고 소년에게 달려들었다.

"어억!"

소년은 다급한 비명을 내지르며 뒤로 주춤 물러났다.

한쪽에서 이 광경을 보고 있던 진산월은 그를 구해 주기 위해 몸을 날리려다 무엇을 보았는지 갑자기 몸을 멈춰 세웠다. 금시라도 텁석부리 장한의 주먹에 나가떨어질 것 같던 소년이 몸을 옆으로 비틀어 용케도 장한의 주먹을 피한 것이다. 그 바람에 텁석부리 장한은 중심을 잃고 몸을 휘청거렸다.

그 순간, 소년이 내지른 오른발이 장한의 발목을 가격했다.

콰당!

텁석부리 장한은 요란한 소리를 내며 바닥에 나뒹굴고 말았다.

"아이쿠!"

보기 흉하게 바닥에 널브러진 텁석부리 장한은 이내 오만 가지 인상을 찡그리며 바닥에서 벌떡 일어났다.

"이 꼬마 놈이 간덩이가 부어도 단단히 부었구나! 명년(明年) 오늘이 네놈의 제삿날이니 그렇게 알아라!"

그는 이를 부드득 갈아 붙이며 소년을 향해 다가갔다. 그때 쥐눈의 장한이 조금 불안한 표정으로 텁석부리 장한에게 소곤거렸다.

"이봐, 괜찮을까?"

"괜찮지 않고. 이건 그냥 내가 내 힘을 이기지 못하고 제풀에 넘어진 거야."

쥐눈의 장한은 계속 망설였다.

"저놈도 며칠 전의 그 계집애처럼 실력을 숨긴 고수가 아닐까?"

텁석부리 장한은 어처구니가 없다는 듯 피식 웃더니 그의 어깨를 탁 쳤다.
"천하의 비천서(飛天鼠)가 계집애한테 당하더니 새가슴이 되었구나. 걱정 말게. 그 계집은 워낙 총기 있고 다부져서 우리가 당했지만, 저놈을 보게. 저런 겁쟁이가 무림 고수면 세상에 고수 아닌 사람이 없을 걸세."
쥐눈의 장한은 한 차례 더 소년을 쳐다보더니 이내 고개를 끄덕였다.
"자네 말이 맞네. 이번에는 틀림없겠지."
"나만 믿으라고. 아무려면 우리가 그렇게까지 재수가 없겠나?"
텁석부리 장한은 소매를 걷어붙이더니 소년에게로 성큼성큼 다가갔다.
"각오는 되어 있겠지?"
소년은 전신을 부들부들 떨며 울상을 지었다.
"제발 그냥 보내 주세요. 돈이라면 열 냥쯤 있으니까 그걸 드릴게요."
열 냥이라는 말에 텁석부리 장한은 잠시 마음이 동하는 모습이었으나, 쥐눈의 장한을 힐끗 쳐다보고는 이내 도리질을 했다.
"우리가 무슨 거지인 줄 아느냐? 그깟 돈을 탐하게. 단지 나는 잃어버린 내 물건을 되찾으려는 것뿐이다."
쥐눈의 장한이 옆에서 재빨리 지껄였다.
"남의 물건을 그동안 함부로 썼으니 그 열 냥은 사용료로 받는 것이 좋겠네."

텁석부리 장한은 징그럽게 웃으며 고개를 끄덕였다.
"흐흐, 자네 말이 맞네. 이놈! 마지막으로 말하겠다. 그 팔찌와 열 냥을 내놓고 꺼져라. 그렇지 않으면 네놈은 오늘 살아서 이곳을 벗어나지 못할 것이다."
소년의 안색이 핼쑥하게 굳어졌다. 소년이 아무 소리도 하지 못하고 몸을 떨고만 있자 텁석부리 장한은 더 이상 참지 못하고 소년을 향해 득달같이 달려들었다.
"이놈!"
텁석부리 장한이 휘두르는 주먹은 상당한 위력이 있어서 제대로 맞으면 갈비뼈 몇 대쯤은 그대로 부서져 나갈 것 같았다. 게다가 이번에 그는 전력을 다했는지 그 속도가 조금 전과는 비교도 할 수 없을 만큼 빨랐다.
때를 같이하여 쥐눈의 장한도 소년의 뒤로 살금살금 돌아가서 손에 들고 있는 장검을 쓸 기회를 노리고 있었다.
소년은 몸을 덜덜 떨면서도 옆으로 두 걸음 이동했다. 그러자 텁석부리 장한이 내뻗은 주먹이 이번에도 헛되이 허공을 가르고 지나갔다.
"어?"
텁석부리 장한은 분명 자신의 주먹 아래 노출되어 있던 소년의 모습이 갑자기 시야에서 사라지자 어리둥절한 외침을 토해 냈다.
한쪽에서 이 광경을 보고 있던 진산월은 내심 고개를 끄덕였다.
'좋은 보법을 익혔군. 단지 너무 겁을 집어먹어서 그 위력을 절

반도 발휘하지 못하고 있구나.'

처음에 소년이 텁석부리 장한을 바닥에 나뒹굴게 할 때 진산월은 소년의 동작이 나름대로 현기를 지니고 있음을 알아보았다. 그래서 장내에 끼어들지 않고 계속 지켜보고 있었던 것이다.

소년은 그의 기대에 어긋나지 않게 텁석부리 장한의 일격을 잘 피해 냈다. 하나 주먹이 빗나가 허점투성이인 텁석부리 장한을 공격하기는커녕 오히려 뒤로 주춤 물러나는 것이었다. 아무래도 직접 달려들 용기는 없었던 모양이다.

그 바람에 소년의 뒤에서 호시탐탐 기회를 노리던 쥐눈의 장한에게 몸의 뒷부분이 그대로 노출되었다.

'흐흐, 애송이는 애송이구나.'

쥐눈의 장한은 득의양양한 웃음을 날리며 소년의 뒤통수를 향해 장검을 찔러 갔다. 그것은 정말 악랄하기 짝이 없는 공격이었다.

소년은 설마 누군가가 자신의 뒤를 노리고 올 줄은 상상도 못하고 있는지 텁석부리 장한에게만 온통 신경을 기울이고 있었다.

절체절명의 순간, 갑자기 소년의 귓전으로 누군가의 전음성(傳音聲)이 들려왔다.

-앞으로 몸을 숙이고 횡단무산(橫斷巫山)을 펼쳐라!

그 음성이 워낙 갑작스러워서 소년은 순간적으로 몸을 움찔했다. 그리고 그때 비로소 자신의 몸 뒤에서 예리한 기운이 다가오고 있음을 깨닫게 되었다.

더 생각할 겨를도 없이 소년은 몸을 앞으로 바짝 숙인 채 횡단

무산의 일식으로 오른발을 우측에서 좌측으로 세차게 회전시켰다.

시퍼런 장검 하나가 그의 머리를 아슬아슬하게 스치고 지나갔다. 그와 동시에 뒤로 휘둘러진 그의 오른발에 무언가 묵직한 감촉이 느껴졌다.

퍽!

"아이고!"

막 소년의 뒤통수를 베었다 생각하고 득의만면해 하던 쥐눈의 장한은 꼼짝없이 옆구리를 소년의 오른발에 격중당하고 허리를 절반으로 꺾었다.

그때 다시 소년의 귓전으로 예의 전음성이 들려왔다.

─급류용퇴(急流勇退)의 식으로 몸을 돌리며 개창망월(開窓望月)을 펼쳐라!

소년은 무심결에 몸을 옆으로 뉘어 빙글 돌리며 오른손을 아래에서 위로 힘껏 내질렀다. 그 주먹은 옆구리를 부여안은 채 허리를 숙이고 있던 쥐눈의 장한의 아래턱을 사정없이 가격해 버렸다.

쾅!

쥐눈의 장한은 비명도 내지르지 못하고 허공으로 몸이 솟구쳤다가 바닥에 쭉 뻗어 버렸다. 그는 몇 차례 몸을 부르르 떨다가 아래턱이 부서진 통증을 이기지 못하고 그대로 기절해 버렸다.

텁석부리 장한은 쥐눈의 장한이 순식간에 작살 맞은 개구리처럼 쭉 뻗어 버리자 놀라고 당혹하여 어쩔 줄을 몰라 했다. 그는 감히 소년에게 덤비지도 못하고 그의 눈치를 보다가 소년이 자신에게 손을 쓸 기색이 없자 바닥에 뻗어 있는 쥐눈의 장한을 들쳐 업더니 걸음아 날 살려라 하고 쏜살같이 도망갔다.

 소년은 우두커니 서서 텁석부리 장한이 사라지는 광경을 보고 있다가 퍼뜩 생각이 난 듯 주위를 둘러보았다. 아무도 보이지 않았다.

 소년은 황급히 숲 속을 벗어나 달려 나갔다. 멀지 않은 곳에서 한 사람이 걸어가고 있었다. 소년은 망설이다가 그 사람에게로 달려갔다.

 "기다리세요."

 진산월은 소년의 음성을 듣자 고개를 돌렸다.

 소년은 얼굴이 빨갛게 상기된 채 숨을 헐떡거리다가 그를 제대로 쳐다보지도 못하고 머리를 숙였다.

 "도, 도와주셔서 감사합니다."

 진산월은 묵묵히 그를 내려다보더니 이내 몸을 돌렸다.

 "신경 쓸 거 없다."

 멀어져 가는 그의 뒷모습을 멍하니 보고 있던 소년은 다시 그에게로 달려갔다.

 "잠깐만요."

 "무슨 일이냐?"

 소년은 쭈뼛거리더니 품속에서 무언가를 꺼내 진산월에게 내밀었다.

 "야, 약소하지만 도와주신 은혜에 대한 감사의 표시로……."

 소년이 내민 것을 내려다본 진산월의 눈빛이 싸늘해졌다.

 소년의 손에 들린 것은 은화 열 냥이었던 것이다.

소년은 가뜩이나 차갑고 무서운 진산월의 얼굴이 딱딱하게 굳어지자 안색이 새파랗게 변하며 몸을 덜덜 떨었다. 진산월은 한마디 심한 소리를 하려다 꾹 눌러 참고는 말없이 몸을 돌려 다시 걸음을 재촉했다.

열 걸음이나 걸었을까?

갑자기 소년이 다시 달려오더니 그의 앞에 넙죽 엎드리는 것이었다.

"요, 용서해 주십시오. 저는 어떻게 고마움을 표시해야 할지 몰라서……."

진산월의 눈빛은 여전히 차가웠다. 진산월이 아무 말도 하지 않고 있자 소년은 쿵쿵 소리가 나도록 바닥에 계속 머리를 조아렸다.

"용서해 주세요. 미안합니다……."

소년의 얼굴은 삽시간에 흙먼지로 뒤덮였고, 이마는 피부가 까져서 퉁퉁 부어올랐다.

진산월은 그 모습을 내려다보고 있다가 조용한 음성으로 입을 열었다.

"그만 일어나라."

소년은 머리를 바닥에 찧는 것을 멈추고 쭈뼛거리며 일어났다.

"그, 그럼 용서해 주시는 겁니까?"

"용서하고 자시고 할 게 뭐 있느냐? 사람마다 고마움을 표시하는 방법이 다를 뿐인데, 마음에 들지 않는다고 너무 민감하게 반응한 내가 속이 좁았던 게지."

소년이 눈가에 그렁그렁 눈물이 고였다.

"고맙습니다."

진산월은 잠시 그를 쳐다보다가 물었다.

"항상 그렇게 남에게 사죄를 하고 다니느냐?"

"예?"

"지나친 겸양이나 자기 비하(自己卑下)는 다른 사람을 불쾌하게 만드는 법이다. 너는 좀 더 네 자신을 존중해야 할 필요가 있다."

소년은 뜻밖의 말에 멍하니 진산월을 올려다보았다.

조금 전만 해도 싸늘하게 굳어 있어 그토록 무섭게 느껴졌던 진산월의 얼굴에는 진지한 표정이 떠올라 있었다.

"괜찮은 무공 실력을 지니고도 하류배들에게 모욕을 당한 것은 네가 네 자신을 너무 믿지 못하기 때문이다. 무엇이 두려워 그렇게 웅크리고 사는 거냐?"

소년의 얼굴이 실룩거리더니 고개가 팍 떨구어졌다. 고개 숙인 소년의 목덜미가 유난히 가늘어 보였다. 진산월은 소년이 무슨 말이라도 하길 기다렸으나 그는 아무 말도 하지 않았다.

진산월은 한동안 소년을 응시하다가 천천히 몸을 돌렸다. 그때 소년의 나직한 음성이 들려왔다.

"당신은 몰라요…… 당신은 이해 못할 거예요, 절대로……."

그 음성은 너무 낮아서 유심히 듣지 못했다면 단지 소년이 웅얼거리는 것으로만 알았을 것이다.

진산월은 다시 소년을 돌아보았다.

고개를 떨군 소년의 어깨는 가늘게 떨리고 있었다.

"당신 같은 사람은 절대로 이해할 수 없어요……."

"무얼 이해하지 못한다는 거냐?"

소년은 갑자기 고개를 번쩍 쳐들었다.

소년의 얼굴은 눈물에 흠뻑 젖어 있었다. 유난히 빨개진 두 눈 속에는 말로 형용할 수 없는 복잡한 빛이 담겨 있었다.

"아무도 당신을 무시하는 사람은 없겠죠? 언제나 남에게 의지가 되고, 맡겨진 일은 빈틈없이 해치우겠죠? 주위에 기대하는 사람도 많고, 개중에는 당신을 좋아하는 사람도 있을 거예요."

"……."

"난 할 수 있는 게 아무것도 없어요. 아무도 나에게 무어라고 하지 않아요. 관심을 기울이지도 않고 기대도 하지 않아요. 그래서 나는 있어도 그만, 없어도 그만인 존재란 말이에요."

소년의 음성은 지금까지와는 달리 격정적인 빛을 띠고 있었다. 진산월은 묵묵히 소년의 붉게 상기된 얼굴을 내려다보았다.

"나는 보이지 않는 사람이에요. 내가 있어도 누구 한 사람 나한테 말을 걸지 않고, 일을 시키지도 않고, 무언가를 요구하지도 않아요. 내가 무어라고 해도 내 말을 들어주는 사람은 없어요. 이야기를 나눌 사람도 없고, 마음을 터놓을 친구는 더더욱 없죠. 그렇게 나는 지금까지 살아왔어요."

"……."

"그런데 나를 본 지 반 시진도 안 된 당신이 어떻게 나를 이해할 수 있겠어요? 기껏 내가 울고 있는 모습을 보았다고 나를 알 수 있을 것 같아요? 악당들한테서 나를 도와주었다고 나에게 이래라저래라 할 수 있다고 생각하세요?"

소년은 갑자기 다시 고개를 떨구었다.

"아무도 나를 이해하지 못해요. 세상의 어느 누구도……."

소년의 낮은 음성 속에는 말로 표현하지 못할 깊은 슬픔과 고통, 번민이 가득 담겨 있었다. 그의 작고 좁은 어깨가 보이지 않는 무겁고 거대한 짐에 짓눌려져 있는 것 같았다.

진산월은 한동안 소년의 숙여진 머리를 바라보고 있다가 담담한 음성으로 입을 열었다.

"나는 물론 네가 누구인지 모른다. 너를 이해하지 못하는 것도 당연하지. 하지만 아무리 친밀한 사이라도 다른 누군가를 완벽하게 이해하고 있는 사람은 없다. 인간은 원래가 고독한 존재다."

이번에는 소년이 가만히 그의 말을 듣고 있었다.

"그러니 남의 이해를 구하려고 하지 마라. 대신에 네가 먼저 남을 이해하려고 애써라. 그러다 보면 언젠가는 진심으로 너를 이해해 주는 사람을 만날 수 있을 것이다."

소년은 고개를 숙인 채 가냘픈 목소리로 물었다.

"지금 이렇게 힘든 데도요? 나 혼자 지탱하기도 힘겨운데 남을 먼저 이해하라고요?"

"원래 고통은 나누면 반으로 줄어들고 기쁨은 나누면 배가되는 법이다. 네가 남을 이해하게 될수록 너의 고통은 줄어들고 기쁨은 늘어날 것이다."

"……!"

"너는 양친(兩親)이 살아 계시냐?"

진산월의 돌연한 물음에 소년은 움찔하더니 고개를 쳐들었다.

"아버지만……."

"그러면 너는 나보다 최소한 두 배는 행복한 것이다. 세상에는 부모 없는 고아들이 셀 수 없을 만큼 많다. 그들의 고통이 어떠한지는 겪어 본 사람만이 알 수 있지."

소년은 잠시 침묵을 지키다가 힘없는 음성으로 말했다.

"때로는 없는 게 나을 때도 있어요. 나는 늘 그렇게 꿈꾸며 살아왔어요."

진산월의 눈빛이 침침하게 가라앉았다.

"막상 닥치면 그렇지 않다는 걸 알게 될 것이다. 아무리 그 사람이 밉다고 해도 말이지."

"나는 절대 그렇지 않을 거예요."

소년이 모처럼 다부지게 말하자 진산월은 씁쓸하게 웃었다.

"그 이야기는 이제 그만하자. 네 이름이 무엇이냐?"

소년은 머뭇거리다가 조그만 음성으로 말했다.

"방화(方華)라고 해요."

"나이는?"

"열여덟 살이에요."

"특별히 갈 데가 있느냐?"

소년 방화의 얼굴이 다시 시무룩하게 변하더니 고개를 설레설레 흔들었다.

"그러면 나와 함께 가지 않겠느냐?"

그 말에 방화는 다시 진산월을 올려다보았다.

방화보다 머리통 두 개는 더 높은 곳에 있는 진산월의 얼굴은 홀쭉하게 마른 데다 커다란 흉터까지 있어 매서워 보였다. 하나 방화를 내려다보는 그의 눈빛은 세상의 어느 것보다도 부드러워 보였다.

최소한 방화는 그렇게 느꼈다.

그는 그 눈을 한참 동안이나 바라보고 있더니 조그만 음성으로 물었다.

"내가 폐가 되지 않을까요?"

진산월은 조용히 웃었다.

"그렇진 않을 게다."

"하지만…… 폐가 된다면 언제든지 말씀하세요. 그러면 떠날게요."

"그러지."

방화는 다시 머뭇거리다가 입을 열었다.

"내가 떠나고 싶을 때도 떠날 수 있도록 해 주세요."

"그것도 승낙하마."

"제게 어떤 걸 요구하셔도 다 들어드리겠지만, 이 팔찌만은 달라고 하지 마세요."

진산월은 그의 눈을 들여다보며 고개를 끄덕였다.

"알았다."

그제야 방화의 얼굴에 엷은 미소가 떠올랐다. 처음으로 웃어 보는 미소였다.

미소가 떠오른 방화의 얼굴은 지금까지의 궁상맞고 비참한 모습이 아니라 세상에서 좀처럼 보기 힘든 준수하고 아름다운 것이었다.

　진산월은 그 미소를 보고 있다가 조용한 음성으로 말했다.

"너도 한 가지를 약속해라."

"그게 뭐죠?"

"앞으로는 좀 더 자주 웃도록 해라."

제88장 신산곡수(神算谷愁)

대안탑에 조금씩 오후의 긴 그림자가 드리워지고 있었다.

조일평이 대안탑의 아래에 도착했을 때, 이미 화산파의 고수들은 그를 기다리고 있었다.

조일평의 뒤에서 풍시헌과 함께 그를 따라오던 남호가 그들을 빠르게 훑어보고는 나직하게 소곤거렸다.

"많이도 왔군. 저들 중 다른 자들은 신경 쓸 거 없고, 두 사람만 조심하면 될 걸세."

이어 그는 중앙에 있는 눈부신 백발의 백의 노인을 가리켰다.

"저 노인이 화산파의 장로인 난매신검 해정설이라네. 천개방의 사부로, 순수한 검법 실력만 따지자면 십대장로 중에서도 다섯 손가락 안에 드는 절정의 검객이지."

해정설의 명성은 조일평도 익히 들어 오고 있었다.

알려진 바로는 해정설은 화산파에서도 매화검법을 가장 완벽하게 터득한 인물로, 그의 매화검법의 경지는 백 년 전의 천하제일 고수였던 신검 조일화 이후 최고라고 했다.

남호는 이어 해정설의 옆에 서 있는 알록달록한 화의(華衣)를 입은 중년인에게로 시선을 돌렸다. 그의 표정이 갑자기 심각해졌다.

"해정설도 해정설이지만 자네가 진짜 신경 써야 할 사람은 바로 저자일세."

"저자가 누구요?"

"자네는 혹시 화산파에 계산이 비상하게 빠르고 심계가 깊어서 누구나가 상대하기 까다로워하는 인물이 있다는 말을 들어 보았나?"

그 말에 조일평의 눈이 번쩍 빛났다.

"그럼 저자가 신산(神算) 곡수(谷愁)란 말이오?"

"그렇다네. 저자는 원래 화산파에서 집법(執法)을 맡고 있어서 여간해서는 산을 내려오는 법이 없었는데, 오늘 여기까지 온 것으로 보아 화산파에서 이번 일을 얼마나 중하게 여기고 있는지 짐작이 가는군그래."

남호는 대수롭지 않은 듯 말했으나 표정에는 긴장감이 흐르고 있었다.

조일평이 나타나자 해정설의 옆에 서 있던 천개방이 그를 맞았다.

"과연 약속을 지켰구려."

조일평은 담담한 음성으로 말했다.

"거리낄 것이 없으니까."

천개방의 눈이 날카롭게 번뜩였다.

"마검 조일평다운 말이군. 하지만 본 파 앞에서 너무 큰소리를 치는 건 조심해야 할 거요."

그의 도발적인 말에도 조일평은 전혀 동요가 없었다.

"귀하가 오늘 일의 주재자요?"

조일평의 정곡을 찌르는 말에 천개방의 눈살이 살짝 찌푸려졌다. 하나 그가 무어라고 입을 열기도 전에 화의를 입은 중년인이 껄껄 웃으며 앞으로 나섰다.

"하하, 천 노제는 잠시만 뒤로 물러서게."

그의 음성은 카랑카랑해서 듣기에 썩 좋지는 않았다. 게다가 그의 외모 또한 지나치게 비쩍 마르고 길쭉해서 강퍅해 보였다.

하나 그의 말을 듣자 천개방은 공손하게 인사를 한 후 뒤로 물러나는 것이었다.

"명을 따르겠습니다."

천개방은 일대 제자 중에서도 요즘 들어 두각을 나타내는 인물이어서 화산파에서의 지위가 그다지 낮지 않았다. 그런데도 화의 중년인의 한마디에 더할 나위 없이 공손하게 따르는 것만 보아도 화의 중년인이 화산파에서 어떠한 위치에 있는지를 미루어 짐작할 수 있었다.

화의 중년인은 천천히 조일평의 앞으로 다가와서 유심한 시선으로 그를 응시하더니 이내 고개를 끄덕였다.

"자네가 그 이름만으로도 사람들을 두렵게 한다는 마검 조일평이로군. 나는 곡수라는 사람일세."

"당신의 명성은 익히 들었소."

"하하, 나 같은 사람이 자네에게 비할 수 있겠나? 아무튼 만나게 되어서 반갑네."

이어 곡수는 은근한 눈으로 조일평의 얼굴을 뚫어지게 주시했다.

"오늘 우리가 만나게 된 이유는 잘 아리라 믿네. 회담 여하에 따라 우리는 친구가 될 수도 있고 적(敵)이 될 수도 있네."

"무엇이 친구고, 무엇이 적이오?"

"말하기 시원시원해서 좋군. 자네가 우리의 궁금증을 해소시켜 준다면 우리는 좋은 친구가 될 수 있을 걸세. 그렇지 못하고 의혹만 가중된다면 어쩔 수 없이 적이 되어야겠지."

조일평의 태도는 여전히 침착했다.

"내가 할 수 있는 이야기는 그리 많지 않소. 그것으로 당신들의 궁금증이 해소될지는 나도 잘 모르겠소."

"그 판단은 내가 할 걸세. 자네는 그저 보고 들은 것만을 사실대로 말해 주면 되네."

조일평은 그렇게 했다.

곡수는 묵묵히 조일평의 말을 듣고 있더니, 그의 말이 끝나자 고개를 끄덕였다.

"자네가 말한 것은 많은 부분이 내가 조사한 것과 일치하는군."

"그럼 오늘 일은 이것으로 끝나는 거요?"

곡수는 빙긋 웃으며 고개를 저었다.

"그래서야 모처럼 만난 것이 아무런 의미가 없지 않나? 나는 자네의 말에서 세 가지 미심쩍은 부분을 발견했네. 그것에 대한 자네의 생각을 듣고 싶네."

조일평은 곡수가 자신의 말에서 이상한 점을 발견했다고 하자 호기심이 일었다.

"세 가지라니…… 그게 무엇이오?"

"첫째는 흉수가 왜 사 대협과 굉지 선사의 목젖을 잘랐느냐 하는 것일세."

"……!"

"둘째는 사 대협의 목젖을 자를 정도의 고수가 왜 일반 승인들은 팔다리를 잘라 살해했나 하는 것이고, 셋째로 하필이면 흉수가 왜 사 대협이 취미사에 도착한 날 오후에 살인을 저질렀느냐 하는 것일세."

곡수는 세 가지 질문을 던져 놓고 잠시 말을 멈춘 채 조일평을 응시하고 있었다. 마치 그의 반응을 알아보려는 듯이.

조일평은 담담한 음성으로 말했다.

"첫 번째는 내가 흉수가 아니라서 잘 모르겠고, 두 번째 역시 내가 흉수가 아니라서 모르겠소. 그리고 세 번째 또한 내가 흉수가 아니라서 왜 그랬는지는 모르겠구려."

곡수의 얼굴에 엷은 미소가 떠올랐다.

"자네는 똑똑한 사람이니 조금만 잘 생각해 보게."

그가 화를 내지 않고 오히려 부드럽게 나오자 조일평도 더 이상 퉁명스럽게 대할 수는 없었다.

"첫째는 아마도 흉수가 노릴 수 있는 부위가 그곳뿐이기 때문일 것이며, 셋째는 그가 취미사 내의 사정을 잘 알고 있어서 사 대협이 왔다는 정보를 사전에 입수했기 때문이라고 생각하오. 둘째 이유는 솔직히 모르겠소."

곡수는 고개를 끄덕였다.

"자네는 정직한 사람일세. 그렇다면 내가 말해 주지. 흉수가 사 대협의 목젖을 자른 것은 자네 말대로 그 방법 외에는 사 대협을 일초에 쓰러뜨릴 수가 없었기 때문일세."

"……."

"외부에는 알려지지 않았지만 사실 사 대협은 본 파의 태청강기(太淸罡氣)를 오랫동안 수련하여 웬만한 도검에도 쉽게 상처를 입지 않는 수준에 올라와 있었다네. 단지 그분은 오래전에 목에 부상을 입어서 목젖 부위만이 약점으로 남아 있었네."

곡수의 눈빛이 어느 때보다 예리하게 반짝거렸다.

"그 부상은 오래전에 그분의 숙적(宿敵)에게서 입은 것이지. 자네도 혹시 알지 모르겠군. 황성고검(荒城孤劍) 나력지(羅歷之)라고……."

조일평은 무표정한 얼굴로 대답했다.

"그분은 내 사부님이시오."

곡수는 짐짓 눈을 크게 치켜떴다.

"오! 그랬군. 이십 년 전의 장성 제일 검객(長城第一劍客)을 사부로 모셨기에 오늘의 일검혈견휴가 존재할 수 있었군."

곡수는 그 사실을 이미 알고 있었으면서도 전혀 내색하지 않았다.

"그렇다면 자네도 잘 알겠군. 두 분은 오래전에 서로 승부를 주고받은 사이였지. 당시 두 사람의 승부는 일승일패(一勝一敗)였는데, 두 번째 승부에서 사 대협이 목에 일검을 맞고 패하고 말았다네."

"……!"

"문제는 흉수가 어떻게 그 사실을 알았느냐 하는 것일세. 사 대협의 약점이 목 부위라는 것은 본 파에서도 사 대협과 오랜 친분을 쌓은 몇몇 사람 외에는 아무도 알지 못했네. 흉수가 사 대협의 목젖을 노린 것은 단순한 우연인가, 아니면 정확한 정보에 의한 것인가…… 참으로 미묘한 문제 아닌가?"

조일평은 묵묵히 그의 말을 듣고만 있었다.

곡수는 그를 슬쩍 쳐다보더니 다시 말을 이었다.

"둘째로 흉수가 왜 사 대협과 굉지 선사를 제외한 다른 사람들은 목젖을 자르지 않고 다른 수법을 사용했는가 하는 점일세. 만일 그가 모든 사람들의 목젖을 잘랐다고 생각해 보세. 그러면 자신의 수법이 전문적으로 사람의 목젖을 노리는 것임을 쉽게 드러내는 것이겠지. 그런 생각을 하자 나는 문득 강호에서 오랫동안 구전(口傳)되어 내려오는 어떤 무공이 떠올랐네."

곡수의 음성은 그리 크지 않았으나 중인들의 귀에는 바로 옆에서 속삭이는 것처럼 똑똑하게 들렸다.

"그것은 마도에서도 아주 특이한 집단에서만 전해 내려온다는 살인 수법이었네. 그 수법은 전문적으로 사람의 특정 부위만을 노리는 것인데, 일단 발출되면 누구도 피해 낼 수 없다고 하네. 그 초식은 모두 세 단계로 나누어지는데, 첫 번째 단계는 사람의 목을 노리고, 두 번째 단계는 심장을 노리며, 세 번째 단계는 미간을 노린다고 하네. 일 단계만 익혀도 능히 강호에서 특급 살수(特級殺手)로 행세할 수 있고, 이 단계를 익히면 살수계의 제왕(帝王)이 될 수 있으며, 삼 단계에 도달하면 가히 죽음의 신[死神]이라 불려 마땅하다고 했네."

"그 이야기는 나도 들은 적이 있소. 그것은 탈혼검(奪魂劍)의 전설이 아니오?"

"그렇다네. 그래서 나는 흉수가 사 대협을 죽일 때 사용한 것이 탈혼검의 일 단계인 측탈혼(側奪魂) 수법이 아닐까 생각하고 있네. 만약 그렇다면 흉수가 사 대협과 꿩지 선사는 목젖을 잘랐으면서도 다른 사람들은 팔다리를 잘라 살해한 이유가 납득이 되지. 함부로 그 수법의 흔적을 여기저기에 남겨 남의 주목을 받기는 싫었을 테니까."

곡수는 여기까지 말을 한 후 한 차례 한숨을 내쉬었다.

"정말 그렇다면 무서운 일이지. 소문으로만 떠돌던 탈혼검을 익힌 자가 실제로 존재한다는 뜻이니 말일세."

조일평은 묵묵히 고개를 끄덕였다.

곡수의 시선이 다시 그에게로 향했다.

"세 번째는 나도 자네와 같은 생각일세. 흉수는 사 대협이 그날 오전에 취미사에 도착한 것을 알고 오후에 혈겁을 저지른 것일세.

그렇다면 그는 취미사의 사정에 대해 손바닥처럼 자세하게 알고 있는 사람이겠지. 그가 취미사의 승려들을 하나도 살려 두지 않은 이유도 이것으로 설명이 되네. 전형적인 살인멸구의 수법인 셈이지.”

곡수는 오른손을 쳐들더니 손가락을 하나하나 꼽기 시작했다.

“그렇다면 처음부터 생각해 보세. 흉수는 첫째로 사 대협이 과거에 목젖을 부상당했다는 것을 알고 있는 사람이며, 둘째로 탈혼검 수법을 익히고 있었을 가능성이 있으며, 셋째로 취미사의 사정에 대해 자세히 파악하고 있는 사람일세. 굉지 선사는 자네의 사부인 황성고검과 절친한 사이였네. 그러니 자네도 취미사에는 여러 번 들렀겠지?”

“……!”

“결국 흉수의 세 가지 조건 중 두 가지가 자네와 부합된단 말일세. 게다가 다른 한 가지도 자네가 익히지 않았다는 보장이 없네. 이러니 우리가 자네에게 관심을 갖는 것이 단순한 억측 때문만은 아닌 것일세.”

조일평의 표정은 여전히 담담했다. 하나 그의 뒤에서 지금까지 이들의 대화를 듣고 있던 풍시헌과 남호의 표정은 전혀 달랐다. 그들은 지금까지 화산파가 억지를 부리고 있다 생각했었는데, 이제 보니 화산파는 나름대로의 치밀한 논리를 가지고 조일평을 의심하고 있었던 것이다.

남호는 재빨리 머리를 굴렸다.

‘이거 아무래도 사태가 심상치 않군. 자칫하면 조일평이 꼼짝없이 흉수로 몰릴지도 모르겠는걸.’

그때 조일평이 불쑥 입을 열었다.

"시체들의 상흔으로 보아 흉수는 빙검의 일종을 사용한 것이 확실하오. 그건 어떻게 생각하오?"

곡수는 그가 그것을 물어볼 것을 예상했다는 듯 눈을 가늘게 뜨고 웃었다. 그 미소를 보자 남호는 공연히 가슴이 덜컥 내려앉았다. 어쩐지 조일평이 점점 더 올가미에 빠져드는 듯한 기분이 들었던 것이다.

"아주 좋은 질문을 했네. 사 대협의 시체는 우리가 자세히 조사를 했지. 자네 말대로 확실히 흉수가 사용한 것은 빙검이었네. 그중에서도 최상급의 검이 분명하네."

풍시헌이 옆에서 재빨리 끼어들었다.

"그런데 조 사형에게는 그런 검이 없소. 그건 명명백백한 사실이오."

곡수는 그를 힐끗 쳐다보더니 하얀 이를 드러냈다.

"과연 그런지 한번 생각해 보세. 흉수가 빙검을 사용한 것을 알고 나는 이 정도의 음한지기(陰寒之氣)를 지닌 신검을 지닌 자가 무림에 얼마나 있는지 조사해 보았네. 유력한 사람은 모두 세 명이더군."

"……!"

"그중 한 사람은 형산파의 오결검객 중 하나인 냉홍검 고진이었네. 그의 냉염신검이라면 능히 그런 위력을 발휘할 수 있지. 하나 사람을 풀어 조사해 본 결과 고진은 흉수가 아니라는 것이 입증되었네. 혈겁이 벌어지기 이틀 전이 마침 형산파 장문인의 생신이었는데, 그 생신 축하 자리에 고진이 참석했음이 많은 사람들에 의해 확인되었네."

이틀이라면 제아무리 신법의 최고수라 할지라도 형산에서 서안까지 달려와 사람을 살해할 수는 없었다.

"또 한 사람은 신목령주일세. 그의 신물인 한목신검은 능히 강호 제일의 빙검이라고 할 수 있지. 하지만 아쉽게도 신목령주에 대해서는 우리도 조사에 어려움이 있네. 그의 행적 자체가 불투명한 데다, 설사 그가 어디 있는지 안다 해도 그에게 직접 찾아가 물어볼 수도 없는 일 아닌가?"

그건 누구나가 인정하는 일이었다.

화산파가 아무리 구파일방 중의 하나이며 당금 강호에서 몇 손가락 안에 드는 거대 세력이라 해도 아무런 증거도 없이 신목령주를 흉수로 의심할 수는 없었다. 그 뒷감당을 도저히 할 수 없는 것이다.

곡수의 입가에도 씁쓸한 미소가 떠올랐다.

"단지 신목령주의 강호에서의 지위와 지금까지의 행보를 생각해 볼 때 이런 방식의 일은 저지르지 않았을 것이라는 게 모든 사람들의 공통된 의견이었네."

"남은 한 사람은 누구요? 그게 나란 말이오?"

"물론 아닐세. 그는 검보의 전대 보주였던 검왕 서문동회일세. 서문동회가 소장한 십이신병 중 빙백검은 음한지기가 강하기로 따지면 신목령주의 한목신검에 비길 만한 신검일세."

곡수의 음성이 한층 진지해졌다.

"며칠 전부터 서문동회가 은거하고 있던 검심각에서 이상한 분위기가 감지되었다는 소문이 있었네. 서문동회가 자신의 수하들인 해천팔검을 긴급히 소집했으며, 그들 중 몇 사람이 서문동회의 지시를 받고 강호로 나왔다는 것일세."

"……!"

"그래서 우리도 그들의 행적을 주시하지 않을 수 없었지. 더군다나 그들 중 세 사람의 모습이 장안에 나타났다는 것이 확인되었네. 그런데 그와 함께 우리는 은밀한 정보 하나를 입수했네."

"그게 무엇이오?"

"서문동회가 수하들을 푼 것은 자신이 소장하고 있던 십이신병 중의 하나를 분실했기 때문이라는 것일세."

조일평의 눈에서 번쩍하는 섬광이 피어올랐다.

"그렇다면 그 검이 바로……."

"맞았네. 서문동회가 잃어버렸다는 신검이 바로 빙백검일세. 검심각에서도 가장 깊숙한 곳에 보관되어 있던 빙백검이 감쪽같이 사라져서 서문동회가 그토록 다급하게 수하들을 소집했던 것일세."

"……!"

"이 정보가 사실이라면 해천팔검 중의 세 사람이 장안에 나타난 것도 그리 이상한 일은 아니지. 그들은 취미사에서 빙검에 의한 혈겁이 벌어졌다고 하자 그것을 조사하기 위해 온 것일세."

곡수의 시선이 조일평의 얼굴에 못 박힌 듯 고정되었다.

"이곳에 오기 전에 자네는 어디에 있었나?"

조일평의 짙은 눈썹이 꿈틀거렸다.

곡수는 조일평의 대답을 기다리지 않고 말을 이었다.

"우리는 자네의 행적을 조사했지. 취미사에 오기 전에 자네는 하북성의 낭아산(狼牙山)에서 무극도(無極刀) 팽회(彭匯)와 비무를 했더군. 그곳은 마침 검보가 있는 보정(保定)에서 그리 멀지 않은 곳일세. 일이 참 공교롭다고 생각되지 않나?"

그 말을 듣자 풍시헌과 남호의 얼굴이 모두 딱딱하게 굳어졌다.

남호는 자신의 불안한 생각이 그대로 적중하자 마음이 절로 다급해졌다.

'상황이 너무 불리해졌군. 일이 이렇게 공교롭게 될 수도 있나?'

조일평도 사태의 심각성을 눈치챈 듯했다. 하나 그는 여전히 담담한 태도를 유지하고 있었다.

"귀하의 말은 꼭 내가 검보에서 빙백검을 훔쳤다는 뜻으로 들리는군."

곡수의 얼굴에 조금 전과는 다른 차갑고 냉랭한 미소가 떠올랐다.

"나는 그런 말을 한 기억이 없네. 자네가 자네 입으로 말한 거지."

"나는 더 할 말이 없소."

"나도 마찬가지일세."

그 말을 끝으로 두 사람은 입을 다물어 버렸다. 그와 함께 장내의 공기가 급속도로 싸늘하게 변해 버렸다. 풍시헌은 화산파에서 금시라도 검을 뽑아 들고 달려들 것 같은지 자신도 검의 손잡이를 잡은 채 조일평의 옆에 나란히 섰다.

일촉즉발의 팽팽한 긴장감이 감도는 순간, 남호가 불쑥 앞으로 나섰다.

"곡 대협이 생각 못한 게 있소."

곡수는 난데없이 중년인 하나가 툭 튀어나와 자신에게 시비를 걸어오자 날카로운 눈으로 그를 쳐다보았다.

"귀하는 누구요?"

남호는 싱겁게 웃었다.

"나는 남호라는 사람이오. 곡 대협 같은 분이 알 리 없는 무명소졸이니, 나에 대해서는 너무 신경 쓰지 마시오."

상대의 넉살 좋은 말에 곡수의 눈초리가 가늘어졌다. 그것은 그가 누군가에게 흥미를 느낄 때 나타나는 현상이었다.

"내가 생각 못한 게 무엇이오?"

"곡 대협은 세 가지의 이유로 조 소협이 흉수가 아닐까 의심하고 있소. 그것은 첫째로 흉수가 사 대협의 목이 약점임을 알고 있었다는 것이고, 둘째로 흉수가 취미사의 사정을 소상하게 파악하고 있었다는 것이며, 셋째로는 흉수가 사용했을 것으로 짐작하는 빙백검이 실종되었을 때 검보 근처에 조 소협이 나타났다는 것이오. 내 말이 맞지요?"

곡소는 그의 말에 관심이 가는지 짤막하게 말했다.

"계속해 보시오."

"그런데 뒤집어서 말하면 이 세 가지 이유는 모두 조 소협이 흉수가 아님을 나타내고 있소. 첫째로 사 대협의 유일한 약점이 목인 이유는 그분이 태청강기를 완벽하게 익혔기 때문이오. 다시 말해서 태청강기를 완벽하게 익히지 않았다면 다른 사람들과 마찬가지로 오직 목 부위만 유일한 약점으로 남지는 않았을 거란 뜻이오."

"……!"

"그렇다면 흉수는 사 대협의 약점이 목이라는 것을 알고 있을 뿐 아니라 그분이 태청강기를 완성하여 그 외에는 다른 약점이 없다는 사실도 알고 있어야 하오. 그런데 조금 전에 곡 대협도 말했다시피 사 대협이 태청강기를 익힌 것은 바깥사람들은 전혀 알지 못하는 일이었소. 솔직히 무림에서 십여 년이나 모습을 나타내지 않은 사람이 무슨 무공을 익혔는지 다른 사람들이 어떻게 알겠소?"

남호는 한쪽에서 묵묵히 자신의 말을 듣고 있는 조일평을 가리켰다.

"그러니 단순히 목의 약점을 알고 있다는 것만으로 그를 흉수로 모는 것은 잘못된 판단이라고 생각하오. 목의 약점과 태청강기에 대한 사실을 모두 알고 있는 것은 오직 사 대협의 주위에 있는 사람들밖에 없을 것이오."

곡수의 눈빛이 차갑게 변했다.

"당신은 흉수가 본 파의 사람이라 말하고 있는 거요?"

남호는 히죽 웃었다.

"그건 내가 한 말이 아니라 당신이 지금 자기 입으로 한 말이오."

남호가 조금 전에 곡수가 했던 말을 그대로 돌려주자 풍시헌이 통쾌한지 나직하게 웃음을 흘렸다.

곡수의 표정이 눈에 띄게 냉랭해졌다.

"나뿐만 아니라 본 파를 모독하는 말이로군."

"이렇게 생각할 수도 있지 않겠소? 사 대협과 가까운 사람들이 모두 화산파의 고수들은 아니지 않겠소? 찾아보면 의외의 인물이 나타날 수도 있을 거요."

그 말에 곡수의 몸이 한 차례 가늘게 떨렸다. 갑자기 떠오르는 사람이 있었던 것이다.

하나 이내 그는 원래의 표정으로 되돌아왔다.

"두 번째는 뭐요?"

"첫 번째와 같은 맥락에서 생각해 보면 취미사의 사정을 알고 있는 사람은 단지 조 소협뿐만이 아니라는 걸 알게 될 거요. 게다가 당시 조 소협은 하북성에서 오고 있었기 때문에 사 대협이 언제 취미사에 왔는지를 알고 있을 리가 없소. 그가 취미사에 사람을 심어 놓고 수시로 전서구(傳書鳩)라도 주고받고 있지 않았다면 말이오."

"……!"

"사 대협이 혈겁이 벌어진 날 오전에 취미사에 도착했다면, 흥수는 적어도 그날 아침에 서안 일대에 있어야 하오. 설마 흥수가 사 대협이 왔다는 걸 전해 듣고 부리나케 천 리(千里)를 달려와 혈겁을 저질렀겠소?"

곡수의 얼굴은 점차로 냉정해졌다.

"셋째는?"

"빙백검이 실종되었을 때 조 대협이 그 부근에 있었다는 것만으로 그를 흉수로 몬다는 것은 더욱 말도 안 되는 이유요. 흉수가 정말로 빙백검을 범행에 사용하기 위해 훔쳤다면 당연히 세인들의 이목이 빙백검의 실종에 집중된다는 것을 알 텐데, 미쳤다고 그 근처에서 남과 비무를 하여 일부러 행적을 드러내는 짓을 하겠소?"

남호는 어깨를 으쓱거리며 말을 이었다.

"나는 정말로 주목해야 할 일은 다른 곳에 있다고 생각하오."

"그게 무엇이오?"

"흉수가 왜 하필이면 빙검을 흉기로 사용했느냐 하는 것이오. 어차피 목젖을 잘라 상대를 해칠 거라면 아무 장검이나 사용해도 되지 않겠소? 그런데 일부러 멀리 떨어진 하북성까지 찾아가 은밀하게 숨겨진 빙백검을 훔쳐서 그걸로 살인을 할 필요가 어디 있겠소?"

곡수의 눈이 조금 전보다 더욱 가늘어져서 거의 감긴 것처럼 보였다.

"그래서, 당신은 우리가 어떻게 했으면 좋겠소?"

"나 같은 무명소졸이 대(大)화산파의 고수들에게 이래라저래라 할 수 있겠소? 단지 나라면 머릿속으로 이상한 억측만 하고 있을 게 아니라 지금이라도 해천팔검을 만나서 빙백검의 실종에 대한 자세한 이야기를 들어 보겠소. 현재 남아 있는 단서 중 직접 확인할 수 있는 건 그게 유일하지 않소?"

곡수는 그 말에는 아무런 대꾸도 하지 않고 한동안 실눈같이 가늘어진 눈으로 남호를 응시하고 있더니 혼잣말처럼 나직하게 중얼거렸다.

"뛰어난 형세 판단에 놀라운 언변…… 일전에 당신 같은 사람에 대한 이야기를 들은 적이 있지."

남호의 몸이 움찔거렸다.

곡수는 냉랭한 눈으로 그를 바라보았다.

"당신이 그 사람인지 아닌지는 별로 관심 없소. 하지만 당신의 말에는 제법 흥미가 이는군."

이번에는 남호가 입을 굳게 다문 채 곡수를 쳐다보았다.

곡수는 돌연 입가에 엷은 미소를 떠올렸다.

"어차피 이번 일은 하루아침에 해결될 사안이 아니니 당신 말대로 해천팔검을 만나 보겠소. 하지만 이렇게 생각하고 있는 건 우리만이 아니라는 걸 명심하기 바라오."

남호가 흠칫 놀라 물었다.

"그게 무슨 말이오?"

"조만간에 알게 될 거요. 그들은 아마 우리처럼 당신의 말을 느긋하게 들어 주지는 않을 테니 미리 각오하고 있는 게 좋을 거요."

이어 곡수는 몸을 돌려 해정설에게로 다가갔다.

"이쯤에서 끝내려는데, 괜찮겠습니까?"

해정설은 고개를 끄덕였다.

"타당한 결정인 것 같군. 해천팔검을 만나는 일은 자네가 알아서 하게."

"알겠습니다."

화산파의 고수들은 곧 조일평 일행을 남겨 두고 떠나갔다. 떠나기 전, 곡수는 조일평에게 뜻깊은 이야기를 했다.

"오늘은 이대로 물러가지만 그렇다고 자네에 대한 의심이 완전히 가신 것은 아닐세. 앞으로 무슨 행동을 하든 자네는 많은 사람들의 주목을 받게 될 걸세. 그걸 벗어나는 길은 오직 한 가지뿐이네."

멀어져 가는 화산파의 고수들을 바라보는 조일평의 시선은 낮게 가라앉아 있었다.

풍시헌이 그에게 다가오며 물었다.

"저자가 말한 그들이 누굽니까? 화산파 말고 또 누가 우리를 노리고 있단 말입니까?"

옆에 있던 남호가 대신 입을 열었다.

"그야 뻔하지."

"뻔하다니요?"

"자네는 잊었나? 이번 혈겁으로 숨진 사람은 사익뿐이 아니라는걸."

풍시헌의 얼굴이 굳어졌다.

"아! 그렇다면 곡수가 말한 그들이란 바로……."

남호가 한숨을 푹 내쉬었다.

"그러니 이제는 자네도 알겠지? 우리는 앞으로 큰 불덩이를 등에 지고 다니는 격일세."

풍시헌이 답답한지 얼굴이 시뻘겋게 되어 소리쳤다.

"이건 너무 억울합니다. 우리가 언제까지 이렇게 남에게 시달려야 한단 말입니까?"

"곡수가 조금 전에 말하지 않았나? 한 가지 방법이 있다고."

"예?"

남호는 그의 어깨를 밉지 않게 살짝 쳤다.

"진범을 잡으면 되지. 진짜 흉수를 찾아 그들 앞에 내놓기 전에는 우리는 절대로 편하게 잠을 잘 수 없을 거란 말일세."

제 89 장
천하무궁(天河無窮)

제89장 천하무궁(天河無窮)

대왕루에 하나둘씩 등불이 내걸렸다.

주위가 점차로 어둑어둑해지면서 저녁 식사를 하려는 사람들로 대왕루는 초만원을 이루었다. 주루 안이 장터처럼 소란스러운 가운데 한쪽 구석에 앉아서 조용히 술잔을 기울이고 있는 한 사람이 있었다.

진산월이었다.

그는 길에서 우연히 만난 소년 방화를 소지산과 방취아가 새로 마련한 거처에 데려다 놓고는 다시 대왕루를 찾아온 것이다.

의심을 사지 않기 위해 몇 가지 요리와 술 한 병을 시켜 놓고 앉아 있었지만 무한정 이러고 있을 수만은 없었다. 벌써부터 점소이 하나가 한 시진째 죽치고 앉아 있는 그를 못마땅한 시선으로 쳐다보고 지나갔다.

진산월은 앞으로 반 시진만 더 기다리자고 생각했다.

벌써 이틀이 물처럼 지나갔다. 진산월은 초조해지지 말자고 굳게 다짐했지만 점차로 마음이 조급해지는 것은 어쩔 수가 없었다.

방취아에게는 오 일이라고 했지만, 그는 내심 내일까지 아무도 나타나지 않는다면 생존자는 없을 거라고 생각했다.

'일방, 계성…… 너희들은 어디 있는 거냐? 중산, 당신도 변을 당했단 말인가?'

술잔을 내려다보니 그 안에 우울한 눈빛의 사나이가 말없이 자신을 쳐다보고 있었다. 그 얼굴은 이내 흔들려서 낙일방으로도 보였고, 응계성으로도 보였다.

진산월은 천천히 그 술잔을 입안에 털어 넣었다. 마치 그렇게 함으로써 그들이 돌아오기라도 한다는 듯이.

그때 주루의 입구에 그림자가 어른거리더니 한 사람이 안으로 들어왔다.

진산월은 고개를 돌려 들어온 사람을 보았다. 이내 그의 얼굴에 엷은 실망의 빛이 스치고 지나갔다.

들어온 사람은 뚱뚱한 화복(華服) 중년인이었다. 어찌나 살이 쪘던지 제법 널따란 주루의 입구가 그 한 사람으로 인해 거의 가로막히는 것 같았다. 키는 일반 사람과 비슷했는데, 오직 옆으로만 살이 쪄서 더욱 뚱뚱해 보였다.

게다가 턱 밑으로는 어울리지 않게 세 가닥의 염소수염을 기르고 있어서 왠지 우스꽝스러운 느낌을 주었다.

뚱뚱보 중년인은 주루 안을 두리번거리다가 울상을 지었다. 그도 그럴 것이 지금은 손님이 가장 많을 때여서 빈자리가 보이지 않았던 것이다.

마침 지나가던 점소이 하나가 그에게 다가왔다.

"합석이라도 하시겠습니까?"

"아쉬운 대로 그렇게라도 해야겠네. 가급적이면 탁자가 넓은 곳으로 안내해 주게."

점소이가 사람들 사이를 뚫고 그를 데리고 간 곳은 마침 진산월이 앉아 있는 자리였다.

"손님, 합석을 해 주셔야겠습니다."

진산월은 그 점소이가 조금 전에 못마땅한 눈으로 자신을 흘겨보고 간 자임을 알아보았다. 그래서인지 점소이의 표정은 합석을 하는 것이 당연하다는 투였다.

"그렇게 하게."

진산월이 고개를 끄덕이자 점소이는 뚱뚱보 중년인에게 머리를 조아렸다.

"이 자리는 비록 구석에 있지만, 탁자가 넓어서 손님이 앉으시기에 불편함이 없을 겁니다. 무얼 드시겠습니까?"

뚱뚱보 중년인은 미리 생각해 놓은 것이 있는지 쉬지 않고 중얼거렸다.

"우선 잘 구운 닭 세 마리만 가져다주게. 그리고 생선 요리 두 가지와 돼지고기 튀김 세 접시, 잉어탕도 가져오게. 참, 만두 스무 개하고 기름 국수도 잊지 말게. 술은 필요 없네."

점소이는 뚱뚱보 중년인의 엄청난 주문에 입을 딱 벌리고 있다가 속으로 부지런히 주문을 되뇌며 주방 쪽으로 걸어갔다.

그제야 뚱뚱보 중년인은 안심한 듯 입가에 미소를 짓더니, 문득 진산월에게로 고개를 돌렸다.

"합석시켜 주어서 고맙네."

"어차피 넓은 탁자를 혼자 차지하고 있기 미안하던 참이었소."

뚱뚱보 중년인은 토실토실한 손가락으로 자신의 가슴을 가리켰다.

"나는 봉가(鳳家)이고 당양(當陽) 출신일세. 자네는?"

"진가(陳家)이고, 고향은 보계요."

"좋은 곳에서 왔군. 이곳에 온 지는 얼마나 됐나?"

"십 년쯤 되오."

"오래됐군. 나는 오 년밖에 안 되었네."

"오 년도 짧지는 않은 세월이오."

"물론 그렇지. 하지만 뒤돌아보면 바로 엊그제 일 같단 말씀이야."

뚱뚱보 중년인은 갑자기 한숨을 내쉬었다.

"예전에는 그래도 세상이 좁다 하고 돌아다녔는데, 지금은 자네도 보다시피 이렇게 아무짝에도 쓸모없는 뚱보가 되고 말았다네. 유일한 낙이라고는 먹는 것뿐이니 살이 찌는 건 당연하지."

"먹는 걸 즐기는 건 결코 나쁜 일이 아니오."

진산월의 말에 뚱뚱보 중년인은 눈을 가늘게 뜨고 웃었다.

"좋은 말일세. 문제는 너무 먹기만 한다는 거지."

그는 진산월의 비쩍 마른 몸을 위아래로 훑어보더니 다시 미소

지었다.

"아무래도 자네는 먹는 걸 즐겨 하는 사람은 아닌 것 같군. 기분 같아서는 내 살들 중 절반쯤 떼어 주고 싶은 심정일세."

"나는 이대로 만족하오."

"그건 정말 다행스러운 일이로군. 사람이 자신의 현실에 만족하면서 지낸다는 건 쉬운 일이 아니지. 아쉽게도 나는 결코 만족스럽지 못하다네."

뚱뚱보 중년인은 다시 땅이 꺼져라 한숨을 토해 냈다.

"요즘에는 더욱 그렇다네. 무엇 하나 제대로 되는 일이 없어서 식욕이 뚝 떨어지고 말았지. 그래서 요리도 평소의 반밖에는 시키지 않았네. 정말 비참한 일이야."

진산월은 뚱뚱보의 가공할 먹성에 내심 놀라지 않을 수 없었다.

그때 점소이가 낑낑거리며 요리를 들고 왔다. 뚱뚱보 중년인이 시킨 양이 워낙 많아서인지 넓은 탁자가 순식간에 가득 채워졌다.

요리들을 보자 뚱뚱보 중년인의 표정이 한층 밝아졌다.

"자네는?"

"나는 이미 식사를 했소."

"그럼 나 혼자 먹겠네."

말이 끝나기가 무섭게 뚱뚱보 중년인은 무서운 속도로 요리들을 먹어 치우기 시작했다. 진산월은 어제 보았던 나타개 소방방이 지금까지 가장 먹성이 좋은 줄 알았는데, 뚱뚱보 중년인은 그보다 몇 배나 대단했다.

양손을 질풍같이 휘둘러서 접시들을 비워 나가는 그의 모습에 진산월은 물론이고 주위에서 구경하고 있던 사람들 모두 벌린 입을 다물지 못했다.

순식간에 탁자 위에 가득 놓여 있던 요리들은 모두 그의 뱃속으로 사라지고 빈 접시만이 수북하게 쌓여 있었다.

그제야 뚱뚱보 중년인은 아쉬운 입맛을 다시며 손놀림을 멈췄다.

"쩝…… 먹다 만 느낌이군. 하지만 과식은 몸에 해롭다고 했으니 이쯤에서 참아야겠지."

뚱뚱보 중년인의 천연덕스러운 말에 옆에 있던 중인들이 킥킥거렸다. 뚱뚱보 중년인은 남들이 그러건 말건 신경도 쓰지 않고 다시 점소이를 불렀다.

"이보게, 여기 차 좀 가져오게. 주전자로 다섯 동이면 될 걸세."

점소이가 멍한 표정으로 보고 있다가 고개를 절레절레 흔들며 물러나자 뚱뚱보 중년인은 진산월을 쳐다보며 히죽 웃었다.

"아쉬운 대로 물배라도 채워야겠네. 돈도 절약되고 좋은 일 아닌가?"

진산월은 묵묵히 고개를 끄덕였다.

그때 등불이 흔들리며 다시 누군가가 주루 안으로 들어왔다.

이번에 들어온 사람은 모두 두 사람이었다.

체구가 건장한 장한 한 사람이 여인을 업은 채 성큼성큼 걸어 들어왔다. 장한의 등에 업힌 사람은 백발이 성성한 늙은 여인이었는데, 장한의 등에 머리를 처박은 채 연신 기침을 해 대고 있었다.

"콜록…… 콜록……."

장한은 등 뒤의 여인에게 부드러운 음성으로 말했다.

"어머니, 조금만 참으세요. 이제 곧 어머님이 좋아하시는 따끈한 연자탕(燕子蕩)을 드실 수 있을 거예요."

보아하니 늙은 여인과 그 장한은 모자(母子) 사이인 모양이었다. 아마도 병든 노모(老母)가 연자탕을 먹고 싶어 하자 아들이 그녀를 업고 주루로 모셔온 것 같았다.

마침 근처에서 식사를 마친 사람들이 나가는 바람에 빈자리가 생기자 장한은 그녀를 업은 채 자리로 갔다.

"여기 연자탕 하나와 만두 한 접시만 주시오."

주문을 마친 장한은 노모를 의자에 앉힌 후 자신도 그 앞에 앉았다. 장한의 덩치가 워낙 커서인지 노모는 그에 가려서 제대로 보이지도 않았다.

뚱뚱보 중년인은 그들을 보고 있다가 진산월에게로 고개를 돌리며 말했다.

"정말 요즘 보기 드문 효자로군. 그렇지 않나?"

장한이 주루에 나타날 때부터 진산월의 얼굴에는 한 줄기 기이한 표정이 떠올라 있었다. 그것은 말로 형용할 수 없는 복잡한 빛을 담은 표정이었다. 하나 뚱뚱보 중년인이 돌아보았을 때 그의 얼굴은 어느새 예전의 모습으로 되돌아와 있었다.

진산월은 한동안 그들을 응시하고 있더니 천천히 고개를 끄덕였다.

"요즘 보기 드문 사람들인 건 확실하오."

제89장 천하무궁(天河無窮) 279

뚱뚱보 중년인은 그의 말에서 무언가 이상함을 느꼈는지 다시 한 번 그를 쳐다보았다. 그때 진산월이 자리에서 벌떡 일어났다.

"가려는가?"

"식사를 마쳤으니 이제 그만 가야겠소. 다음에 다시 봅시다."

뚱뚱보 중년인은 히죽 웃었다.

"다시 만날 순간을 기대하고 있겠네."

진산월은 주루 입구로 걸어갔다. 공교롭게도 장한과 여인이 앉아 있는 자리는 그가 나가는 방향과 같은 쪽이었다. 사람들이 워낙 붐벼서인지 진산월은 사람들에 떠밀려 한 차례 휘청거리며 장한이 있는 탁자에 가서 부딪혔다.

하나 이내 몸을 추스르고는 간단한 사과의 말을 남기고 그들을 지나쳐 주루를 빠져나왔다.

주루를 나오자 주위는 어느새 어두워져서 하늘에는 별들이 하나둘씩 떠오르고 있었다.

진산월은 대왕루에서 조금 떨어진 골목길에 선 채 우두커니 허공을 올려다보고 있었다. 검은 비단을 두른 듯한 하늘에는 갑자기 별들의 숫자가 많아지더니 종내에는 마치 보석을 뿌린 듯 수많은 별들이 빽빽하게 들어찼다.

진산월은 그 많은 별들이 자신의 머리 위로 떨어져 내리는 듯한 느낌이 들었다.

그때 인기척이 들리며 누군가가 다가왔다.

진산월은 고개를 돌렸다.

그리고 동중산의 얼굴을 보았다.

동중산은 변장했던 여인의 가발을 벗지도 않고 멍하니 그를 쳐다보고 있었다. 하나밖에 남지 않은 눈을 깜박거리지도 않은 채 하염없이 쳐다보고만 있었다. 마치 눈을 깜박거리기라도 하면 그의 모습이 어딘가로 사라져 버린다는 듯이.

그의 주름진 눈에는 어느새 뜨거운 눈물이 고여 있었다.

진산월은 말없이 그에게로 다가갔다.

동중산은 허물어지듯 그의 앞에 엎드렸다.

"제자 동중산이 장문인을 뵈옵니다."

진산월은 흐느끼는 듯한 그의 음성을 들으며 어느새 반백으로 변해 버린 그의 머리를 가만히 쓰다듬었다.

"살아 있었구나. 고맙다."

동중산은 아무 말 없이 계속 엎드려 있었다. 진산월 또한 말 못 할 감회에 그의 어깨에 손을 얹은 채 한동안 꼼짝도 하지 않았다.

한참 후에야 동중산은 겨우 몸을 일으켰다. 그의 눈에 고여 있던 눈물은 보이지 않았다. 하나 등 뒤로 돌린 그의 소맷자락은 어느새 흠뻑 젖어 있었다.

그때 또 다른 누군가가 그들에게 다가왔다.

여자로 분장을 한 동중산을 업고 대왕루로 왔던 장승표였다.

장승표의 수염이 덥수룩한 얼굴은 쉬지 않고 실룩거리고 있었다.

"자네, 진 아우 맞지? 자네가 종남파의 장문인이었나?"

진산월은 고개를 끄덕이며 그의 손을 잡았다.

"오랜만이오, 장 형. 그동안 잘 있었소?"

장승표는 진산월을 다시 만났다는 반가움과 그가 동중산이 애타게 찾던 종남파의 장문인이라는 사실에 대한 놀라움으로 어찌할 줄을 모르는 모습이었다.

하나 이내 그는 진산월을 와락 끌어안았다.

"어디 갔다가 이제야 나타났나. 자네를 정말 보고 싶었다네."

진산월은 자신의 품에 안겨 어린아이처럼 흐느끼는 장승표의 어깨를 가만히 쓰다듬었다. 그러다가 천천히 그를 떼어 놓았다.

"할 말이 많지만 우리의 회포는 다음에 풀도록 합시다."

장승표의 눈물 젖은 얼굴에 어리둥절한 표정이 떠올랐다.

"진 아우, 왜……."

그때 동중산이 바짝 긴장한 얼굴로 주위를 둘러보았다.

그와 함께 어디선가 음산한 웃음소리가 들려왔다.

"흐흐…… 세 분의 재회(再會)를 방해해서 미안하오. 눈물 없이는 볼 수 없는 감격적인 장면이긴 하지만 밤이슬을 맞으며 언제까지 기다릴 수가 없어서 말이오."

그들이 서 있는 골목의 입구에 몇 명의 사람들이 나타났다.

그들은 모두 다섯 사람이었다.

중앙의 인물은 얼굴이 유난히 네모지고 눈빛이 싸늘한 중년인이었다.

그를 보자 동중산의 표정이 굳어졌다.

그 중년인은 초가보의 삼총관이며 대왕루의 책임자인 칠살추명조 손익이었던 것이다.

손익은 얼굴에 냉랭한 미소를 지은 채 천천히 그들을 향해 다가왔다.

"우리가 나타나서 뜻밖인가? 하지만 대왕루가 당신네 안마당도 아닌데 마음대로 들락거리며 만날 수 있다고 생각했다면 너무 순진한 일 아니겠소?"

그의 시선은 동중산을 지나 진산월에게로 고정되었다.

"며칠 전부터 대왕루에 출입했던 괴인이 설마 오래전에 실종되었던 종남파의 장문인일 줄은 몰랐군. 미처 알아보지 못한 점을 사과드리겠소."

말과 달리 그의 얼굴에는 추호도 미안해 하는 빛이 떠올라 있지 않았다.

진산월은 여전히 아무런 말이 없었다.

"흐흐…… 진 장문인은 말을 잘해서 삼절무적이라고까지 불린다고 하더니 오늘은 영 꿀 먹은 벙어리로군. 일전의 일도 있고 해서 우리도 오늘은 신경을 썼소."

손익은 자신의 좌우에 서 있는 네 명의 장한들을 가리켰다.

"이들은 왼쪽부터 섬표(閃豹) 곽일명(藿一命), 폭호(暴虎) 고잔(固殘), 이쪽이 광마(狂馬) 철력(鐵力), 그리고 취원(醉猿) 이세기(易世琦)라 하오. 이들의 이름은 진 장문인도 들어 보았을 거요. 본보에서는 이들을 팔웅(八雄)이라고 부르는데, 남들은 팔수(八獸)라고 한다더군."

그들의 이름을 듣자 동중산의 얼굴이 암담하게 변했다. 손익의 양옆에 서 있는 장한들이 설마 흉포하기로 소문난 팔수 중의 네 사람일 줄은 예상치 못하고 있었던 것이다.

제89장 천하무궁(天河無窮) 283

손익은 입가에 살기 어린 미소를 지으며 말을 이었다.

"우리들만으로도 부족하다면 다른 분을 모셔올 수도 있소. 명색이 그래도 일파의 장문인이신데, 그 정도 대접은 해 드려야겠지."

진산월은 문득 등 뒤에서 심상치 않은 기척을 느끼고 뒤를 돌아보았다.

언제 나타났는지 그들의 뒤에는 한 사람이 우뚝 서 있었다.

단 한 명이었지만 골목이 그 때문에 완전히 막혀 버린 것 같았다. 진산월은 그 인물이 조금 전에 자신과 같은 탁자에 앉아 있던 뚱뚱보 중년인임을 알아보았다.

진산월과 시선이 마주치자 뚱뚱보 중년인은 활짝 웃었다.

"여기서 다시 만났군. 정말 반갑네. 확실히 우리는 특별한 인연이 있나 보네."

진산월은 한동안 그를 쳐다보다가 나직한 음성으로 물었다.

"귀하는 누구요?"

"아까 인사하지 않았나? 나는 봉가일세. 당양 태생이고, 오 년째 이곳에 와서 빈둥거리고 있는 한심한 존재일세."

봉가라는 말에 동중산의 표정이 한층 경직되며 입으로 신음 같은 외침이 흘러나왔다.

"권패(拳霸) 봉월(鳳月)?"

뚱뚱보 중년인은 얼굴이 일그러지도록 웃으며 하얀 이를 드러냈다.

"확실히 비천호리란 명성이 허언이 아니군. 내가 바로 봉월이오."

권패 봉월!

이 이름은 한때 강북 제일 권사(江北第一拳師)를 꿈꾸던 이름이었다. 하나 오 년 전에 그는 한 사람에게 패했고, 그 뒤로 그의 모습은 강호에서 보이지 않게 되었다. 그 후로 사람들은 초가보의 최절정 고수인 사패 중에서 그의 이름을 발견하고 다시 한 번 경악해야만 했다.

봉월의 등장은 동중산으로 하여금 절망감을 느끼게 했다.

'손익과 사수만 해도 상대하기 벅차거늘, 거기에 봉월이라니…… 장문인과 만나자마자 마지막 이별을 해야 한단 말인가?'

장안 한구석의 좁은 골목 안에 초가보의 절정 고수 여섯 명이 동시에 나타났다. 그런데 그 상대는 무공을 전혀 모르는 사냥꾼과 제 한 몸도 제대로 가누지 못하는 부상자, 그리고 사 년 동안 사라졌다 홀연히 나타난 초라한 행색의 장문인이었다.

이건 도저히 승부가 안 되는 싸움이었다.

최소한 동중산은 그렇게 생각했다.

그는 진산월에게 다가가더니 나직한 음성으로 소곤거렸다.

"제자에게 염황신탄(焰黃神彈) 세 개가 있습니다. 그걸 던진 다음 북쪽으로 적들을 유인할 테니 장문인은 남쪽으로 피하십시오."

진산월은 담담한 시선으로 그를 쳐다보았다.

"내게 너를 남겨 두고 도망가라는 말이냐?"

"청산(靑山)이 있는 한 땔감 걱정은 하지 말라고 했습니다. 비록 치욕스러우시겠지만, 일단은 여기서 살아 나가는 것이 급선무입니다. 살아날 수만 있다면 언젠가는 지금처럼 다시 만날 수 있지 않겠습니까?"

동중산은 비록 웃고 있었지만, 그의 음성은 비장하기 이를 데 없었다.

진산월은 고개를 저었다.

"나에게 더 좋은 생각이 있다."

"다른 수는 없습니다. 장문인, 제발……."

진산월은 그의 말을 듣지 못한 사람처럼 나직한 음성으로 말을 이었다.

"네가 본 파에 입문한 지 몇 년이나 되었는데, 나는 아직 네게 단 한 번도 무공을 가르쳐 주지 못했다. 마침 적당한 상대들이 있으니 네게 본 파의 무공을 가르쳐 줄 좋은 기회가 아니겠느냐?"

뜻밖의 말에 동중산은 아연한 표정을 지었다.

동중산이 멍하니 있는 사이 진산월은 그가 옆구리에 차고 있는 장검을 뽑아 들었다.

"장문인!"

동중산이 깜짝 놀라 부르짖었다.

하나 진산월은 태연한 표정으로 그를 바라보더니 돌연 정색을 하며 물었다.

"중산, 천하삼십육검을 어디까지 배웠느냐?"

동중산은 그의 음성이 워낙 진지하여 얼떨결에 대답했다.

"중반의 이십사초(二十四招)까지입니다."

"천하삼십육검의 정화(精華)는 바로 후반부의 열두 초식에 담겨 있다. 너는 이제부터 눈을 똑바로 뜨고 그 초식들의 변화를 지켜

보기 바란다."

 진산월은 돌연 장검을 든 채로 손익과 사수가 서 있는 곳으로 날아가기 시작했다.

 전혀 예상치 못했던 사태에 동중산은 몸이 굳어 버렸다.

 다른 사람들도 놀라기는 마찬가지였다. 손익은 진산월이 검을 뽑아 든 채 자신들에게 날아오자 움찔 놀라더니, 이내 비릿한 냉소를 날렸다.

 "일파의 장문인답게 장렬하게 죽겠단 말이지? 소원대로 해 주지."

 그는 즉시 사수에게 눈짓을 하더니 진산월을 향해 맞서 갔다. 다른 네 명의 고수들도 앞뒤로 산개(散開)하여 진산월을 에워쌌다.

 "잘 봐라. 이것이 후반 십이초의 첫 번째 초식인 천하밀밀(天河密密)이다."

 진산월의 외침과 함께 그의 검이 한 차례 흔들리더니 가공할 일이 벌어졌다. 갑자기 수십, 수백 개의 검영이 구름처럼 일어나 삽시간에 주위를 휩쓰는 것이 아닌가?

 쏴쏴쏴쏴쏴!

 마치 폭포수같이 쏟아지는 그 검영이 손익과 사수를 단숨에 에워싸 버렸다.

 손익은 무심코 달려들다 이 광경을 보자 안색이 대변해 황급히 자신의 절기인 칠살추명조를 펼쳐 냈다.

 까까깡!

그의 손톱이 검영과 부딪치며 마구 불똥을 튕겨 냈다.

"큭!"

손익은 손톱이 부러지는 듯한 충격과 동시에 앞가슴이 화끈거리는 통증을 느끼고 눈을 부릅떴다. 그토록 전력을 기울였는데도 그의 앞가슴은 어느새 검영에 베여 질펀한 피를 뿌리고 있는 것이다. 다행히 치명상은 면했으나, 손익은 모골이 송연해져서 뒤로 정신없이 물러났다.

사수 중의 섬표 곽일명은 이 광경을 보자 손익을 구하기 위해 진산월의 옆구리를 노리고 날아들었다. 그의 몸놀림은 섬표이라는 외호답게 그야말로 번개가 무색할 정도로 빨랐다. 하나 그가 채 진산월의 옆에 도달하기도 전에 진산월의 검세가 갑자기 급격한 변화를 일으켰다.

"천하제탄(天河齊彈)!"

쉬아압!

자욱하던 검영이 갑자기 사라지며 기이한 파공음이 들려왔다. 그 파공음의 정체를 채 알기도 전에 곽일명의 입에서 처절한 비명 소리가 터져 나왔다.

"크아악!"

진산월의 장검은 어느새 곽일명의 목덜미를 뚫고 앞까지 튀어나왔다. 곽일명은 학질 걸린 사람처럼 부들부들 떨더니 그대로 숨이 끊어져 버렸다. 누구보다도 빠른 신법을 자랑하며 섬서성 일대를 누비고 다녔던 곽일명으로서는 너무도 허망한 죽음이 아닐 수 없었다.

사수의 남은 세 사람은 눈을 부릅뜨고 이 광경을 지켜보더니 죽기 살기로 진산월에게 덤벼들었다.

"이놈!"

평소에 곽일명과 가장 절친했던 폭호 고잔은 미친 듯한 고함을 내지르며 진산월의 앞가슴을 향해 뛰어들었다. 설사 팔다리가 하나쯤 잘린다 해도 진산월의 가슴에 구멍을 뚫어 놓고야 말겠다는 무시무시한 공격이었다.

진산월은 뒤로 물러서지 않고 오히려 앞으로 성큼 다가섰다.

고잔의 눈에 진산월의 가슴이 훤하게 들어왔다.

'죽으려고 작정을 했구나!'

고잔이 쾌재를 부르며 더욱 빠르게 다가가는 순간, 누군가의 외침이 들려왔다.

"안 돼!"

다음 순간, 고잔은 방금 전까지만 해도 자신의 눈앞에 있던 진산월의 모습이 갑자기 사라져 버렸음을 깨달았다. 그가 채 몸을 돌리기도 전에 무언가 차갑고 예리한 것이 그의 가슴을 가르고 지나갔다.

'이…… 이렇게 무서운 검법이 있었다니…….'

고잔은 숨이 끊어지기 직전에야 자신의 행동이 얼마나 무모했는지를 깨닫게 되었다.

봉월은 벌린 입을 다물지 못했다.

좁은 골목 안은 온통 검광의 소용돌이에 휩싸여 있었다.

진산월은 가볍게 몸을 움직이며 검을 휘두르고 있을 뿐이었다. 그런데도 장내의 누구도 그의 일검을 받아 내지 못하고 맥없이 쓰러지고 있었다. 순식간에 손익이 피투성이가 되어 물러나고 곽일명과 고잔이 한 줌의 고혼(孤魂)이 되고 말았다.

 지금도 봉월이 보고 있는 사이에 광마 철력과 취원 이세기가 결사적으로 진산월의 검에 대항하고 있었다. 하나 진산월의 검이 기이한 선회를 그으며 날아들자 이세기는 더 이상 견디지 못하고 비틀거리며 물러났다.

 연신 휘청거리고 있는 그의 아랫배는 쩌억 갈라진 채 시뻘건 핏물을 쏟아 내고 있었다.

 쿵!

 바닥에 쓰러진 이세기는 몇 번 몸을 꿈틀거리더니 그대로 숨이 끊어지고 말았다.

 봉월은 자신의 손끝이 덜덜 떨리는 것을 느꼈다.

 눈으로 보고도 도저히 믿을 수 없었다.

 사수는 결코 만만한 인물들이 아니었다.

 자신의 실력으로는 물론 그들 개개인을 충분히 물리칠 수 있지만, 네 사람의 합공을 이긴다는 보장은 할 수가 없었다. 거기에 자신과 거의 비슷한 수준인 손익이 가세했는데도 너무도 일방적으로 당하고 있는 것이다.

 이건 싸움이 아니라 거의 학살에 가까웠다. 어찌 이러한 검법이 존재할 수 있단 말인가?

 '이게 천하삼십육검이라고? 이런 새빨간 거짓말을……'

중얼거리던 봉월은 문득 정신을 차리고 앞을 바라보았다.

광마 철력은 어느새 질펀한 피바다 속에 쓰러져 있었다.

이제 남은 사람은 부상을 당한 손익과 자신뿐이었다.

마음 같아서는 이대로 물러서고 싶지만 그것은 불가능한 일이었다.

그에게 이번 일을 지시한 사람은 분명히 일을 마무리할 것을 기대하고 있었다. 그의 기대를 벗어나느니 차라리 목숨을 잃는 것이 나았다. 어차피 결과는 마찬가지지만 최소한 치욕은 피할 수 있으니 말이다.

그의 시선이 한쪽에 서 있는 손익과 마주쳤다.

두 사람은 서로 고개를 끄덕이더니 결연한 표정으로 진산월을 향해 달려들었다.

쉬악!

가볍게 말아 쥔 두 주먹이 움직이자 마치 두 개의 뇌전(雷電)이 번뜩이는 것 같았다.

봉월의 주먹은 정말 무서웠다. 그 뚱뚱한 몸에서 어떻게 이런 위력의 주먹이 나올 수 있는지 불가사의할 정도였다. 더구나 그의 공격은 수비는 완전히 도외시한 것이어서 더욱 살인적인 위력을 담고 있었다.

손익 또한 죽기 살기의 심정으로 칠살추명조의 가장 무서운 초식만을 계속 펼쳐 냈다.

두 절정 고수의 공세는 그야말로 톱니바퀴처럼 맞아 들어가서 주위 사방이 온통 그들이 뿜어내는 권풍(拳風)과 조영(爪影)에 휘감겨 버렸다.

진산월은 조금도 주저하지 않고 그 거센 회오리 속으로 날아들었다.

파라라락!

그의 옷자락이 세찬 바람에 금시라도 찢어질 듯 마구 펄럭였다. 그와 함께 그의 손에 들린 검이 크게 흔들리더니 열두 개의 검영이 나타났다. 그 열두 개의 검영은 무서운 속도로 사방으로 확산되어 가더니, 다시 각각의 검영이 세 개의 검화(劍花)를 만들어 냈다.

순식간에 삼십육방(三十六方)이 온통 검의 그림자 속에 갇혀 버렸다.

봉월은 자신이 펼쳐 낸 가공할 권력(拳力)이 흔적도 없이 사라지며 자신의 주위가 온통 검으로 뒤덮인 듯한 착각이 들었다. 어디를 둘러보아도 보이는 것은 무서운 속도로 다가오는 예리한 검날뿐이었다.

'이것은 환상이다……!'

그는 눈을 부릅뜨며 무어라고 소리 지르려 했다.

그 순간, 그는 온몸이 작살로 관통당하는 듯한 화끈한 통증을 느꼈다.

비명은 내지르지 않았다. 단지 자신의 몸속에 있는 모든 피들이 모공을 뚫고 밖으로 뿜어져 나가는 생생한 느낌에 전율할 뿐이었다.

숨이 끊어지기 전에 봉월이 마지막으로 본 것은 전신이 피투성이가 된 채 바닥에 누워 있는 손익의 처참한 모습이었다.

검광과 자욱한 혈무(血霧)가 걷혔다.
진산월은 천천히 검을 거두고 동중산의 앞에 내려섰다.
"이것이 천하삼십육검의 마지막 초식인 천하무궁(天河無窮)이다."
담담한 그의 음성을 듣는 순간, 동중산은 자기도 모르게 고개를 떨구고 말았다. 입을 열기만 하면 무언가 처량한 소리가 나올 것 같았기 때문이다.
많은 일들이 주마등처럼 그의 뇌리를 스치고 지나갔다.
처음 이궐용문의 이름 모를 동굴 앞에서 진산월을 만났을 때부터 소림을 거쳐 사천으로 향하던 일, 임영옥을 잃고 진산월마저 부상을 당한 채 초라한 모습으로 종남산으로 돌아오던 일…….
깨어진 현판과 사라진 장문인, 절망에 빠진 제자들…….
그리고 초가보의 공격으로 비참하게 쫓겨 다니던 일들이 방금 전에 벌어진 일들처럼 생생하게 떠올랐다.
그 모든 고통과 좌절이 바로 이 순간을 보기 위한 것이란 생각이 들었다.
'종남은 강하다. 우리는 절대로 잘못된 것이 아니다!'
진산월은 그에게 검을 돌려주었다.
"소 사제와 방 사매가 기다리고 있다. 돌아가자."
동중산의 얼굴 근육이 가볍게 떨렸다.

"그…… 그들을 만나셨습니까?"

"그렇다. 그들도 너를 간절히 기다리고 있을 것이다."

동중산의 얼굴에 모처럼 환한 미소가 떠올랐다.

길고 긴 기다림은 이제 끝이 났다. 남은 일은 본산을 되찾고 앞으로 달려 나가는 일뿐이다. 군림천하의 대망(大望)을 향해…….

(군림천하 10권에서 계속)

환상이 숨쉬는 공간 **파피루스** www.ipapyrus.co.kr

『절대비만』『월풍』『만인지상』『신궁전설』『독종무쌍』
이름만 들어도 설레는 작가, 전혁! 그가 내놓은 또 하나의 大作!

전혁 신무협 장편소설

절륜공자

산동을 날던 제비, 사형대로 추락하다?

가진 것이라곤 찢어질 만큼의 가난과 평범한 몸뚱이뿐이던 백이건!
질 나쁜 친구의 꼬임에 넘어가 '제비' 계를 평정했으나
결국엔 관아로 끌려가 목숨을 잃을 지경에 놓이고……

절체절명의 순간! 그에게 찾아온 예상치 못한 사건!
제비도 찾아보면 약에 쓰일 곳이 있다?!

"으아악! 이건 말도 안 돼. 도대체 내가 왜 이렇게 된 거냐구?"

새로운 삶을 살게 된 백이건의 무림 작업(?)기!
여심을 울렸던 나쁜 남자 백이건!
그가 이제 무림과 밀당을 시작한다!

환상이 숨쉬는 공간 파피루스 www.ipapyrus.co.kr

파피루스 10주년과 함께하는 대작 열전 「흥해라, 신무협!」 그 네 번째!

곤륜용제

김태현 신무협 장편소설

『화산검신』 이후, 작가 김태현의 귀환!
그의 손에서 무위자연의 전설이 깨어난다!

『곤륜용제』

순수했기에 둔재라 보는 시선도,
그저 자유로웠기에 질투하는 마음도,
자연(自然)을 품었기에
자운이 보기엔 모든 것이 아름다웠다

사람이 아닌, 곤륜이 품은 아이 자운!

그가 이치를 깨닫고, 첫발을 내딛는 순간,
곤륜(崑崙)에서 용제(龍帝)가 강림하리라